暗黒の羊

美輪和音

JN090208

轢き逃げや通り魔事件の動画をSNSにアップしたことから死の女神と崇められ、過激な動画の投稿がやめられなくなり、暴走してゆく女。仲間外れの黒い羊になることを恐れ、仲間の死を願う女子高校生。家にいる男は夫ではないと怯える妻と困惑する隣人。年齢も育ちも違う羊たちの運命が交錯し、そして絡み合う。その影に蠢《うごめ》くのは、“羊目の女”なのか。かつて美人姉妹が殺し合ったという、いわくつきの洋館で、“羊目の女”に「私の身代わりの羊は××です」と殺したい人間の名前を三度唱えると……。『強欲な羊』の恐怖はまだ終わっていなかった。著者の真骨頂を文庫オリジナルで贈る。

暗黒の羊

美輪和音

創元推理文庫

GREEDY SHEEP II

by

Kazune Miwa

2020

目次

暗黒の羊

炎上する羊

ダメだ、体が動かない。助けて……。

もう火が回る。本当に死んじゃうよ。

やめてよ、撮らないで。

無様に死んでいく姿をネットに晒《さら》すつもりなの？

ああ……、苦しい、もうダメだ。

ねぇ、きっと後悔することになるよ。

こんなにも君のことを想っている人間が、他にいるはずないんだから。

だって……。

1

冬枯れの景色が続く山道を、車はスピードを落とさずに上っていく。

「冬にキャンプとか信じられないんですけど」

「グランピング行きたいって言ったの、おまえだろ、美夜《みや》」

自慢の新車を軽快に走らせる桐生《きりゅう》を、助手席から美夜が睨《にら》む。

「グランピングってお洒落なヤツだからね。っていうか、まだなにも建ってない候補地になんか、あたしも穂乃花《ほのか》もぜんっぜん興味ないから」

「バーカ、これから俺がシャレオツなグランピングリゾートをバーンと建てる場所に一番乗りさせてやるんだから、ありがたく思え。それに大人のグランピングは、冬なんだよ。ほら見ろよ、この残雪を纏《まと》って輝く樹々たちの神秘的な風景を。うるさいガキどももいないし、最高だろうが。なぁ、ノブタ？」

ハンドルを握る桐生と助手席で唇を尖らせる美夜の言い争いをいつものことと聞き流していた田中信隆《たなかのぶたか》は、いきなり名前を呼ばれ、驚いて「ほえっ!?」っと素《す》っ頓狂《とんきょう》な声を上げてしまった。

「なんだよ、ノブタ、おまえ、また穂乃花ちゃんに見惚《みと》れてボーッとしてたんじゃねーだろうな」

桐生に図星をつかれ、隣に座る彼女の横顔から視線を引きはがそうとしたが一瞬遅く、穂乃花とバッチリ目が合ってしまった。クスッと優しく微笑《ほほえ》む彼女の姿はまるで女神のようで、信隆の心は一瞬にして得も言われぬ幸せに満たされる。

信隆が主任を務める不動産会社の経理課に派遣社員の穂乃花が配属されてきたのは、およそ一年前。

美人とは言えないかもしれないが小柄で色が白く、ふわふわした愛らしい印象の穂乃花を一目見た瞬間から、信隆は心を奪われた。

おっとりとした優しい性格にますます惹かれ、心の中でマシュマロちゃんと呼んだりしていたものの、十八歳も年上の冴えないメタボのおっさんが相手にされるわけがないと端《はな》からあきらめていたのだ。

だが、経理の仕事を教え、彼女のミスをフォローしているうちに、信隆は穂乃花に頼られるようになった。話をする機会も増え、もしかしたら彼女も自分のことを心憎からず思っているのでは?と希望的観測を抱いては、いやいやまさかありえないとすぐに打ち消し、自分がもう少し若かったら、もう少し痩せていたら、もう少し男前だったらと勝手に落ち込む日々。彼女への想いは日増しに募《つの》っていったが、自分に自信のない信隆はなんの行動も起こせずにいた。

しかし不器用な信隆の恋心に、同僚でプレイボーイの桐生が気づかないわけがなく、面白がってけしかけてきた。穂乃花と仲が良かった美人受付嬢の美夜を桐生が誘って四人で飲みに行き、その後も何度かダブルデートのようなことをしたのち、桐生に煽《あお》られてした決死のプロポーズを、信じられないことに穂乃花は受け入れてくれたのだ。

信隆と穂乃花の結婚は全社員を驚愕《きょうがく》させ、すぐに離婚するだの、保険金目当てに違いないなどと陰口を叩かれたが、半年経った今も怖いくらいに幸せで、信隆は夢の中にいるような日々を過ごしている。

当時、別の女性社員と交際し、同棲までしていた桐生も彼女と別れて美夜と結婚した。そして穂乃花と美夜は、仕事を辞めた今でも仲良くつきあっている。

桐生は調子のいいイケメンで自分とは真逆のタイプだが、背中を押してもらえなければ穂乃花にプロポーズなどできたはずもない信隆は、結果的にキューピッドとなった彼に感謝していた。

「ほら、ここにツリーハウスと展望デッキを作ってさ、こっち側にコンセプトの違うゴージャスなテント型コテージが並ぶわけよ」

車から降りた一同を前に、桐生が熱弁を振るう。開発事業部で働く彼は、この遊休地を使って協力会社とともにグランピング事業を始めようとしているのだ。開発コストも運営コストも低く抑えられるので、悪くない計画だと信隆も思っている。

「だったら、そのゴージャスなコテージができてから、連れてきてよ。なんにもなくて、寒いだけじゃないねぇ、穂乃花」

むくれる美夜に、穂乃花は「でも……」と困ったように微笑む。

「冬の景色もキラキラして綺麗だし、空気も澄んでて美味《おい》しいよ」

「ほら、穂乃花ちゃんはわかってくれてるのに、美夜はガキだな」

「ガキってなによ。空気なんてどんなに美味しくたってお腹いっぱいにならないじゃない」

「ま、それもそうだな。腹減ったから、弁当食うか。ノブタ、枯れ枝拾ってこいよ」

命じられるまま信隆が集めてきた枯れ枝や落ち葉に火をつけ、四人でその焚火を囲む。美夜と穂乃花が手作り弁当を広げると、桐生は歓声を上げて、穂乃花お手製のラムチョップにかぶりついた。

「うまっ！　穂乃花ちゃんの手料理、プロ並みだよな」

そう、穂乃花は優しくて可愛い上に料理も上手い。職場でも桐生は毎日のように信隆の愛妻弁当のおかずをつまみに来るほどだ。

「ノブタがブタから人間に近づいたのも、穂乃花ちゃんのおかげだろ」

「確かにノブタさん、瘦せたよねー。別人みたいでびっくりしちゃった」

桐生と美夜の言うとおり、料理上手な穂乃花がバランスのよい食事を用意してくれるおかげで、九十キロを超えていた信隆の体重は半年で十キロ近く落ち、メタボ体型も解消されつつある。毎日、食事の前に飲んでねと、たくさんの野菜を入れて作ってくれる苦みの強いスムージーが特に効いているようだ。

「あー、マジで美味《うま》い。幸せ。本当にノブタには過ぎた嫁だよ」

穂乃花の料理ばかり食べる桐生に美夜が口を尖らせているので、信隆は仕方なく彼女の料理を口に運ぶ。「美味しい」とお愛想を言ったものの穂乃花との腕の差は歴然で、桐生が気の毒になった。彼は社内一の美女をものにしたが、美夜の家事能力の低さを毎日のように愚痴っている。そのせいもあるのか、桐生は結婚後も息をするように浮気を繰り返していた。

満腹になった一同が、パチパチはぜる薪《たきぎ》の音を聞きながらデザートのマシュマロを炙《あぶ》っていると、穂乃花がポツリとつぶやいた。

「焚火っていいね。ぼんやり火を見ているだけで、なんだかすごく癒される」

チロチロと燃える焚火を見つめる穂乃花の瞳の中で、小さな焰《ほむら》が揺れている。日も傾いてオレンジ色に照らされたその横顔はうっとりするほど愛らしく、信隆は幸せ過ぎて胸が苦しくなる。彼女の隣でずっと一緒に焚火を見つめていたい――。

だが信隆の願いは、「つまんないし、暗くなってきたから早く帰ろう」という美夜の一言で、早々にあっけなく打ち砕かれた。

帰りの山道を下りはじめてすぐ、穂乃花はわーっと歓声を上げ、目を輝かせる。

山から見下ろすトワイライトタイムの夜景は、宝石箱をひっくり返したような街の灯《あか》りを淡いグラデーションの空が包み込み、言葉では言い表せないほど美しかったからだ。おでこがガラスに、ついてしまうほど窓に顔を寄せ、夜景に見入る穂乃花に、美夜が言う。

「穂乃花、写メ撮って、SNSに上げれば」

「ああ、うん、それ、いいね。さっきの焚火も撮ればよかったな」

笑顔でうなずき、穂乃花は車窓を流れる美しい夜景を携帯のカメラで撮影する。

美夜に勧められてSNSを始めたものの、無趣味な穂乃花は花やスイーツの写真をごくたまに投稿するくらいだった。SNSに関心のない信隆はなんとも思っていなかったが、焚火や夜景でこんなに喜んでくれるなら、SNS映えする場所に穂乃花をもっと連れていってあげなければと、心に誓う。

「穂乃花ちゃん、写真撮るなら、少し窓を開けたほうが綺麗に撮れるんじゃない」

信隆の助言に、「でも、車内が寒くなっちゃうから」と気を使った穂乃花だが、空気の入れ替えになると桐生が言ってくれたので、少しだけ窓を開けて動画を撮り始める。

その直後、女性の悲鳴が耳を劈《つんざ》いた。

ハッとして顔を上げたが、急なカーブで先が見えない。だが悲鳴に重なるように、耳障りな急ブレーキの音、そして、ドン！という鈍い衝突音が聞こえてくる。

「やだ、なに？　事故？」

そう言って、身を乗り出す美夜の瞳には、隠し切れない好奇の色が浮かんでいた。

さすがにスピードを落としてカーブを曲がった桐生が「うわっ」と声を上げ、ブレーキを踏む。

少し先の路上で、若い女性が頭から血を流し倒れていた。

彼女を撥《は》ねたと思われる男がバンから降りて遠目に様子をうかがっていたが、桐生の車に気づくと、慌ててバンに乗り込み、逃げ去ってしまった。

「あっ！　あいつ、轢《ひ》き逃げする気かよ？」

「あの女の子、動かないけど、生きてる？」

「おい、ノブタ、救急車！」

「えっ⁉」

「だから、一一九にかけて救急車呼べって！」

あまりのことに呆然としていた信隆にそう言い捨て、車を路肩に寄せた桐生は、倒れている女性に走り寄る。美夜も穂乃花も後に続いた。

　通報を終えた信隆が車を降りて近づくと、倒れていたのは若い女の子で、意識はないが息はあるという。祈るような思いで救急車を待ち、やがて彼女は病院に搬送された。

　やってきた警察に事情を説明し、逃げた男や車について訊かれたが、車が黒っぽいバンで男の身長が百七十センチくらいだったことしか話せることがなかった。轢き逃げ犯の車まではそれなりの距離があったし、現場は暗くなりかけていたからだ。

「車のナンバーは見えなかった？　部分的にでも覚えていませんか？」

　そう尋ねられ、信隆たち三人が歯がゆく申し訳ない気持ちで首を横に振る中、「あの……」と穂乃花がおずおずと片手を上げた。

「え？　穂乃ちゃん、見えたの？」

　自分より視力の悪い穂乃花がまさかと思い、尋ねると、

「ううん、見えてはいないんですけど、もしかしたら、これに……」

　そう言って穂乃花が差し出したのは、スマートフォンだった。

「事故の前、私、動画を撮っていたから、あの人の車も映ってるんじゃないかと」

　彼女に断り、刑事が確認すると、そこには確かに犯人と彼の車が撮影されていて、画面を拡大することで、ナンバーまで読み取ることができた。

「やったね、穂乃ちゃん、お手柄だよ」

　信隆たちが褒《ほ》めると、穂乃花ははにかんで下を向いたが、嬉しそうだった。

　穂乃花が撮影していたおかげですぐに犯人は捕まるだろうと思ったが、盗難車だったらしく、

車は途中で乗り捨てられていたという。

翌日、轢き逃げされた星野《ほしの》夢《ゆめ》さんが亡くなったという残念な連絡を受けた。彼女はまだ十七歳の高校生だった。

2

その衝撃が冷めやらぬ中、信隆の祖母が亡くなった。

穂乃花は轢き逃げされた少女の死を引きずっているようだったので、無理して参列しなくてもいいと言ったのだが、週末、彼女は一緒に伯父の家に赴《おもむ》き、祖母の冥福を祈ってくれた。

葬儀に参列しただけでなく、祖母の死を悼んで通夜ぶるまいの料理まで手伝ってくれた穂乃花に口うるさい親戚たちも目を細め、おまえはいい嫁をもらった、天国でばあちゃんも喜んでいるだろうと口々に褒められ、信隆も鼻が高かった。

だから数日後、伯父から電話がかかってきたときも、また穂乃花への賛辞が聞けるに違いないと信隆はほくほくして電話に出たのだ。しかし、「おい、信隆」と呼びかける伯父の声は、なぜか怒りに震えていた。

「おまえ……、嫁にいったいどういう教育をしているんだ!?」

抑えきれない怒気を孕《はら》んだその口調に、信隆は驚き、面食らう。

「え？　なんの話？　この間は、あんなにいい嫁をもらったって穂乃花を褒めてくれたのに……」

そのとき、伯父から聞かされた話は、にわかに信じがたい内容だった。

まさか、そんなことがあるはずがない。なにかの間違いだ。そう思いながら、穂乃花のSNSをチェックした信隆は、投稿された写真を見て、愕然とする。

そこにあったのは、白い花に囲まれた、棺の中の祖母の遺体だった――。

帰宅するなり、信隆は食事の支度をしていた穂乃花を捉《つか》まえ、なぜこんなことをしたのかと問い詰めたが、少しも悪びれることなく彼女は答えた。

きれいだったから――、と。

「みんな、言ってたでしょ、お祖母様のお顔、安らかできれいだって」

「いや、だからって死んだ人の写真をアップするなんてありえないでしょ？」

「え、でも、お化粧できれいにしてもらった最期の写真だよ」

「そうだけど、亡くなってるんだよ。僕はSNSやらないからわからないけど、死体の写真なんか載せたら、問題になるんじゃないの？　それ以前に、これを見て、つらい思いや嫌な思いをする人が大勢いるはずだよね？」

どんなに言葉を尽くしても、その気持ち悪さが伝わらないらしく、穂乃花は首を傾げる。

「あのね、お祖母様のお友達やお知り合いは皆さんご高齢だから、お葬式に来られないって、伯父様が言っていらしたでしょう？」

確かに九十歳で大往生を遂げた祖母の友人知人は同じような年配のため、弔問客は少なかった。

「だから、御式に来られなかった方々も、こうしてきれいに死化粧されたお祖母様の最期のお顔を見ることができれば、ああ、本当に亡くなられたんだなって、お祖母様の死を受け入れることができると思って」

「だったら、これはどういうことなの？」

信隆はスマートフォンを操作し、今日更新された穂乃花のSNSのページを開いて見せる。

そこには、女子高生が轢き逃げされた動画が投稿されていた。

「どうしてこんな動画をアップしたわけ？　ここには亡くなった女の子が映ってるんだよ」

「それは……、美夜ちゃんが、アップしてみたらって言うから。そしたらコメントがすっごくたくさん来て……」

確かにこうしている間にも、実際に起きた轢き逃げ事件の動画だと知った人々からの批判的なコメントが次々寄せられてくる。これが所謂《いわゆる》、炎上というものなのだろう。

だが、不思議なことに批判コメントだけでなく、フォロワーといいね！の数も同じようにどんどん増えていた。

その動画をよく見ると、倒れた被害女性の体の上に、光の加減だろうか白い影のようなものが映っていて、魂が抜け出た瞬間じゃないかと騒ぎになっているらしい。

これは死者を冒瀆《ぼうとく》する行為だ。高校生のお嬢さんを亡くしただけでもつらいのに、最後の瞬間がこんなふうにネットで晒されるなんて、ご遺族の気持ちを思うと、胸が張り裂けそうになる。

「穂乃ちゃん、これは絶対にやっちゃいけないことだよ。亡くなった娘さんのご両親やご家族がこの動画を見たら、どれほど傷つくか……。この動画、今すぐ削除しよう」

信隆は穂乃花に携帯電話を出させ、動画を削除するよう迫ったが、新たに投稿されたコメントに、彼女の手が止まる。

「これ……」

「ん？」

差し出された携帯を覗くと、フォロワーの一人が、轢き逃げ犯の顔に見覚えがあるというコメントを寄せていた。高校で同じクラスだった男に似ていると、その高校名まで書き込まれている。

この手の書き込みは信憑性《しんぴょう》が低いと思いながらも、念のため刑事に連絡すると、驚いたことに、翌日、その男は逮捕され、轢き逃げを自供したという。

穂乃花が投稿した動画が犯人逮捕につながり、遺族に感謝される結果となった。

「よかった。こんな私でも、亡くなった女の子とご遺族の役に立てたんだね」

涙を流して喜ぶ穂乃花を、信隆は複雑な思いで見つめた。

「今回はたまたまうまくいったからよかったけど、写真や動画の投稿には細心の注意を払わないと。一度、ネット上に上がると、永遠に消せなくなっちゃうっていうし」

「うん、でも、嬉しかったの。私なんかが犯人逮捕に貢献できるなんて、誰かの役に立てるなんて思ってもみなかったから」

信隆には理解できないのだが、こんなに可愛いにもかかわらず、穂乃花は自己肯定感が恐ろしく低い。早くに両親を亡くし、愛情表現の不得手な祖母に育てられたことが、きっと影響しているのだろう。

冴えない自分と一緒になってくれたのも、穂乃花の自己評価の低さゆえだと、信隆は思っている。同様に自己評価の低い信隆には、彼女の気持ちがよくわかるのだ。

些細《ささい》なことで落ち込んでしまいがちな穂乃花だが、役に立てたという嬉しさからか、いつも以上に楽しそうに家事をこなし、食卓には毎日手の込んだごちそうが並んだ。

夜の生活でも別人のように積極的な穂乃花にびっくりさせられたが、信隆にとってそれは嬉しい驚きだった。

しかし轢き逃げ事件解決から時間が経つにつれ、穂乃花のテンションは目に見えて下がっていった。

「穂乃ちゃん、最近、元気なくない？」

「……え？　そんなことない、けど」

そう答える彼女の瞳は、くもりガラスのようにぼんやりと虚《うつ》ろだ。ほんの少し前まではあんなにもキラキラと輝き、生命力にあふれていたのに……。

「あのさ、明日の夜は、仕事定時で上がれると思うから、どこか穂乃ちゃんの行きたいところへ行かない？」

頑張って誘ってみたものの、無趣味で外出をあまり好まない穂乃花からは、「んー、でも別にいいかな。ごはん作って、家で待ってる」と、予想どおり気のない返事が戻ってきた。

「でも、いつも家にいたんじゃ、退屈でしょ？　どこでもいいよ、ほら、映画でも、美術館でも、ショッピングでも、なんでも。それでなにか美味しいもの食べて帰ってこようよ」

「誕生日でも記念日でもないのに、そんなことしてくれなくていいよ」

「違うよ、僕が穂乃花ちゃんとデ、デートしたいんだってば」

アラフォーのおっさんがデートという言葉を使うのに薄ら寒さを覚え、慌てて言葉を継ぐ。

「じゃあさ、どこかＳＮＳ映えするところに行かない？」

「えっ？」

顔を上げた穂乃花の虚ろな瞳に、はじめて光が宿った。

3

翌日の晩、信隆は電車の中でつり革を手にじりじりと足を踏み鳴らしていた。

ＳＮＳ映えしそうな水族館に行くことで話がまとまり、穂乃花とのデートを楽しみにしていたのだが、そんなときに限って急な仕事が入り、約束の時間を大幅に遅れてしまっていたのだ。

駅に到着した電車の扉をこじ開けるようにして信隆は猛ダッシュで改札を駆け抜け、汗だくになりながら妻との待ち合わせ場所を目指して、地上への階段を駆け上がろうとした……のだが、途中で雪崩《なだれ》のように駆け下りて来る人々に押し戻されそうになった。

「ちょ、ちょっと、すみません。急いでいるんです。通してください」

大切な新妻を待たせていることで頭がいっぱいだった信隆は、すぐには異変に気づけなかったが、自分が声をかけたサラリーマンの顔は真っ青で、口をパクパクさせながら階段の上を指差したものの、なにかに怯えるように信隆を振り切り、改札に駆け込んでいく。彼だけでなく、駆け下りてくる人々は皆、必死の形相で、泣いたり叫んだりしている人もいる。

信隆よりも太った男に体当たりされてよろめくと、「なに、やってんだ、邪魔だ！」と逆に怒鳴られた。

「なにがあったんですか？」

「上でヤバい男が、刃物を振り回して人を斬りつけてんだよ。あんたも早く逃げろ！」

「えっ!?　穂乃花ちゃん……」

震える手で穂乃花の携帯に電話をかけたけれど、通じない。

ショックのあまり血の気が引いていくような感覚を覚えたが、気を失っている場合ではなかった。

穂乃花を助けなければ――。

流れに逆らって階段を上り切った信隆は、人波に揉まれながら、必死に妻の姿を捜す。だが、人が多すぎて、穂乃花はもちろん、犯人がどこにいるかすらわからない。

誰かのデマに人々が翻弄《ほんろう》されただけなのではと疑ったそのとき、そう遠くない場所に、首から血を流し倒れている男性がいることに気づいて、信隆は恐怖に慄然《りつぜん》とした。

すぐに彼女の携帯に再度電話をかけたがつながらず、信隆は携帯で写真を撮る野次馬を押しのけ、気も狂わんばかりに穂乃花を捜した。

「穂乃ちゃん……、穂乃花、どこだ？」

背後で悲鳴が上がり、そちらに目を遣ると、少し離れた横断歩道上で血しぶきが上がった。若い男が老人の背中に刺した鎌を引き抜いたのだ。その横断歩道の手前に見慣れた後ろ姿を見つけ、信隆は声を上げた。

「穂乃ちゃん！」

その呼びかけに反応したのは穂乃花ではなく刃物男だった。彼は血まみれの鎌を振り回し、穂乃花のほうへ近づいてくる。そばにいた人間は慌てて逃げたのに、穂乃花は恐怖で体が動かないのか、立ち竦《すく》んだままだ。信隆は叫び、反射的に駆け寄ろうとしたが、それより早く男は鎌を振りかざした。

「穂乃花、逃げて！」

信隆の絶叫もむなしく、鎌は振り下ろされ、小柄な女性がその場に頽《くずお》れる。

だがそれは穂乃花ではなく、彼女の前にいた中年女性だった。

そのときパトカーのサイレンが響き、駆けつけた警官たちが刃物男を包囲する。男は鎌を振り回して暴れ、奇声を上げて抵抗した末、警官たちに取り押さえられた。

「ほ、穂乃ちゃん!」

穂乃花に駆け寄り、信隆は震えの止まらない彼女の体を抱きしめる。

「怪我してない？　大丈夫？　どこも痛くない？」

妻の無事を確認すると、信隆はその場にへなへなと座り込んでしまった。穂乃花もまた異常な興奮状態に目を大きく見開いたままだ。

病院に連れていこうとしたが、穂乃花は家に帰りたいと首を横に振る。

警察の事情聴取が終わると、マスコミが取材を求めて穂乃花に群がってきたけれど、信隆は彼女を守り、自宅に連れ帰った。

「ごめんね、穂乃ちゃん、僕がデートに誘ったりしなければ、こんなことにはならなかったのに……」

悔やむ信隆に、穂乃花は優しく首を振り、あなたのせいじゃないと、慰めてくれた。

「とにかく、穂乃ちゃんが無事でよかった。しばらくゆっくり休んでね」

「ありがとう」

彼女を寝かせてから、テレビをつけると、無差別通り魔事件の報道で持ち切りだった。ニュースで事件による死者が八人にも及んだことを知った信隆は、穂乃花が九人目の犠牲者になっていたかもしれなかったのだと、改めて恐怖に震えた。

翌朝、目覚めると、穂乃花はすでにキッチンに立ち、信隆の弁当の用意をしていた。

「なにやってんの、穂乃ちゃん？　寝てなきゃダメだよ。今日、僕、会社休むから。ずっと穂乃ちゃんのそばにいるから」

「でも今日、大事な会議がある日でしょう？」

「そんなのいいよ、穂乃ちゃんよりも大事な会議なんてあるわけないんだから」

「ありがとう。でも大丈夫だよ。怪我したわけじゃないし」

「あんなに怖い思いをしたのに、大丈夫なわけないでしょ。それに、もしかしたら、マスコミが嗅ぎつけてうちに来るかもしれないし」

「うん、だから、美夜ちゃんの家に行こうかと思って。さっき連絡があって、迎えに来てくれるっていうから」

心に傷を負っているに違いない穂乃花を、あの美夜に任せて大丈夫かという不安はあったが、ひとりにしておくよりはマシだろう。なにかあったらすぐに連絡するよう何度も念を押し、美夜が苦手な信隆はそそくさと出勤した。


経理部内でも、穂乃花が昨日の無差別通り魔事件の現場にいたことは知れ渡っていて、皆が信隆に声をかけ、穂乃花が無事でよかったと、喜んでくれた。

昼休みに社員食堂で穂乃花が作ってくれた弁当を食べていると、横からのびてきた箸がメインのおかずをかっさらっていった。顔を上げると、いつもどおり桐生の笑顔がそこにある。

「うまっ！　穂乃花ちゃん、殺されなくて本当によかったぁ。おまえ、なに大事な嫁さんを危険に晒してんだよ。俺までこのうまいおかずが食えなくなるとこだっただろ」

桐生は自分の好物を次々口に運び、その度、顔を綻《ほころ》ばせる。そしてお礼のつもりなのか、飲みかけのペットボトルを「はい」とテーブルに置いた。それはいつものことで、もったいなくて残せない性格の信隆は、ありがた迷惑ながら毎回そのお茶を口にしている。

「じゃ、俺、行くわ。料理上手な嫁さん、大切にしろよ」

そう言って立ち去りかけた桐生がメールの着信音に足を止めた。ポケットから取り出した携帯を確認し、社食のおばちゃんにテレビのチャンネルを変えてくれと頼むと、穂乃花の弁当が置かれた机にどかっと尻を乗せ、信隆の肩をバンバンと乱暴に叩く。

驚いて顔を上げると、テレビの情報番組が昨日の通り魔事件を報じていた。

「では、この凄惨《せいさん》な事件を間近で目撃した女性からお話をうかがいます。そのあとで衝撃的な映像が流れますので、ご注意ください」

目撃者として映し出された女の声に箸を持つ信隆の手が止まった。

「嘘……、穂乃ちゃん？」

顔は映っていないが、自分がプレゼントしたコートを着た女性は間違いなく穂乃花だ。

「え？　え？　なんで？」

思わず立ち上がった信隆に語りかけるように、リポーターの女がカメラ目線で告げる。

「こちらがそのとき、彼女が撮影した動画です」

昨日、信隆も見た駅前の風景が画面に映し出された。

悲鳴、逃げまどう人々、その真ん中に、手にした鎌を振り回す若い男の姿がある。

「うわ、怖っ！　なにこれ、くそやべー」

桐生だけでなく、社食中がざわつきながら、画面に釘付けになっている。もちろん人が斬られる場面は放送されなかったが、それでも気分が悪くなったのか席を立ってトイレに駆け込む女性がいた。

「穂乃花ちゃん、すげーな。よく逃げずにこんな映像撮れたな」

「そ、それは……、怖くて動けなかっただけだよ」

桐生にそう答えながら、あの状況で、穂乃花がこんな動画を撮影していたことに、信隆自身が一番驚いていた。

「それより、なんでテレビの取材なんか……？」

「ああ、それ、たぶん、美夜のせいだ。この動画を見たあいつが局に売り込んだんだろ」

確かに穂乃花の後ろに美夜と思われる派手な服装の女性が映り込んでいた。注目されるのが大好きな美夜が、穂乃花に頼み込んで無理やりやらせたのだろう。

帰宅してすぐ問い質《ただ》そうとしたのだが、穂乃花は先に休んでいた。事件の心労も癒えていないのに慣れないことをさせられ、疲れてしまったに違いない。

それでも信隆の夕食はきちんと用意されていて、妻の愛情をしみじみと感じ、これ以上無理をさせないよう自分が気を配らなくてはと、信隆は思う。

だが真夜中になって、疲れて眠っていたはずの穂乃花がムクッと起き上がり、信隆のベッドに潜り込んできた。

そしてまた、なにかに憑《つ》かれたように激しく信隆を求める。

殺されていてもおかしくなかった恐怖体験の反動なのかもしれない。そう思い、信隆も彼女をいたわりながら求めに応じ、めくるめく時間を過ごした。

翌朝、少し気恥ずかしい思いで起きていくと、いつもキッチンでいそいそと立ち働いている穂乃花が、ダイニングチェアに座って携帯を見ていた。すでに弁当と朝食の準備は終わっているようだ。

「おはよう」と声をかけようとしたが、どこか恍惚《こうこつ》とした穂乃花の表情が気になり、なにを見ているのか背後から携帯画面をのぞき込む。

目に飛び込んできたのは、昨日の昼、社員食堂で見た無差別通り魔事件の映像だった。だが、テレビで放送されたものとは異なり、鎌で斬りつけられた中年女性が、血しぶきを飛ばしてのたうちまわるところまではっきりと映っている。

「穂乃ちゃん、これって……」

驚いて彼女の携帯電話を手に取って見ると、穂乃花は、あのとき撮影した動画を無修正で投稿していた。しかも、投稿したのは、昨夜、信隆がベッドに入る少し前。

こんな動画を投稿し、その直後に情熱的に迫ってきた穂乃花に、信隆は初めて薄気味悪さを覚えた。

「どうして……？　なんでこんな動画をアップしたの？」

穂乃花はうつむいたまま、小さな声で答える。

「アップしてほしいって人が、たくさんいたから」

確かに今こうしている間にも、フォロワーの数がものすごい勢いで増えていく。

コメントの数も同様で、死亡事故に頻繁《ひんぱん》に遭遇する穂乃花は、死の女神と呼ばれ、祭り上げられているようだ。

「ねぇ、穂乃ちゃん、そもそも、どうしてこんな動画を撮ったわけ？」

「それは……、待ち合わせ場所にノブさんが来なくて、それでずっと待ってたら、あんなことが起きてすごくびっくりして……」

「約束の時間に行けなかったことは本当に悪かったと思ってる。だから穂乃ちゃんが怖い思いをしたのは僕のせいだ。だけど……」

「ノブさんのせいじゃないよ。でも怖くて足が動かなくて、逃げられなくて、ここで死ぬかもって思ったの。そしたら勝手に手が動いて、ここで起きたことを撮っておこうって。轢き逃げのときみたいに、誰かの役に立てるかもしれないと思ったから」

撮影できるなら逃げられたんじゃないか、それに、目の前で被害に遭っている人がいたら、動画を撮るより救助が先だろうと思ったが、考えてみればあのときパニックになった信隆も穂乃花を捜すので精一杯で、血を流し倒れていた人になにもできなかった。

「確かに轢き逃げのときは役に立てたけど、もしも穂乃ちゃんが、あの時あの男に鎌で斬りつけられていたとしたら？　その動画を誰かがアップしたら嫌でしょ？」

質問ではなく、当たり前の確認をしたつもりだったのに、穂乃花は首を傾げ、不思議そうに訊き返してきた。

「どうして？」

「え……？」

まさかの反応に言葉が詰まる。

「どうしてって、そんなことされて、穂乃ちゃん嫌じゃないの？」

「全然嫌じゃないよ」

「な、なんで？　君が苦しんで死んでいくところを、全世界の人に見られてしまうんだよ」

「世界の人はどうでもいいの。おばあちゃんに見せたいだけ」

「見せたいって、死ぬところを？」

春日部《かすかべ》で一人暮らしをしている穂乃花の祖母は、孫が殺害される動画など絶対に見たくないはずだ。だが驚く信隆の目を見つめ、穂乃花はしっかりとうなずいた。

「だって、それを見ないと、おばあちゃんは私が死んだってことをちゃんと受け止められないはずだから。いつまでも生きてるんじゃないかって、どこかで期待してしまうと思う」

穂乃花が流した一筋の涙に、信隆は胸を衝かれた。

まだ幼いころ、穂乃花は海の事故で両親を亡くし、遺体は確認できていないと聞いていた。そのため、穂乃花は、両親の死をいまだに受け入れることができないのだ――。

非常識な動画投稿の裏には、彼女のつらい過去があったことを、信隆は初めて知った。

だが、だとしても、穂乃花のように親しい人の遺体や亡くなる間際の映像を見ることを望む人ばかりではない。いや、むしろ、見ることで傷つく人が大勢いるのだと、信隆は懇々《こんこん》と説く。

穂乃花が納得するよりも先にSNSの運営側が動いたようで、問題の動画は削除されていた。

4

妻にSNSから距離を置かせたい信隆は、夫婦共通の趣味を見つけようと、穂乃花を様々なサークルや習い事に誘う。熱中できるなにかが見つかれば、事件・事故動画の投稿への関心も薄れ、いずれは穂乃花の頭の中から消えてなくなるに違いない。

「穂乃花ちゃん、駅の向こうにできたスポーツジムに入会しない？　ヨガとか水泳とか、あと、ゴルフなんかも教えてもらえるらしいよ」

「運動が好きじゃないなら、乗馬とかは？　乗ってるだけで体幹が鍛えられるんだって。馬って目が綺麗で可愛いし、癒されるんじゃないかな」

「そうだね、動物が怖いなら、英会話を習いに行くっていうのはどう？　先生は外国人かもしれないけど、絶対に人間だし。それで上達したら、一緒に海外を旅するって、楽しそうじゃない？」

どれだけ提案しても、穂乃花は少しも興味を示してくれない。自分は家にいるから、ひとりで行ってきてと言われても、それではまるで意味がないのだ。

「穂乃ちゃん、本当にやりたいことなにもないの？　そんなわけないよね、なにかひとつくらいあるでしょ？」

「なくはないけど……」

「なんだ、あるなら、言ってよ。なに、なに？　穂乃ちゃんのやりたいことなら、なんでもつきあうよ」

「……ドライブ」

小さな声で、穂乃花は答えた。

「えっ……？」

信隆は免許も車も持っていない。必要性を感じていないし、残業の多い仕事をしながら免許を取りに行くのは容易なことではない。

「ドライブかぁ……、ちなみに、穂乃ちゃんは車でどこへ行きたいの？」

「……例えば、前に桐生さんの車で行ったグランピングリゾートの建設予定地とか」

それはつまり、女子高生が轢き逃げされた場所ということではないか。穂乃花がおかしくなったのは、あそこで事故現場から逃げる犯人を偶然撮影してからだ。

「えっと、穂乃ちゃん、なんで、あそこへ行きたいのかな？」

「焚火、楽しかったし、それに……、あの場所にお花を供えてきたいなって」

穂乃花はいまだに女子高生の死を引きずっているのだろうか。だが、話す前に目が泳いだ。

もしかしたら、またあの山道で事故に遭遇するのではと期待しているのかもしれない。

事件・事故動画の投稿をやめさせたいのに、そうだとしたら、逆効果だ。

そう思った信隆は、ドライブという穂乃花の希望を、なんとなくうやむやにして話を終わらせた。

そのせいもあってか、穂乃花は次第に塞《ふさ》ぎ込むようになっていく。どうしていいかわからずオロオロし、信隆は会社の喫煙ブースで煙草を吸っていた桐生に相談を持ちかけてみた。

「それは、承認欲求の飢餓状態ってやつだな」

訳知り顔で、桐生は言う。

「承認欲求？」

「他人から認められたいって感情だよ。ＳＮＳのいいね！やコメントの賛辞はその承認欲求をめちゃくちゃ満たしてくれるんだってさ」

誰よりも穂乃花のことを認めているのに、こんな自分がいくら大切に思っても、その想いは、どこの誰だかわからないやつのいいね！に負けてしまうのだろうか。

その手のものになんの興味もなく、穂乃花のＳＮＳをチェックするためだけにアカウントを取得した信隆には、まったく理解不能だ。

「でも、承認だけじゃないよ。あの手の映像に拒否反応を示す人も多いから、非常識だとか、頭おかしいとかって穂乃ちゃんをディスるコメントもいっぱい来てたし」

「その一方で、怖いもの見たさでグロ映像中毒になってる輩《やから》もいっぱいいるわけよ。そういうヤツらにとっては、穂乃花ちゃんはマジで女神なんじゃないの。一度アップされたヤバい映像は、削除しても拡散されてネット上に永遠に残るわけだし」

穂乃花がネット上で有名になったものだから、美夜もそれを羨《うらや》み、過激な写真を撮ってSNSに載せようとやっきになっているらしい。浮気して帰った夜、寝ていた桐生が気配に目を覚ますと枕元に、左手に携帯、右手には包丁を握った美夜がいたという。

「メッタ刺しにした俺の写真をSNSにあげる気かって、マジでビビった。ノブタも穂乃花ちゃんに刺されないよう気をつけろよ」

「穂乃花ちゃんがそんなことするわけないだろ」

「いや、わかんないぜ。あ、ノブタ、いいこと教えてやるから、いつものお茶買ってきて」

「いいことって？」

「煙草吸ったから、喉が渇いて喋《しゃべ》れない」

仕方なく自動販売機で彼の愛飲するお茶を買って戻ると、桐生はひったくるようにペットボトルを受け取り、喉を鳴らして飲んだ。

「それで？」

「は？」

「お茶買ってきたら、いいこと教えてやるって」

「ああ、忘れてた」

「ちょっと」

「いいか、ノブタ、よく聞け。SNSのいいね！やコメントの賛辞って、人によってはセックスを超える快楽、らしいぜ」

「……は？　なに言ってんの？　まさか、いくらなんでも……」

「いやいやいや、いいね！をもらうと、快楽ホルモン、ドーパミンが分泌されるんだと。で、そのドーパミンは、脳内麻薬とも言われていて、中毒性がある。穂乃花ちゃんは、フォロワーが増えて承認される快感を覚え、もうそれなしではいられない、欲しくて欲しくてたまらない承認欲求ジャンキーな体になってしまったわけだよ。つまり……」

薄ら笑いを浮かべ、桐生は顔を近づける。

「……そっちのほうが、ノブタのHより、ずっといい、ってことだろ」

へらへら笑いながら、喋り続ける桐生の声が、遠のいていく。

言われてみれば、ここのところ穂乃花は、信隆の求めに応じてくれていない。


その晩、残業を終えて帰宅すると、迎えに出てきた穂乃花はいつも以上に沈んでいた。生気のない疲れた顔を見た瞬間、信隆の口から言葉がこぼれ出た。

「穂乃花ちゃん、僕、車の免許取るよ」

「……え？」

生気を失ったその瞳に、驚きの色が浮かぶ。

「穂乃花ちゃん、ドライブに行きたいって言ってたでしょ」

「覚えててくれたの？　でも……、どうして、急に？」

「それは、ほら、ふたりでドライブ行けたら楽しいし、それに……、穂乃ちゃんとはずっと仲良くしていたいし」

「でも……、お仕事忙しいのに、大丈夫？」

「大丈夫だよ。穂乃ちゃんのためなら、いくらだって頑張れるから」

「嬉しい！　ありがとう、ノブさん」

幸せそうに甘えてくる彼女は、やはり信隆にとって、たまらなく可愛く愛おしい存在なのだった。

信隆が自動車教習所に通い始めると、穂乃花は目に見えて元気になった。

SNSのことなど忘れ、夫婦で行くドライブを楽しみにしてくれているのではないかと、信隆は幸せな気持ちになる。

残業せずに帰れる日と休日は必ず教習所に通ったので、今までのように休めず、かなり疲れが溜まっていたが、穂乃花の喜ぶ顔を思い浮かべれば、なんだって乗り切れそうな気がした。

そんなある日、会社のエレベーターで人事部の黒瀬《くろせ》果歩子《かほこ》と乗り合わせた。彼女は信隆に会釈《えしゃく》してエレベーターを降りたが、他の社員たちも降りて箱の中に信隆がひとりになったのを見るや、再び乗り込んできた。

「あの……」動き始めたエレベーターの中で、果歩子が訊く。

「その後、どうですか、穂乃花ちゃん？」

果歩子は退職後も穂乃花を可愛がり、通り魔事件のあとは心配して家までお見舞いに来てくれていた。

「ああ、その節はありがとう。おかげさまで、最近は少し元気になってきたみたい」

「それって……」

少し陰のある細面《ほそおもて》の美人顔に、困惑の色が浮かぶ。

「また、事故写真をアップしたから……ですか？」

「えっ？　穂乃花が？」

「田中さん、知らなかったんですか？　ほら、これ」

果歩子はスマホを操作しながら信隆と一緒にエレベーターを降り、ホールで穂乃花のＳＮＳを開いて見せた。

そこにはガードレールに突っ込んで大破した車の写真があった。あるのは車だけで、怪我人が写っていないことが救いだった。

「また懲りずにこんな写真を……。僕なんかはこういう写真や動画を撮ること自体、理解できないんだけど、ジェネレーションギャップなのか、いくら言っても穂乃花にはピンとこないみたいで」

「わかります。私も田中さんと同じ気持ちだから」

こんな騒ぎになる前から穂乃花の数少ないフォロワーのひとりだった果歩子は、これまでにもこんな投稿はよくないと穂乃花に注意をしてくれていたらしい。

「私、昨日も穂乃花ちゃんにメッセージ送ったんですよ。穂乃花ちゃんのフォロワーさんにメメント森《もり》って人がいるんですけど、その方のコメントがすごくよかったから、ちゃんと読んでみてって」

メメント森なるフォロワーは穂乃花の上げた動画を頭から否定するのではなく、穂乃花の気持ちに寄り添い、あなたもこの動画を見るすべての人の気持ちを推察してみてほしいと切々と訴えていて、果歩子も賛同するコメントを投稿したという。

「穂乃花のこと、いつも気にかけてくれてありがとう。通り魔事件のあとも、黒瀬さんが心配して来てくれて、穂乃花、すごく喜んでた」

「そう……ですか？」

「え？　なにか、あったの？」

「実は……、あのあと、穂乃花ちゃんにドライブがしたいって言われたんです。気分転換になるならと思って、私、車出したんですけど……、穂乃花ちゃん、車の中でずっと携帯を握りしめながら、目を皿のようにして窓の外を見続けていて……」

やはり、信隆に運転免許証を取らせせようとしているのも、最初の成功体験が忘れられず、事故現場に遭遇できると思っているからなのか……。

「あ、もしかして、この写真、その時に撮ったもの？」

果歩子のスマホの写真を指差すと、彼女は首を振る。

事件や事故の現場にそうそう遭遇するわけもなく、なにもないまま家まで送り届けたので、穂乃花は不本意そうだったという。

「じゃあ、この写真、穂乃花はいつ撮ったんだろう？」

投稿されたのは、昨日の深夜だ。

周囲に人目がないか確認し、果歩子が顔を近づけてきた。

「実は私、昨日、会社のそばのカフェで穂乃花ちゃんを見かけたんです。田中さんと待ち合わせかと思ったら、そこに現れたのは、あの人で……」

「あの人って、もしかして、桐生？」

微妙な表情や声のニュアンスから察して尋ねると、果歩子は顔を曇らせ、うなずいた。

美夜に略奪されるまで、果歩子は桐生と同棲していた元カノなのだ。

「あの人、車で来て、穂乃花ちゃんを乗せて走り去ってしまって」

苦々しい果歩子の表情が、あの人がどういう男か知ってるでしょう？と語っている。

なにも聞かされていなかった信隆は驚いた。昨夜、穂乃花はいつもどおり家にいて、信隆を出迎えてくれたが、残業したあとに教習所に寄ったため、帰宅したのは十一時を過ぎていた。

家に帰って、穂乃花を問い詰めると、昨夜、桐生とふたりでドライブしたことをあっさり認めた。

「ただドライブしただけで、なにもやましいことなんてないし」

「だからって、おかしいでしょ。美夜ちゃんの夫と、夜ふたりでドライブするなんて」

「別に桐生さんとドライブしたくてしたわけじゃないよ。ノブさんが免許取ってくれないからでしょ」

「いや、僕だって、穂乃ちゃんのためにギリギリで頑張ってるんだよ。残業したあとも、できる限り教習所通ってるじゃない」

「だけど、もっと早く免許取れると思ったんだもん」

仕事の都合でどうしても免許取得まで三か月以上かかると告げたとき、穂乃花は明らかに気落ちしていた。

できるだけ早く免許を取るから、もう桐生とふたりで会わないよう約束をさせたが、事故が頻発している場所を見つけたなどと桐生に誘われれば、穂乃花はついていってしまうかもしれない。穂乃花にそういう気持ちがなくても、桐生のほうは穂乃花を口説き落とそうとしているに違いないと、信隆は危機感を覚えた。

「ねぇ、穂乃ちゃんは、どうしてそんなに事故や事件の写真が撮りたいの？」

「それは……、SNSに上げるために」

「だから、それは、なんで？」

「だって、フォロワーの人たちが楽しみに待ってるから」

「それ、別に穂乃ちゃんがやらなきゃいけないことじゃないよね。それに、すべてのフォロワーがそれを望んでるわけじゃないでしょ。今日、黒瀬果歩子さんから聞いたよ。メメント森さんだっけ？　穂乃ちゃんがアップした写真を見るすべての人の気持ちを考えてみてって言ってくれてる人もいるんだよね？」

「その人、おじさんかおばさんだよ。ううん、おじいさんかおばあさんかも。感覚がズレてるから、わかんないんだよ」

「穂乃ちゃん、黒瀬さんも僕と同じ気持ちだって言ってたよ」

「だから、ノブさんと果歩子さんも、おじさんとおばさんってことでしょ」

「そういう問題じゃないよ、穂乃ちゃん。ご両親を事故で亡くした穂乃ちゃんが、ご遺体の確認ができなかったから、死を実感できないっていうのは理解できるし、つらいことだと思うよ。でも、穂乃ちゃんだって、もしも誰かがご両親の最期の様子をSNSにアップして、苦しんでいるお父さんとお母さんの姿が全世界の人の目に晒されると思ったら、嫌でしょう？」

しばらく考え込んでから、穂乃花は嫌じゃないという主旨の話をしたが、その理由はあやふやで納得できるものではなかった。

いくら追及しても、言葉を尽くしても、わかりあうことはできず、言葉足らずで曖昧《あいまい》な彼女の説明から察するに、結局は、承認欲求を満たしたいということなのだろう。それが、桐生の言うように、セックスを超える快楽なのかどうかまではわからないけれど。

5

数日後、信隆は仕事帰りに教習所に寄り、へとへとになって帰宅したが、穂乃花は玄関で出迎えてはくれなかった。少し前まではいつも笑顔で鞄を受け取り、スリッパを揃えてくれていたのになぁと思いながら、自分で出したスリッパに足を突っ込み、キッチンに呼びかける。

「穂乃ちゃーん、ただいまー。さっき、母から電話があって、週末、うちに遊びに来たいって言うんだけど、いいよね？　せっかくだから、みんなでどこか東京見物にでも……」

ネクタイを緩めながら、ダイニングキッチンに顔を出したが、そこに穂乃花の姿はなく、いつもあるはずの夕食も用意されていなかった。驚いて、リビング、風呂、トイレ、二階と捜し歩いたが、穂乃花はどこにもいない。携帯にかけても通じないので、美夜や果歩子に連絡して尋ねたけれど、ふたりとも穂乃花と会っていないし、彼女の行方に心当たりはないという。桐生が家にいることは真っ先に美夜に確認したので、彼とのドライブに行ったわけでもなかった。

事件や事故に巻き込まれたのではないかと心配し、信隆は近所を捜し回ったが、どこにも彼女の姿はない。

深夜を過ぎ、もうこれ以上は待てないと警察に電話をかけようとしたとき、玄関が開いて、疲れ果てた様子の穂乃花が帰ってきた。

さすがの信隆も「どこへ行っていたんだ？」と声を荒らげてしまったが、知人から事故の報せを受けて名古屋まで行ったものの、写真は撮れなかったと肩を落とす穂乃花に、唖然としてしまう。

どうやらSNSで知り合った事故写真を愛好する怪しげな連中と交流があるらしい。

警察無線を傍受している人間までいるようで、信隆はそれは犯罪だし、そんな奴らと関わるのがいかに危険なことか必死に説いたが、なぜこんなことまでしてしまうのかと、憔悴《しょうすい》しきった穂乃花に同情を覚えた。

その話を職場で黒瀬果歩子に相談すると、彼女は穂乃花を心配して、また家まで来てくれた。穂乃花も彼女のことを慕っていたので、ふたりがかりで説得すれば、伝わるのではないかと期待したが、残念ながら果歩子の訴えも穂乃花の心には響かない。

「『いいね！』は、別に他の写真でももらえるよね？　例えば、ペットを飼って、犬や猫や鳥の写真や動画をアップすればいいんじゃないかな」

信隆の提案も、「動物は怖いから無理」の一言で片づけられてしまう。

子供ができてくれたら一番いいのだが、ここのところ、いつもやんわりと断られ続けているので、授かるわけもない。

「じゃあ、料理の写真は？　そうだよ、穂乃ちゃんは料理が得意なんだから、レシピと一緒に手作り料理の写真を投稿すればいいんだよ」

「それ、すごくいい！　穂乃花ちゃんの料理なら話題になって、出版社から料理本が出せるかもしれないわよ」

信隆渾身《こんしん》のアイデアを果歩子も後押ししてくれたが、肝心の穂乃花は少しも乗ってこない。

「でも、手料理をブログやインスタに載せてる人は、掃いて捨てるほどいるし」

「そうかもしれないけど、穂乃ちゃんの料理は特別美味しいから、その他大勢が作ったものと一緒くたにはならないよ」

「私もそう思う。前に作ってくれた仔羊のロースト、人気シェフの店のよりずーっと美味しかったもの。レシピを教えてほしいって、フォロワーさんがいっぱい増えるはずよ」

あの料理も美味しかった、あれもＳＮＳ映えすると、信隆と果歩子で盛り上がる中、穂乃花が「ありがとう」とつぶやいた。

「うんうん、よかった、穂乃ちゃんがその気になってくれて。君の料理を僕なんかが独り占めしてるのはもったいないから、世界中の人に食べてもらって……」

「あ、違うの、『ありがとう』は褒めてもらったから言っただけ」

「え？　じゃあ、料理の写真は……？」

投稿する気はないと、穂乃花は首を横に振る。

「どうして、穂乃ちゃん？　君は料理で社会貢献できる人だよ」

「したくないの、そんなこと」

「なんで？　せっかくそんなに料理上手なのに……」

「嫌いだからよ！　作らなきゃいけないから作ってるだけで、私、料理、大っ嫌いなの！　おばあちゃんにいっつもダメ出しされながら作ってたから、料理が趣味とか言う人の気が知れない」

　おっとりとした穂乃花のいつにない強い口調に、信隆も果歩子も圧倒され、リビングはしんと静まり返った。

　自分が喜んで食べていた穂乃花の手料理が、イヤイヤ作られていたものだと知り、信隆は少なからずショックを受ける。「なにが食べたい？」と穂乃花に訊かれる度、無邪気に好物をリクエストしていたが、内心では面倒くさいと思われていたのだろうか。

「そんなことより……」

　沈黙を破ったのは、穂乃花だった。

「果歩子さん、美夜ちゃんのこと、どう思ってるの？」

「え……？　どう……って？」

　元カレを寝取った後輩をどう思っているのかと真顔で訊く穂乃花に、果歩子はただ戸惑っていた。

「殺したい……って、思わないのかなって」

　言葉を失う果歩子と穂乃花の間に、信隆は割って入る。

「なに言ってるんだよ、穂乃花ちゃん。黒瀬さんがそんなこと思うわけないだろ」

「ノブさんは思わないかもしれないけど、果歩子さんは思うんじゃないかな。だって、美夜ちゃんが現れるまでは、桐生さんとうまくいっていたんでしょう？　好きだった人をあんなかたちで奪われたら、許せないんじゃないのかな？　ふたりが交際してたの職場の人もみんな知っていたんだし、果歩子さん、会社に居づらくなってるはずだもの」

営業志望だった果歩子はもともとは営業開発部で桐生の部下として働いていたが、彼との同棲が知られ、人事部へ移動させられていた。その後、桐生が美夜と結婚し、女子社員の多くは果歩子に同情的ではあるものの、実際、好奇の目を向けている者も少なくない。

「桐生さんと同棲していたあの大きなおうちから果歩子さんを追い出したあと、美夜ちゃん、果歩子さんが少しずつ揃えたセンスのいい家具や食器を全部捨てちゃったんですよ。果歩子さんが大切に育てていた庭のお花も、手入れしないから、可哀想にみんな枯れてしまったし。あぁいうの見たら、美夜ちゃんを殺したくなるんじゃないのかなって」

「変なこと言うの、やめなよ、穂乃ちゃん。美夜ちゃんは、穂乃ちゃんの親友じゃなかったの？」

信隆が慌てて止めたが、穂乃花はなにも答えず、ただじっと果歩子を見つめ続けている。その瞳の奥でなにかを期待するような好奇の色が揺らいでいるのに気づき、信隆は背筋が寒くなった。

それに耐えられなくなったのか、果歩子もまたなにも答えず、青白い顔で席を立った。

「ごめんね、穂乃花を心配してわざわざ来てくれたのに」

駅へ送る道すがら、信隆は果歩子に頭を下げた。

「いえ……、私のほうこそ、なんのお役にも立てないまま、席を立ってしまって……」

果歩子は「私……」と唇を震わせ、信隆を見た。

「怖かったんです」

言葉を返せず、黙っている信隆に、果歩子は続けた。

「穂乃花ちゃん、なんで、あんなこと訊くんだろうって。私をじっと見つめてた彼女の口角が片頬だけ少し上がったように見えて、そのとき、私、変なこと考えてしまって。もしかしたら、穂乃花ちゃん……」

一瞬ためらったのち、信隆から目を逸らしたまま、彼女は一息に話す。

「私に……、美夜を殺させようとしているんじゃないかって。美夜を殺すようけしかけ、その瞬間を撮りに来るんじゃないか、そんな気がしてしまって……」

瞳に怯えの色を滲《にじ》ませ、果歩子はうつむく。

まさか、そんなことあるわけないじゃない。考えすぎだよ——。

そう言って明るく笑い飛ばせればよかったのだが、信隆は唇を動かすことすらできなかった。なぜなら、信隆自身も果歩子と同じように感じ、ゾッとしていたからだ。

「穂乃花があああなってしまったのは僕のせいかもしれない」

代わりに信隆の口からこぼれ落ちたのは、そんな本音だった。

「僕みたいなパッとしない四十男じゃなく、若くて優秀なイケメンと結婚していれば、それだけで周囲から認められて、穂乃ちゃんも承認欲求に飢えたりすることはなかったんじゃないかな」

「そんなこと……ないですよ。田中さんは、すごく頑張ってると思います」

思わぬ強さで否定され、信隆は驚いて果歩子を見た。

「私、あれから穂乃花ちゃんのSNSのコメント読み返してみたんですけど、もしかして、メント森って、田中さんじゃないんですか？」

強く見返され、信隆は小さくうなずく。

「直接言っても、穂乃ちゃんに聞いてもらえないから、コメントなら読んでくれるんじゃないかと思って」

あの手の写真や動画の投稿をやめさせたくて、穂乃花がなにか上げる度に書いてきたが、響いて賛同してくれるのは穂乃花ではなく、果歩子のような一部のフォロワーたちだけだ。

「正直、もうどうすればいいのか……」

「穂乃花ちゃん、一時的にちょっとおかしくなっているだけで、悪いコではないんだから、もっと強い態度でガツンと言ってみたらどうですか？　こういう投稿をこれ以上続けるなら、離婚する！とかって」

そんなこと、言えるわけがない。万が一そんなことを言えば、今の穂乃花なら、本当に離婚届を書いて出ていきかねないのだから。この期に及んでも、信隆が一番恐れているのは、穂乃花を失うことなのだ。

だから、出不精《でぶしよう》だった穂乃花が出歩くようになっても、信隆は文句のひとつも言えずにいた。

もちろん、そうそう頻繁に事件や事故に遭遇できるわけもなく、彼女は鬱々として帰ってくる。

そして、その表情は日を追うごとにどんどん険しくなっていくような気がした。

週末に信隆の両親が遊びに来ることになっていたが、いつもピカピカに磨き上げられていた家は荒れ、料理の準備もしてくれていないようだ。

さらに彼女の思い詰めた表情が信隆を怯えさせる。

先日、別れがけに果歩子に言われたのだ。

「このままだと写真や動画をアップするために、穂乃花ちゃん自身が事件や事故を起こしかねないんじゃないですか」と。

それは、信隆自身も懸念していたことで、思い詰めた穂乃花が犯罪に手を染めやしないかと、不安に苛《さいな》まれていた。

「穂乃花ちゃん、すごく疲れた顔してるよ。しばらくSNSはお休みしたほうがいいんじゃないかな」

「休みたいけど、フォロワーの人たちが私の投稿を待ってるんだもん。なにかあとひとつでも死の女神にふさわしい投稿をしてからじゃないと、終わりにできないよ」

穂乃花の口から「休みたい」や「終わり」という言葉が出てきたことに、信隆ははじめて安《あん》堵《ど》を覚えた。

「だったら、インパクトのある動画が投稿できたら、SNSをやめてくれるんだね？」

信隆は約束を取りつけ、その晩キッチンで洗い物を終えた穂乃花に、自分が以前使っていた古い携帯で撮影した動画を見せた。

「これ……って?」と、穂乃花が首を傾げたのも無理はない。前半は線路やその周囲の風景が延々と続くだけの映像なのだから。

それは鉄道好きな甥っ子のために、信隆が走行中の車内で運転席の後ろの窓から線路を撮った動画だった。

「もう少し見てみて」

そう言って、信隆自身は画面から目を逸らす。このあと二度と見たくない衝撃的な映像が映しだされることを知っているから。

あのとき、信隆を乗せた電車がある駅に滑り込んだ瞬間、ホームから男が飛び込み、その自殺の場面を図らずも手にしていた携帯で撮影してしまったのだ。

あとから動画を再生し、決定的な瞬間が映っていることを確認した信隆は、怖くてその携帯が使えなくなり、すぐに買い替えた。古い携帯は処分してもらおうと思っていたのだが、妹を自殺で亡くした友人に、遺族のためにもそれは証拠として保管しておくべきだと言われ、使っていない引き出しの奥底に封印していたのだった。

穂乃花がハッと目を瞠《みは》り、問題の場面が再生されたことがわかる。

今、それを目にしているわけではないのに、信隆の脳裏にもあのとき見た忘れたくても忘れられない凄惨な光景が、穂乃花の反応を通してまざまざと蘇《よみがえ》った。

穂乃花にとっても、さすがに衝撃が大きかったようで、悲鳴をのみ込むように口もとを片手で覆い、携帯電話を持つもう一方の手も小刻みに震えている。死人のように白くなった顔からは表情が抜け落ち、今にも気を失いそうだ。

「穂乃ちゃん、大丈夫？」

動画は完全に終わっているはずなのに、画面から目を離さないまま、穂乃花は固まってしまった。

自分が二度と見たくないと思っていた恐ろしく刺激の強い映像を、なぜ穂乃花に見せてしまったのかと後悔し、信隆はその細い肩をつかんで強く揺さぶる。

「穂乃ちゃん！　穂乃ちゃん、ごめん、しっかりして！」

ぼんやりしていた目の焦点がゆっくりと定まり、彼女の瞳が目の前にいる信隆を捉える。

その直後、信隆は今まで感じたことのない恐怖に襲われ、声にならない悲鳴を上げた。なぜなら、あの凄まじくも惨《むご》たらしい動画を見たはずなのに、飛び込んだ男と目が合ったはずなのに、その恐怖に歪んだ顔が運転席の窓ガラスにぶつかる鈍い音を聞いたはずなのに、一瞬で血まみれの肉塊と化したその体に衝撃を受けたはずなのに……、にもかかわらず、穂乃花は今まで一度も見せたことのない弾けるような笑顔を浮かべ、信隆に抱きついてきたからだ。

正直、そんな穂乃花を胸に抱きながら、信隆の心は恐怖にのみ込まれ、縮み上がっていた。だが、艶然《えんぜん》と口角を吊り上げ、顔を寄せてくる穂乃花は妖しくも魅惑的で、唇を塞がれると、頭の芯が痺《しび》れて苦しくなる。心は恐怖で支配されているのに、いつもと違う魔性の美しさに翻弄され、抗《あらが》うことなどできず、そのままキッチンの床に押し倒された。

熱くなった体が溶けて、穂乃花にとりこまれていくような奇妙な一体感に酔い、信隆もいつしか激しく愛を確かめ合う。

本当の意味で、穂乃花とひとつになれたと、信隆は感じた。今まで経験したことのない素晴らしい夜だった。

心のどこかで彼女の承認欲求を薄気味悪く思っていたが、やはり穂乃花は自分にとって誰よりも大切な女性だと再認識し、一生この手で守り抜こうと、信隆は心に誓う。

動画をSNSにアップすると、穂乃花はせっせと掃除を始め、美しく家を整えた。

そして、仔羊のローストをはじめとした完璧なごちそうで、遊びに来た信隆の両親をもてなしてくれた。

この自殺動画の投稿をフォロワーたちが歓び、死の女神・穂乃花の株はさらに上がった。だが、それだけでなく、思いもよらなかった大きな反響に、信隆たちは驚くことになる。

やはり程なくしてそのショッキングな映像は運営側に削除されたものの、その動画が完全に消えることはなかったのだろう。しばらくして、電車に飛び込んだその男性は、墨田《すみだ》区在住の浪人生だという書き込みがあった。

さらに読唇術の勉強をしているというフォロワーが彼の唇を読み、飛び込む直前、こう告げているとコメントした。

僕はやってない――。

それを受けて調べてみると、その浪人生は痴漢を疑われて自殺したことがわかり、その上彼を告発した女子高生がのちに別の男性を痴漢で虚偽告訴したことが発覚した。

自殺した男性も無実だったに違いないと、ネット上で騒ぎになり、穂乃花は彼の魂を救った女神として、今まで以上に祭り上げられてしまう。

研修のためしばらく支社で勤務していた果歩子もSNSはチェックしてくれていたようで、穂乃花を心配し、大丈夫ですか?とメッセージを送ってきた。

これで最後にすると穂乃花が約束してくれたから大丈夫と、信隆は返信したのだが……。

そんな中、どこで入手したのか、何者かが穂乃花の写真を投稿した。

すると、死の女神のイメージとはかけ離れた彼女の可愛らしさに、ギャップ萌《も》えといったコメントが多数寄せられ、同時に次の投稿を期待する声が高まり、穂乃花は逃げられなくなってしまう。

その期待に応えようと、穂乃花は駆けずり回り、最寄り駅近くの廃屋《はいおく》で起きた小火《ぼや》の動画を撮影し、アップした。

そしてさらにその数日後には自宅のすぐ近くで起きたバイク事故の画像を立て続けに投稿したのだ。

小火は放火の疑いがあり、バイクで怪我をした男性もワイヤーかなにかに引っかかって転倒したと訴えたらしいが、現場にワイヤーやロープの類《たぐい》は残されていなかった。

6

「田中さん、どうしたんですか？　そんなに痩せて……」

久々に本社の食堂で信隆と顔を合わせた果歩子は、ぎょっとしたように目を見開いた。

「え……、そう？　痩せた、かな？　だとしたら、穂乃花の料理のおかげ……」

「いえ、痩せたっていうより、ひどくやつれてますよ。なにがあったんですか？　顔色も悪いし、なにか変な物飲まされ……、たりしてるわけないですよね」

途中でまずいと思って冗談っぽく言い換えたが、果歩子が本気で心配していることが信隆にも伝わってきた。確かにここのところずっと、体調がよくない。

「ここ、いいですか？」と断り、信隆の隣にパスタのトレーを置いた果歩子は、周囲を見回し、声を潜めて訊く。

「あの、穂乃花ちゃんの小火とバイク事故の連続投稿、あれって、偶然ですか？」

「え？」

「こんなこと訊くの私も嫌なんですけど、穂乃花ちゃんが、その、関わったりしてないですよね？」

「……まさか、穂乃花がそんなことするわけないよ。小火のときもバイク事故のときも、その現場に行くまで僕が一緒にいたから、穂乃花が仕組んだなんてありえない。僕が保証するよ。そんなことできるコじゃないし」

力説すると、果歩子はほーっと大きく息を吐き、「よかったぁ」とつぶやいた。

「私、ずっと気になっちゃってて。ごめんなさい、失礼なことを言って。そうですよね、穂乃花ちゃんが、実際にそんなことするはずないですもんね」

安堵する果歩子を前に、信隆は自分の微笑みがぎこちなく歪むのを感じた。

彼女に嘘をついたからだ。現場に行くまで穂乃花と一緒にいた、と。

嘘をついただけでなく、信隆は黙ってもいた。

小火が起きた晩、穂乃花が家からライターとオイルを持ち出したことを――。

黙ってしまった信隆を心配するように覗き込む果歩子の瞳に気づき、慌てて作り笑いを浮かべ、弁当に箸を伸ばす。だが、食欲はまったくない。

「田中さん、やっぱり具合悪いんじゃないですか？　病院行ったほうがいいですよ」

「あ、いや、まぁ、歳も歳だし、考えてみるよ。心配してくれてありがとう」

「実は、私もちょっとお話ししたいことがあったんですけど……」

「なに？」

「……やっぱり、いいです。田中さん、つらそうだし」

「大丈夫だよ。気になるから言って」

「正直、田中さんのお耳に入れたほうがいいのか迷ったんですけど……」

ひどく深刻そうな顔で逡《しゅんじゅん》巡してから、さっきよりさらに声を潜め、果歩子は続けた。

「うちが管理している羊ヶ丘《ひつじがおか》のワケあり物件、ご存じですよね？」

「あ、ああ、取り壊そうとすると事故が起こって人が亡くなるっていう」

「あの廃洋館に纏《まつ》わる噂、聞いたことありますか？」

「噂って？」

「あそこで昔、羊みたいな目をした女が男性を監禁するために両足を切断していたって言われていて、実際に足のない遺体が三体も見つかっているんです」

「え……？」

「それで、廃洋館の中の六角形の部屋にひとりで入って、ドアを十センチほど開けたままにし、『羊目さん、私はあなたの生贄《いえにえ》です。どうぞお受け取りください』って三回繰り返すと、羊目の女が部屋に入ってくるから、捕まる前に、『私の身代わりの羊は誰々です』って、身代わりにしたい人の名前を三回唱えられたら、その身代わりにされた人間は一週間以内に足を切断されて……死ぬって、言い伝えが……」

信隆と目を合わせることなく、なにかに憑かれたように一気に喋り切った果歩子は、ぶるりと体を震わせる。それはただの作り話だよね？と、安易に口を挟めない張り詰めた空気が果歩子を包んでいた。

「黒瀬さん、大丈夫」

「え？　あ……、はい、大丈夫です」

「……えっと、で、その話が？」

「ああ、だから、これが穂乃花ちゃんの耳に入ったら、行ってしまうんじゃないかと思って」

「あ、廃屋が危ないから心配してくれてるのかな？　床が抜けたりするしね」

「いえ、そういうことじゃなく、あそこ、本当にヤバいんです」

「ヤバいって？」

「私、あの廃洋館の近くの高校に通っていたんですけど、実際に同級生や先輩……が、何人も亡くなっていて」

「え、でも、それはその羊目の女……だっけ？のせいとは言えないでしょ？」

「足を切断されたって話は聞いたことないけど、なんらかのかたちで関わってるんじゃないかと……」

「その羊目の女が？」

信隆は呆気にとられて果歩子を見た。

「羊目さんが殺してくれるわけではなく、身代わりの羊を自分で殺して生贄として捧げなければいけないという説もあるので、実際は自分で手を下した人もいるのかもしれませんけど」

そうすれば、羊目の女が守ってくれるため犯罪が露見することはないが、殺して生贄を捧げないと、自分が喰われてしまうという噂があるのだそうだ。

真剣に話す果歩子の顔から視線を逸らし、信隆は伸びて固まったパスタを見つめる。

どこか暗い印象のある果歩子だが、心霊現象を信じるタイプだとは思っていなかったので、どう反応すればいいのかわからなかった。

「田中さん、引いてますよね？」

「あ……、えっと……」

「わかります。でも注意してほしいんです。穂乃花ちゃんが誰かを身代わりの羊にしないように」

「いや、さすがに穂乃花も……」

そんな怪しげな話を信じたりはしない、と言いかけ、果たしてそうだろうかと自問する。人を殺しても、それがバレず、逮捕もされないと言われたら、穂乃花は殺人に手を染める——かもしれない？　いや、少し前なら絶対にそんなことないと言い切れたが、今は、彼女がなにを考えているのか、信隆にもわからず、怖いのだ。

「この話、私は穂乃花ちゃんにも美夜にもしていません。話したら、洋館へ行ってしまうかもしれないと思ったから。社内でこの話をしたのは田中さんが二人目です」

一人目は誰か、訊かずともわかった。

離れた席で定食を頰張りながら女子社員をからかう桐生に、ほんの一瞬だが、冷ややかな視線を果歩子が向けたからだ。

「あの人はその手の話に興味を持つタイプじゃないから、もう忘れているかもしれない。でも、あの物件の担当でもあるし、穂乃花ちゃんの気を引くためならドライブのときみたいに連れていかないとも限らないから心配になって」

再び桐生に向けられた氷のように冷たい瞳に、憐憫《れんびん》とも愛情ともつかない色が混じり、信隆はそこに、桐生に対する複雑な果歩子の想いを見たような気がした。

なかなか寝つけなかったため、翌朝はいつにも増して体調が悪かった。穂乃花が作ってくれた朝食にも手をつけず家を出ようとして、信隆は呼び止められる。

「ノブさん、明日の土曜日、美夜ちゃんのところに行ってきてもいいかな？ ごはんは作っておくから」

すぐにうなずくことができず、信隆はじっと穂乃花の瞳を見つめた。

桐生と廃洋館に行くのではないか――？

羊目の女の話が気になってはいたものの、知っているかと穂乃花に訊くわけにもいかず――訊いたら、藪蛇《やぶへび》になる――どうしようかと頭を悩ませていた。

桐生も一緒なのかと尋ねると、穂乃花は首を振り、美夜が悩みを聞いてほしがっているのだという。

実は、前の晩、美夜から電話があり、その悩みについては、信隆も聞かされていた。

出勤途中、駅前の喫煙所に桐生の姿を見かけたものの、声をかけず逃げるように会社に急いだ信隆だったが、気づいて追いかけてきた彼にむんずと肩をつかまれた。

「おまえ、大丈夫か？」

「……な、なにが？」

「いや、なんかここんとこ、ヤバくない？　死相が出てる感じだけど」

「食欲がないだけだよ。それより……、美夜ちゃん、なんか悩んでるみたいだけど」

「ああ、それな、俺ら、たぶん離婚するわ」

「え……？」

信隆は絶句し、思わず立ち止まる。

「浮気がバレて、針のむしろなんだよ。もう面倒だから別れようと思って」

「それ、美夜ちゃんも納得してるの？」

「いや、絶対別れないって言ってるけど、浮気も許さないし、離婚もしないって、わけわかんないだろ？」

自分に非があるにもかかわらず、少しも悪びれることなく桐生はいつものように、飲みかけのペットボトルを信隆に押し付け、去っていった。

その晩、夕飯の席で、桐生から聞いた話をすると、穂乃花は目を丸くした。

「桐生さん、美夜ちゃんと離婚する気なの？」

「そうらしい。明日は、美夜ちゃんとどこか外で会うの？」

「ううん、三時に美夜ちゃんのおうちに行くことになってる。桐生さんもう何日も帰ってきてないらしくて、美夜ちゃん、毎晩寝ないで桐生さんの帰りを待ってるみたいなの。朝になってても気が立って眠れなくて、睡眠導入剤飲んでお昼ごろやっと寝るんだって言ってたから、なにか美味しいもの作って、持っていってあげようと思って」

桐生の家は電車で二駅先の、閑静な住宅街の外れにある。

「それは美夜ちゃんも喜ぶよ。明日は僕も出かけるからごはんいらないし、なんなら泊まってきてもいいからね」

「ありがとう」と答えたものの、穂乃花にそんな気はないのかどこか上の空で、目は食が進まない信隆の皿に注がれていた。

「ノブさん、もしかして、具合悪いの？」

「ああ、ごめんね、せっかく作ってくれたのに、あんまり食欲なくて」

「無理しなくていいよ。おかゆ作ろうか？」

「大丈夫。ちょっと寝不足だから、早めにお風呂入って寝るね」

「じゃあ、お風呂用意してくるから、体のために野菜スムージーだけでも残さず飲んで」

今夜の穂乃花は落ち着いていて、以前のような焦燥感がない。訝《いぶか》しみながらも、信隆はスムージーのグラスを一気に空けた。


翌土曜日、信隆は穂乃花よりも二時間ほど早く家を出て、羊ヶ丘の廃洋館へ向かった。どんなところか確認しておきたかったからだ。

一度も訪れたことのない土地だったが、電車を乗り継いで小一時間ほどで到着し、来ようと思えばいつでも来られる距離だなと、信隆は思う。

坂の上にある廃洋館は想像以上におどろおどろしく、禍々《まがまが》しくて、門扉の前に立つと、信隆ですら、足がすくんだ。

誰が壊したのか、門扉の鍵が外されているので、誰でも容易に中に入れる。

しかし、昼間でさえもこれほど薄気味の悪い建物に、怖がりな穂乃花がひとりで入れるとはとても思えなかった。いや、桐生が一緒ならば、入れるのか？

そして、もしも入れたとしたら、穂乃花は誰を身代わりの羊にするのだろうか――？


穂乃花がＳＮＳに新たな動画を投稿したのはその日の午後四時過ぎ、すでに帰宅していた信隆は、それを見て顔色を変えた。

動画に映っていたのは、何度か訪れたことのある桐生の自宅と庭だ。

一階にある彼らの寝室とその前のテラスから火が出ている。そして、家の中から着衣に火のついた美夜が助けを求め、飛び出してきた。泣き叫びながら火を消そうと足掻《あが》く美夜の姿は直視できないほど痛々しく無惨で、やがて穂乃花が自分のコートを脱いで美夜に被せ、火を消し止めようとしたが、なかなかうまくいかず、ようやく火が消えたころには美夜は動かなくなっていて、そこでプツンと動画は終わった。

すぐに穂乃花に電話をすると、病院にいるという。

慌てて駆けつけた信隆は、廊下のソファに、手や腕に包帯を巻いた穂乃花を見つけ、思わず縋《すが》りついてしまった。

「穂乃ちゃん、火傷《やけど》したの？　大丈夫？　痛む？」

「うん、でも、たいしたことないから、私は大丈夫だけど、美夜ちゃんが……」

あのあと、救急車を呼び、美夜もこの病院に搬送されたが、先ほど死亡が確認されたと、穂乃花は声を震わせる。

「美夜ちゃん、亡くなったの……？　桐生は？」

「わからない」

「どうして、火事に？」

「わからない」

「穂乃ちゃん、大丈夫？」

「わからない」

なにを訊いてもロボットのように「わからない」を繰り返す穂乃花の前にかがみ、できるだけ優しい声で、信隆は話しかけた。

「美夜ちゃんのことはとても残念だけど、穂乃ちゃんは彼女を助けようと、できる限りのことをしたんでしょ？　だったら、仕方ないよ。穂乃ちゃんが無事でよかったって、僕は思ってる」

はじめて顔を上げ、穂乃花がまっすぐに信隆を見た。

「私……、じゃない」

「え？」

「私が着いたときには、もう火が出てたの」

彼女が投稿した動画には、穂乃花自身が放火したのではないかと疑うコメントが、いくつも寄せられていた。

穂乃花の瞳を見つめ返し、信隆はうん、うんと何度もうなずく。

「信じるよ、僕は。だから、穂乃ちゃん……、あの動画、削除して」

なぜあんな動画を投稿したのかとはもう訊かず、削除だけを求めたのに、穂乃花は静かに首を振る。

「どうして？　なんで削除しないの、穂乃ちゃん？」

「だって……」

乾いた声で、穂乃花は答える。

「……私が削除しなくても、どうせ誰かがすぐ削除するもの」

リノリウムの床に注がれた穂乃花の瞳は、なにも映していないかのようだった。


放火を疑われただけでなく、ＳＮＳのコメント欄には、『人殺し！』と、穂乃花を非難する書き込みが投稿され、それは瞬《またた》く間に増えていった。

火を消してと助けを求める美夜を、穂乃花がすぐに救助しなかったせいだろう。

常にすぐ撮影できるようスマホを手に持ち歩いている穂乃花は、悲鳴を上げ家から飛び出してきた美夜を撮影しているのに、コートを脱いで消火にあたるまでに少し間がある。その間、携帯用の三脚を取り出し、着衣の火を消そうと庭を転げまわる美夜の姿を撮影できる状態でスマホのカメラをセットしたであろうことが、彼女が撮影した映像からうかがえるのだ。

すぐに消火にあたっていれば、もしかしたら、美夜は一命を取り留めたのかもしれない。

「火をつけたのは私じゃない。きっと果歩子さんよ。果歩子さんが美夜ちゃんを殺したのに、どうして私がこんなに責められなきゃいけないの？」

悔しそうに涙を流す穂乃花を、信隆が慰める。

「穂乃ちゃんが悪くないことは、僕が知ってる。だから、もうやめよう。これで、本当に終わりにしよう」

穂乃花は唇を噛んだまま、決してうなずかなかった。

7

数日後、妻を亡くした桐生は多少の疲れを見せながらも、いつもとあまり変わらない様子で出社してきた。

食堂脇の喫煙ブースで彼の背中を見かけた信隆は、葬儀でお悔やみを述べたものの、今、なんと声をかければいいのかわからず話しかけるのを躊躇《ちゅうちょ》した。だが、それに気づいた桐生は、「おう、ノブタ！　聞いてくれよ」と、一方的に喋りだす。

「警察、俺が火をつけたんじゃないかって疑いやがってさ、大変だったんだよ。ほら、俺、いつも寝室の前のテラスで煙草吸ってただろ。あそこが火もとで、煙草の火が、捨てずにまとめてテラスに出してあった雑誌の束に引火して、美夜が干してた俺の布団に燃え移ったって言うわけ。いやいやいや、俺、あの日、テラスで煙草吸ってないからって言ってんのに、ホントしつこくて、まいったわ」

夫の浮気に怒り狂った美夜が、証拠写真をＳＮＳに上げてやると地元の友人に息巻いていたせいで疑われたらしいが、ホテルに泊まっていた桐生は数日前から帰宅していなかったことが証明され、なんとか解放されたという。結局、火事の原因も、収斂《しゅうれん》火災ということで落ち着いたらしい。テラスのウッドデッキに並べてあった猫除けの水入りペットボトルに太陽光が反射して雑誌や枯草に火がつき、燃え広がったのではないかと推測されたようだ。

「穂乃花ちゃんには俺がやったって匂わせといたけどね」

「え？　どうして？」

「感謝されたいからに決まってるだろ。あのさ、俺、独り身になったし、これからちょくちょくおまえんちにメシ食いにいくわ。穂乃花ちゃんの手料理、最高だもんな」

美夜の死を悼むことなく、いや、悼むふりさえせずに、火災の原因になり得た煙草をうまそうにふかし、普段と同じように言いたいことを言う桐生を、信隆はある意味、すごいと思った。もしも自分が穂乃花を失ったら、何年泣き暮らしても、立ち直れることなどないはずだ。

「あ、ノブタ、小銭持ってない？　お茶、買いたいんだけど」

「小銭はないけど、まだ飲んでないお茶ならあるよ」

信隆は、桐生がいつも好んで飲んでいるお茶のペットボトルを鞄から取り出し、キャップを開けて、彼に渡す。

「おー、気が利くじゃん。サンキュ」

ゴクゴクとうまそうにお茶を飲む桐生の喉の動きをじっと見つめながら、信隆は訊く。

「このあとは、社内で仕事？」

「いや、午前中の会議だけ出るために来たから、今日はもう帰る」

「そうなんだ。まだホテルにいるんだよね？　どこのホテル？」

「え？　なんでそんなこと、ノブタに教えなきゃいけないんだよ？」

「……ほら、だって、穂乃ちゃんの手料理を届けるのに、知っておかないと」

そう言うと、桐生は「おまえ、ノブタ、マジか、このヤロー」と嬉しそうに叫びながら抱きついてくる。勢いで彼が持っていたお茶がこぼれそうになったので、信隆はそっと手を添え、支えた。


その晩、なんの連絡もなくいきなり桐生が自宅を訪ねてきた。

「あ……れ？　……どうしたの、なんで、うちに？」

狼狽《うろた》える信隆に、桐生はニッと不敵な笑みを見せる。

「いや、わざわざホテルに届けてもらうのも悪いから、俺のほうから来てやったんだよ。で、穂乃花ちゃんは？」

「あ……、ビールを冷やし忘れてたって、今、買いに行ってる」

「ふざけんなよ、ノブタのくせに生意気だぞ。てめぇのビールはてめぇで買いに行けよ」

「いや、僕もいいって言ったんだけど、穂乃ちゃん、お財布持って走ってっちゃったから」

「俺の穂乃花を二度とパシリに使うんじゃねーぞ」

桐生が言うと、冗談には聞こえず、怒りが込み上げてくる。それにしても、どうして彼はこんなに元気なのだろうか？

勝手に上がり込んだ桐生は、穂乃花が作った夕食に歓声を上げ、勝手につまみ始める。ダイエットのため食前に飲んでねと、いつも用意されている野菜のスムージーにまで、桐生は手を伸ばした。

「あ、それ、僕の飲みかけだから」

かまわず一気に飲み干し、「苦っ！」と顔を顰《しか》めた桐生に、温厚な信隆もさすがに声を尖らせる。

「ちょっと、それは、穂乃ちゃんが僕のために……」

「なぁ、ノブタ……」

信隆の文句を遮《さえぎ》り、桐生は真顔で言う。

「おまえさ、穂乃花と別れろ」

「は？」

あまりのことに、信隆は言葉を失う。この男はなにを言っているんだ？

「いや、美夜が死んで、さすがにすぐすぐ再婚はないなって思ってたけど、考えてみれば女は離婚後、再婚禁止期間があるからさ、なる早《はや》で別れてもらったほうがいいと思って」

「なに勝手なこと言ってんの？」

「おまえには悪いけど、それが彼女のためだろ？　穂乃花ちゃんだって望んでることだし」

頭から冷水を浴びせられたように血の気が引いていく。

「穂乃花ちゃんが、望んでる？　嘘だ……、そんなはずない。本当に穂乃花ちゃんがそう言ったのか？」

はじめて桐生に食ってかかり襟首をつかんだ信隆に驚き、「い、いや、まだそうは言ってないけど」と、彼はその手を振り払う。

「熱くなんなよ、ノブタ。俺とおまえ、どっちと結婚したほうが穂乃花は幸せか、冷静に考えればすぐわかるだろ」

「穂乃花ちゃんと結婚したって、桐生は浮気するでしょ」

「そりゃするよ。するに決まってんだろ。だけど、俺は穂乃花に胃袋つかまれてるから、彼女のこともちゃんと大切にするって」

「そんなの幸せって言わないよ」

「なんで？」

「なんでって……」

「ノブタよ、そもそも、おまえが悪いんじゃねぇのか？　穂乃花がＳＮＳに快楽求めて暴走しちゃったのは、おまえがあのコを満足させてやれなかったからだろ？　違うか？」

なにも言い返せず、呆然と立ち尽くす信隆の目の前で、桐生は突然体を折る。

「あれ？　なんか……、気持ち悪」

つぶやいて口を押さえ、手洗いに駆け込む桐生に、信隆はハッとした。

ようやく今ごろになって薬が効いてきたらしい。

でも、よかった。あとは穂乃花が帰ってくれば……。

近くのコンビニにビールを買いにいっただけなのに、どうしてこんなに時間がかかっているんだろう？

帰りの遅い穂乃花が心配になり、信隆は携帯に手を伸ばす。その瞬間、抗いがたい睡魔に襲われ、信隆は床に膝をついた。


熱い。なんだ、この肌に刺さるような熱さは……？

目を開けた瞬間、絨毯《じゅうたん》を這い、迫ってくる炎が見えた。床だけじゃない、壁や天井をチロチロと舐めながら近づいてくる炎に信隆はのみ込まれそうになっている。立ち込める黒煙を払い、出口を探そうとしたが、自分がどこにいるのかもわからない。状況が理解できず、信隆はパニックになって穂乃花を捜す。

「穂乃花ちゃん、どこ!?」

煙に咳き込みながら顔を上げると、穂乃花の顔がそこにあった。

「よかった、穂乃ちゃん、無事だったんだ……ね？」

彼女は煙を吸い込まないようタオルで鼻と口を塞ぎ、信隆にスマホのカメラを向けていた。

「穂乃ちゃん、なにしてるんだよ！　逃げなきゃ……」

穂乃花を連れて逃げようとしたけれど、体がいうことをきかない。

「ダメだ、体が動かない。助けて……」

懸命に穂乃花に手を伸ばしたが、彼女はそれを無視して信隆を撮影している。

「もう火が回る。本当に死んじゃうよ。やめてよ、撮らないで」

必死に哀願する信隆の顔に携帯のカメラを構えたまま、穂乃花は撮り続ける。

「無様に死んでいく姿をネットに晒すつもりなの？　ああ……、苦しい、もうダメだ。ねぇ、きっと後悔することになるよ。こんなにも君のことを想っている人間が、他にいるはずないんだから。だって……」

煙に咽《む》せながら絞り出した言葉が、穂乃花に届いただろうか……？　確かめる術《すべ》もなく、信隆の視界は暗転した。

8

まぶたの裏に光を感じ、目を開けたとき、信隆は思った。ああ、天国に来られた、と。

目の前に、優しく微笑む穂乃花の顔があったからだ。

だが、目の前に立つ穂乃花の姿は、妙に生々しい。そして、その生々しい口から言葉がこぼれた。

「ノブさん、気がついたのね？」

その懐かしくも優しい声に、信隆は胸を締めつけられる。

白い天井に、白い壁、どうやらここは天国ではなく、病院の個室のようだ。

「穂乃花ちゃん……」

その頬に手を伸ばばそうとしたが、包帯の巻かれた体は動かず、痛みが走った。

「動いちゃダメ。安静にってお医者様に言われてるから」

「穂乃花ちゃん、助けてくれたんだね」

うんとうなずき、無事でよかったと涙ぐむ穂乃花の手には、スマホもカメラもない。

あのあと、意識を失った信隆の体を小柄な穂乃花が、必死に外へ運び出してくれたらしい。

それを聞いて、自然に涙が込み上げてきた。

「あ……、そうだ、桐生は？」

穂乃花はうつむき、首を左右に振る。

「ごめんなさい、まさか桐生さんがうちにいるなんて、思わなかったから」

彼が手洗いにこもっていたことなど知る由《よし》もない穂乃花に、桐生が助けられたはずもない。

なぜ火事になったのか尋ねると、煙草の火の不始末の可能性が高いという。

「桐生の？」

穂乃花も信隆も喫煙しないのだから、彼しか考えられないが、うちへ来たとき、桐生は煙草を吸っていただろうか……？　それに、ついこの間、自宅の火事の原因ではと疑われたばかりなのに、煙草の火を消しわすれたりするだろうか？

疑問を抱きながら、信隆の口から飛び出したのは、まったく関係のない質問だった。

「穂乃ちゃん、桐生があの家にいたってわかっていても、僕のほうを助けてくれた？」

その問いにうなずいてくれた穂乃花の姿は、まるで女神のように後光が差して見えた。

「だって本当なんでしょ？　あのとき言ったこと」

ああ、彼女にはちゃんと届いていたんだ。火の中で意識を失う直前、僕が伝えた言葉が。

「もちろん本当だよ、穂乃ちゃん」と、包帯の巻かれた首を小さく縦に振る。

「駅の近くの廃屋に、火をつけたのは……、この僕だよ」

穂乃花がオイルとライターを持って家を出たから、彼女にそんなことさせるわけにはいかないから、代わりに僕がやったんだ。

「それから、近所の電柱にピアノ線を張って、バイクを転倒させたのも、僕」

小火の動画がしょぼいと不評で彼女が焦っていたから、次は事故に挑戦し、警察が来る前にピアノ線を回収した。

「穂乃ちゃんは黒瀬さんが美夜ちゃんを殺したって疑ってたし、今は桐生がやったと思ってるかもしれないけど、どっちも違う。あの家に火をつけたのも、僕なんだよ」

君と桐生がラブホに入る写真を、美夜がSNSに上げようとしていたから。

君はバレていないつもりでいたんだろうけど、あのまま美夜の家に行ったら、美夜が君になにをするかわからないし、怖かったんだ。

だけど、さすがに人が死ぬかもしれないと思うと抵抗が大きかったから、その前に廃洋館へ行って、羊目の女に桐生美夜を身代わりの羊にすると三回唱えてきた。ウッドデッキのテラスに火のついた煙草を投げ込んだだけで思いが遂げられたのは、羊目の女のおかげなのかもしれない。だってあの時確かに感じたのだ。六角形の部屋のドアを開け、近づいてくる羊目の女の存在を。

「僕が、穂乃ちゃんのために、やったんだ。全部、全部、穂乃ちゃんのために」

あ、いや、全部ではないかもしれない。

穂乃花の動画がアップされるたび、メメント森としてコメントを書いた。

そしてたくさんの人が僕の意見を支持し、こんな僕の存在をみんなが認めてくれた。

怖いくらいに幸せでやめられなかった。

承認欲求、だっけ？

僕にもわかったよ、君の気持ちが。

認められるって、本当に、本当にたまらなく、快感――だ。

「そうだ、本当は桐生のことも穂乃ちゃんに撮らせてあげるつもりだったんだよ」

体調が悪くなり、桐生から毎日穂乃花のおかずと引き換えに渡されていた飲みかけのお茶は毒入りなのだと気づいた。それ以降は飲まずに毒を溜め、ペットボトルに入れて、今日喫煙ブースで桐生に飲ませたのだ。ホテルに電話して桐生が出なければ、明日にでも穂乃花を連れて部屋へ行き、服毒死した桐生の姿を撮らせてあげようと思っていたのに、桐生がうちへ来たから驚いたよ。そのあと、具合が悪くなってトイレに入ったけど、そんなに遅効性の毒物だったのかな？

それまですこぶる元気だった桐生が、気持ちが悪いと手洗いに駆け込んだのは、僕のスムージーを奪うようにして飲み干した後だ。そういえば、今日のスムージーはいつもと違う味がした。飲み慣れた苦味が薄いと思っていたら、僕も突然睡魔に襲われ、気がついたら火の海の中にいて……。

「穂乃花ちゃん……、あのスムージーの中に、なにか入れたりしてないよね？」

彼女は僕の耳に口を寄せ、声を潜めて答える。

「今日はね、いつもと違う、眠くなるお薬」

「え……？　それって、どういうこと？」

唇がさらに近づき耳に触れるギリギリのところで、穂乃花は声を殺し囁《ささや》いた。

「え？　え？　なにバエ？」

聞き取れず問い返したが、穂乃花は可憐な花のように笑って、僕のベッドから離れる。

そして部屋の隅に置かれていた見慣れたものを拾い上げ、そのまま僕に向けた。三脚のついた彼女のスマホのカメラは、この病室で目覚めてからの僕のすべてを撮影していたらしい。

録画を停止し、出ていこうとした穂乃花が、ドアの前で足を止め、振り返った。

「これからもよろしくね、ノブさん」

女神の微笑みを残し、手を振り出ていく彼女の姿を、信隆は呆然と見送る。

ドアが閉められた瞬間、さっき聞き取れなかった穂乃花の言葉がふいに耳の奥で蘇った。

毒で死ぬのは地味だけど、焼死はＳＮＳ映えするから――。

暗黒の羊

ねぇ、聞いた？

二年Ａ組の白鳥《しらとり》さん、拉致されたって！

嘘、白鳥さんって、白鳥美月《みづき》？

そうそう、ダンス部の部長やってる綺麗な子。

拉致って、なに？　怖すぎなんだけど。

学校の裏門出たところで男に無理やり車に乗せられて連れていかれちゃったんだって。それ、同じクラスの狐塚《こづか》さんが見てて、今、学校に警察、来てるらしい。

マジで？　なに、それ、ヤバくない？


白鳥先輩が拉致られたって、本当？

みたいよ。ラジオのローカルニュースでも流れたらしい。

ちょっと前にも、拉致監禁されてた女子高生が、殺された事件あったよね。

あったー、何年間も拷問っぽいことされてたやつでしょ。拷問とかマジ無理なんだけど。

そういうこと、ダンス部のコの前で言ったらダメだよ。みんな、ピリピリしてっから。

わかる。ダンス部の友達、ダダ泣きしてたもん。すっごくいい先輩だったみたいで。

だったって、過去形、ヤバくない？

うん、それもダンス部のコが聞いたら、マジキレるヤツ。

私、去年の文化祭で白鳥先輩が踊ってるとこ見たけど、すっごく綺麗だった。気がついたら泣いちゃってたもん、なんか感動して。

三歳からクラシックバレエを習っていましたからね、白鳥先輩。

わ、亀田《かめだ》さんか、びっくりした。

天才なのに努力の人で、先輩のダンスは血のにじむような努力と練習を日々重ねた結晶なんです。

あれ、亀田さんてダンス部だったっけ？

元ダンス部です。やめてしまいましたから。

へー、なんか、意外。

ダンス部は、全国大会出場目指して頑張っていたのに、部長の白鳥先輩がいなくなってしまったら、困りますよね。どうするんだろう。

……ちょっと、亀田さん、それ、ダンス部のコの前で絶対言っちゃダメなやつだよ。

狐塚さん、おはよう。白鳥さんのこと、びっくりしたよ。まだ見つかってないの？

……そうみたい。もしも美月になにかあったら、真弓のせいだ……。

やだ、泣かないで。狐塚さんは白鳥さんと一緒に帰ろうとしただけなんでしょ？

でも、真弓《まゆみ》、教室に携帯忘れて取りに戻ろうとしたの。美月と一緒に裏門を出てたら、美月、さらわれたりしなかったはずだもの。

そんな……、狐塚さんが自分を責めることないよ。悪いのは犯人なんだから。

だけど、携帯持ってたら、警察にももっと早く連絡できて、犯人、すぐに捕まったかもしれないって、どうしても考えちゃって……。

大丈夫だよ。白鳥さん、きっと無事に帰ってくるよ。

そうだよね。絶対絶対そうだよね。ありがとう。真弓もそう信じてる。もしも美月が殺されたりしたら、真弓ももう生きていけな……。

あ、真弓、ここにいたんだ。よかったね、美月。

サチ、よかったって、なにが？

あれ？　真弓、まだ聞いてないの？　美月、昨日の夜遅く、無事に保護されたんだって。

えっ!?……それ、どういうこと？

私も状況よくわかんないんだけど、うちの親のとこに、あ、たぶんPTAの会長だから、美月、無事帰ってきたって連絡あったよ。念のために入院して数日休むかもしれないけど、学校にもすぐ戻れるみたい。ごめんね、真弓は美月から直接聞いてると思ってたから。

……そう。

美月、今日から学校来られるんだって？

うん、真弓もホッとしたよ。すっごく心配で眠れなかったから。

でも、美月、ひどくない？　真弓が寝ないで心配してたのに、ＰＴＡ会長に先に連絡するとか、ありえないよね。

そんなのいいんだってば、全然気にしてないし。だって拉致されたんだよ。パニックになってて当たり前じゃない？

真弓、優しすぎ。美月って、薬で眠らされててなんにも覚えてないって言ってるんでしょ？　寝てただけなら、親友への連絡忘れちゃうほど、パニクるかな？

うーん、いつもの友達思いの美月なら、すぐに連絡くれたと思うから、眠らされてなにも覚えてないっていうのは本当のことじゃないのかも。もっと怖い思いをしたんだろうね、きっと。

だよね、なにも覚えてないわけないよね。犯人の車が崖下に転落してたのに、いまだに犯人見つかってないのも、おかしくない？

美月が殺しちゃった、とか？

えーっ？　それはないでしょ。

でも、美月を助けてくれた女の人、雪の降りしきる山道に美月が倒れてたって言ってるんでしょ？　殺されそうになって、逆に崖から突き落としちゃって、それでずっと寝てたってことにしてる、とか？

でもそれなら正当防衛なんだから、ちゃんと話せばよくない？　真弓ならそうするけど。

真弓ならそうかもだけど、美月はしない気がする。あのコ、完璧主義だから。たとえ正当防衛でも人を殺したなんて人生の汚点は、どんな手使ってもなかったことにするはず。

完璧主義っていうか、美月はミスパーフェクトだと、真弓は思うよ。美人でスタイルよくて、勉強できて、バレエが上手で、性格もいいんだから。いい子過ぎてちょっと不自然?って思うときもあったりするけど。

わかるー。美月、それ、本心? 猫、何枚かぶってんの?って、話しているといっつも思う。心開いてくれてないっていうか、私たちのこと信用してないんだよね、きっと。

っていうか、美月って、自分はうちらより確実に上って思ってるでしょ? ダンス部が全国大会なんか出ちゃったら、さらに上から見下されそう。

みんなで頑張って優勝する!みたいな青春っぽいこと言ってるけど、マスコミに注目されるから出たいだけじゃね? 美月、それを足掛かりに女子アナとか狙ってそうだし。

ちょっと、みんな、美月のこと、悪く言い過ぎ。真弓は、美月、いい子だと思うよ。綺麗で優しそうだから、今回だって、拉致のターゲットになっちゃったんじゃない?

え? ヤらしそう?

ちょっとぉ、ヤらしそう、じゃなくて、優しそうって言ったの、真弓は!

優しそうっていうより、ヤらしそうでしょ。美月って清純派っぽい顔してんのに、普通に制服着てても、なんかエロくない?

わかるー。拉致られたのって、あのエロい体で、美月が犯人をその気にさせたからじゃね?

1

「キャー、白鳥先輩！」

「美月ぃぃぃ、お帰りぃぃぃぃぃぃぃ！」

放課後、ダンス部の練習場所である体育館のステージ上で、白鳥美月は総勢四十七名のダンス部員たちに熱烈なハグと笑顔であたたかく迎えられた。

「私たち、先輩が、絶対無事に帰ってきてくれるって、信じてました」

「みんな、ありがとう。ごめんね、三日も練習休んじゃって」

「なに言ってんの、美月。大変だったね。どこも怪我してない？　大丈夫？」

「うん、このとおり。心配かけて、本当にごめん」

「そーだよ、美月ちゃんがひどいことされてたらどうしようって心配で心配で、夢《ゆめ》、ごはんも食べられなかったんだからぁぁぁ」

「ちょっと、夢。やめてよ。なに泣いてるの」

「だってぇぇぇ、美月ちゃんの顔見るまで、ものすごぉぉぉぉぉく心配だったんだもん」

「美月がいないと、全国大会に行けなくなるって？」

「そんなわけないでしょ、玖理《くり》ちゃんのバカ！」

「わかってるよ。でも、美月が無事戻ってきてくれたんだから、美月の足を引っ張らないようにちゃんと練習して、関東・甲信越大会優勝目指してしっかり練習しないとな」

「そういう玖理ちゃんが、一番練習サボってるくせに」

あたたかな笑いに包まれ、ついさっきまで固く強張っていた美月の体はしなやかにほどけていく。ここが自分の居場所だ、と、美月は思う。そして、なにがあってもこの最高のメンバーで全国大会出場を果たすのだ、と。


部活動のあとも、美月は後輩たちの自主練習につきあった。ようやく指導を終えて校門をくぐると、先に帰ったはずの玖理子と夢が、「わっ！」と顔を出す。

「どうしたの、ふたりとも？」

「家まで送ってくよ」

「え、いいよ。玖理子、今日、塾でしょ？　それに、夢だって、家が遠いんだし」

「いいのいいの、夢たちが、美月ちゃんと一緒に帰りたいんだから」

「僕も塾めんどいから、サボりたいって思ってたんだ」

暗い夜道をひとりで帰ることに不安を感じていた美月は、ふたりの思いやりに涙が出そうになったが、ぐっとこらえ、努めて明るい声を出す。

「じゃあ、お礼になんかおごっちゃおうかな」

「やったー！　夢、キャラメルハニーパンケーキ！」

「えー、夢、ダイエットは？」

「明日からやるよぉぉぉ！」

三人は肩を並べて笑いながら夜道を歩いて駅へ向かい、美月の自宅にほど近いファミリーレストランでテーブルを囲んだ。

暗い話題を避け、ずっとふざけていた玖理子が、夢が化粧室に立った途端、真顔になる。

「……よかったよ」

「え？」

「あ、いや、美月、思ったより元気そうで、さ」

照れ臭いのか少年のように短い髪を乱暴にかき上げ、ぶっきらぼうに玖理子は続ける。

「早く捕まるといいな、犯人」

美月を拉致した容疑者は、衣類に残された指紋などから、「監《かん》キング」と名乗って過去に監禁殺人事件を起こした神田《かんだ》聖崇《きよたか》と断定されたが、崖から転落した車の中に、彼の姿はなかったという。ドアが開いていたので途中で投げ出された可能性が高く、その晩はひどい吹雪《ふぶき》だったため生存の可能性は低いという話だが、遺体はまだ発見されていない。

「でも、美月、ちょっと無理してないか？」

「ありがとう。大丈夫だよ。車に乗せられてすぐに眠らされてしまって気がついたら病院のベッドの上だったから、本当になにも覚えてなくて……。拉致された瞬間は死ぬほど怖かったけど、そのあとは病院で体を検査されたのが一番苦痛だったくらいだし」

「なにも……されてなかったんだろ？」

訊きづらそうに尋ねる玖理子の張りつめた表情から、祈るような思いが伝わってくる。

「うん、もしかしたら、写真を撮られたりはしてるかもって不安だったんだけど、服を脱がされた形跡もないの。信じてもらえないかもしれないけど」

「バカ、信じるよ」

「……ごめん。クラスで、ちょっとあったから」

三日休んでいる間に、美月を取り巻くクラスの環境はガラリと変わっていた。

流行に敏感でおしゃれな狐塚真弓率いる一番派手なグループに美月も一応属していたが、もうそこに自分の居場所がないということは、今朝、教室に足を踏み入れる前にわかった。彼女たちの話し声が廊下まで聞こえてきていたからだ。


えー、じゃあ、美月のエロさって、無自覚だと思う？

胸が大きいからそう見えるだけでしょ？　それって、美月のせいじゃないもの。

真弓、覚えてないの？　西高の結城《ゆうき》君たちとボランティアの清掃活動に駆り出されたとき、美月、やたらと胸デカく見えるTシャツ着てきてさ。男子と話すときだけ、前屈みになったりして、あたしたち、目が点だったじゃん。

えー、そんなことあったかなぁ？

そのあとすぐ、美月、結城君とつきあい出して、あ、やっぱ、アレでヤられちゃったんだーって。美月があんな服着てこなければ、結城君、真弓とつきあってたと思うんだよね。

私もそう思うー。結城君、超イケメンだから、真弓のほうがお似合いだよ。

やだぁ、そんなことないよぉ。それに、なんかそれじゃ、美月が結城君を誘惑したみたいじゃない？

みたいっていうか、絶対そうだって。美月ってプライド高いから、他の男には目もくれず、一番人気の結城君、狙い撃ちだったし。あ、でも、別れるかもね、あのふたり。

えー、どうしてぇ？

だって、あんなエロいコ、拉致っといて、なんもなかったなんてありえなくない？　絶対、いろいろ変なことされちゃってるって、結城君だって思うはずじゃん。

やめなよぉ、美月、かわいそうでしょ。

でも、あたしが結城君だったら、絶対別れるな。キモいし。

キモいとか言わないの。それに、結城君、お父さんの仕事の都合で確かもうアメリカに行っちゃってるはずだよ。大学も向こうで行くんじゃないかな。

えー、知らなかった。真弓、詳しいね。結城君、真弓にだけ連絡してきたんだ。やっぱ、美月より真弓にしとけばよかったって後悔してるんじゃない？　あ、じゃあ、結城君ってまだ美月が拉致られたこと知らないのかな？　真弓、教えてあげれば。

やだぁ、しないよ、そんなことぉ。みんなもそんなメッセ、絶対に送っちゃダメだよ。結城君が、誤解しちゃったら大変だし。美月が結城君誘ったみたいに、拉致犯も誘ったんじゃないかって。

化粧室から戻ってきた夢の「わーっ！」という歓声で我に返った美月は、耳にしつこく残る狐塚真弓のねばつくような声を慌てて振り払う。

運ばれてきたパンケーキにとろけるような笑みを浮かべる夢のおかげで、暗くなりかけた気持ちが少しだけやわらいだ。

大きな口を開けて、パンケーキをカプッと頰張り、「しはわせぇぇ」と相好《そうごう》を崩す夢は、小動物のように愛らしく、美月にとっても玖理子にとっても同い年ながら大切な妹のような存在だ。

「美月、なに、言われた？」

夢の可愛いらしさに癒され、油断していた美月は、玖理子の言葉に虚を突かれた。

「え？」

「なんか言われたんだろ、あの女狐に」

「女狐……って？」

「決まってるだろ、狐塚真弓だよ」

美月だけでなく、キャラメルハニーパンケーキにゆるんでいた夢の顔まで途端に曇った。

「……美月ちゃん、やっぱり、いじめられちゃってるの？」

「いじめって感じではないけど……」

「ったく、狐塚真弓、マジで性根《しょうね》腐ってるよな。ついこの間まで、『美月ぃぃぃ、真弓と美月は親友だよねぇぇぇ』とか言って、ベタベタ擦り寄ってきてたくせによ。あの女の取り巻きも頭悪すぎんだろ。親が金持ちでちょっとセンスがいいってだけで、なんであんなヤツのいいなりになってんだか、意味わかんねぇ」

「大丈夫だよ、玖理子。三年になればクラス替えがあるんだから、あと少しの辛抱だし、なにより、私にはダンス部があるもの。今日もみんながいてくれて、特に、玖理子と夢がいてくれて、本当に心強かった。これからはもう真弓の買い物とかにつきあわなくて済むから、ダンスのことだけ考えられて、かえって良かったかもって思ってるの。大会までに振り付けをもっとインパクトのあるものにしたいし、やらなきゃいけないこと山ほどあるから、助けてね、玖理子。夢もだよ、頼りにして……」

言いながら、夢に顔を向け、美月は言葉をのむ。

フォークをぎゅっと握りしめた夢の右手がぶるぶると震えていた。いつもほんのり赤みが差している頬は紙のように白く、瞳は思いつめたようになにもない一点を見つめている。パンケーキも最初の一口を食べただけであとは手が付けられておらず、溶けたアイスが皿を汚していた。

「……夢、どうしたの？　大丈夫？」

一点を見つめたまま、夢がゆっくりと首を左右に振る。

「大丈夫じゃない……と思う、美月ちゃんが」

「私？……え？　私のこと心配してくれてたの？　私なら大丈夫だよ、夢」

「黒い……羊」

「え？　黒い羊って？」

「狐塚さんたちには、黒い羊が必要なの。白い羊の中に一匹だけ黒い羊がまぎれこんだら、そのコは仲間外れにされる。白い羊たちは一匹の黒い羊をいじめることで優越感に浸れるし、その一匹をみんなで力を合わせて自分たちのグループから切り捨てることで、連帯感とか一体感が生まれて、仲間意識が強くなるんだって」

「それであいつら、ガッツリ団結してやがんのかよ」と、玖理子が顔を顰《しか》めた。

「でも、夢、なんでそんなこと知ってるの？」

「美月ちゃん……、それはね、夢も、黒い羊だったから」

「え……？」

　一年のとき、夢は確かに、狐塚真弓と同じクラスだったが……。

「夢の喋り方とかがムカつくって、男ウケ狙ってわざとブリッコキャラ演じてるって言われて」

「そんな理由で、仲間外れに？　夢、どうして今まで話してくれなかったの？」

「夢がダンス部入ったのって、一年の途中からだったでしょ。そのころには、もう夢、黒い羊じゃなくなってたから」

「あ……、そうだったんだ。よかった……」

「よくなんかないよ！」

突然、大きな声を出した夢に、他のテーブルからも客たちの視線が集まる。

「あ、ごめん……」

夢の小さな肩が震え、その瞳にみるみる涙が盛り上がってくる。ぎゅっと目を瞑《つむ》り、夢は唇から言葉を押し出す。

「夢が白い羊になれたのは……、他の子を黒い羊にしたから、なの」

溶けたアイスと生クリームでぐちゃぐちゃになったパンケーキの上に、夢の涙が落ちた。

「夢……」

美月が差し出したハンカチを、鼻を啜《すす》り上げながら夢は受け取りぎゅっと握りしめる。

「夢ね、もう黒い羊になりたくなくて、狐塚さんたちと一緒に黒い羊の悪口を言ったの。それで、そのコ、学校に来なくなっちゃった」

「……つらかったね」

夢は声を上げて泣き、美月はその背中を撫でて、彼女が落ち着くのを待つ。

「ご、ごめんね。美月ちゃん、怖い思いしたばっかなのに」

「大丈夫。話してくれて、ありがとう、夢」

「狐塚さんって、やり方がうまいんだ。夢、そのコの悪口なんか全然言いたくないのに、いつの間にか、言わされちゃうの。狐塚さん本人はハッキリ悪口言わないのに、周りは乗せられて、どんどんエスカレートしていっちゃう。夢、それ、知ってるから、美月ちゃんをそんな目に遭わせたくない」

「ありがとう。でも、きっとなんとかなるよ。クラスに味方はいなくても、夢や玖理子やダンス部の子たちがいてくれるし。大会の準備で忙しくなれば、真弓のこと、気にしている暇もなくなるはず」

「ううん、今までみたいに部活に打ち込めなくなると思う。美月ちゃんが思ってるより、ずっとメンタルやられるから。ごはん食べられなくなって、眠れなくなって、吐いちゃったりすると思う。集中力もなくなって、やる気も出なくなって、学校に来られなくなっちゃうかも」

「美月がそんな状態になったら、大会どころじゃなくなる。あの女狐をどうにかしようぜ、あいつが悪の根源なんだろ」

「どうにかって?」

「まずは、先生に相談するとか」

「無理だよ。狐塚さん、なにもしてないもの。上履き隠したり、体操着トイレに捨てたり、暴力振るったりなにもしてない。悪口さえ言ってないんだよ」

「だけど、あいつが主犯でみんなをいじめに煽動してんのは間違いないわけだろ」

「でも、玖理ちゃん、それ、証明できる? 無理でしょ? それにね、狐塚さんのお父さんって、文科省の偉い人みたい。うちの学長とも知り合いだって誰かが言ってた」

「じゃ、どうすりゃいいんだよ!」

バン!と玖理子がテーブルを叩いて、怒りをぶつける。

張りつめた空気を裂くように、夢がポツリとつぶやいた。

「狐塚さん、死んでくれたらいいのに」

らしくない夢の言葉に、美月も玖理子もぎょっとして、彼女を見た。

「狐塚さんさえいなくなってくれたら、すべてうまくいくのに」

「……や、やだな、夢、変なこと言わないでよ。びっくりするでしょ」

さっきまで一緒に驚いていた玖理子が「確かにな」と同意を示し、美月はポカンと口を開ける。

「玖理子までなに言ってるの？　そんなことできるわけないじゃない」

「いや、さすがに自分では殺《や》れないけどさ、殺人を代行してくれるヤツがいたら？」

「なに、それ、闇サイトとかそういうこと？　絶対ダメだよ、そんなの」

「夢は頼めるなら、頼みたい。でも、そんなお金持ってないし」

「じゃあ、無料《ただ》だったら？」

「無料？　え、なに、それ、玖理ちゃん、どういうこと？」

「夢も玖理子も、もうやめて。そんなのあるわけないし、もしあったらすごく危ない話に決まってる。詐欺とか暴力団とか」

「詐欺でもやくざでもないよ。頼むのは、羊目の女だから」

「羊目の女？」

と、美月と夢の声が重なった。

「自分も今日、聞いたばっかかの話なんだけど、羊ヶ丘にかつて殺人事件が起きて何人も死んだ古い廃洋館があるって知ってる？

美月と夢に顔を寄せ、玖理子は仕入れてきたばかりの不気味な話を語って聞かせる。

その廃洋館の中にある六角形の部屋にひとりで入って、ドアを十センチほど開け、「羊目さん、私はあなたの生贄です。どうぞお受け取りください」と三回繰り返して待つと、ドアの隙間から羊目の女の顔がのぞくという。

「で、羊目の女に捕まる前に、『私の身代わりの羊は、狐塚真弓です』って、身代わりにした人間の名前を三回唱えられれば、狐塚真弓は一週間以内に足を切断されて死ぬんだけど、唱えられないと、それを行った本人が羊目の女に喰われてしまうって話」

「……え？　ちょっと待って、玖理子、それって、ただの都市伝説じゃないの？」

「そうだよ玖理ちゃん、殺人代行とか言うから、夢、期待して聞いちゃったのに、そんなの真面目に信じるなんて小学生でもありえないよ」

「自分も最初はそう思ったんだよ。だけど、この話って、十年くらい前までは、うちの学校の生徒なら誰でも知ってる超有名な話だったんだって。それが、なんで語られなくなったかっていうと、ものすごく厳しい緘口令《かんこうれい》が敷かれたかららしいんだ」

「どうして？」

「実際に、死ぬ人間がたくさん出たから」

「嘘だぁ。それって、怖い話でよくあるヤツでしょ、実際に起きたみたいに言っておいて、本当はただの作り話」

「僕も信じられなかったから、確かめてみたんだ」

玖理子は午後の授業をサボって羊ヶ丘女学院の過去の入学者数を調べて年代別に書き出し、卒業アルバムから卒業時の人数と比較したという。

「例えば、十年前の二〇一〇年は、入学者数に対し、卒業した生徒の数は十五名も減ってた。うち一名は転校、別の一名は退学、残りの十三名は死亡による除籍らしい。一学年の生徒数が二百人にも満たないうちの学校で、十代の女子高生が三年間で十三人も亡くなるって、尋常じゃない数だと思わないか？」

「玖理ちゃん、もしかして、足を切断された人がいるの？」

「それ、古くからいるじいちゃん先生に確かめようとして、あからさまに避けられた。で、仕方ないから図書館で古い新聞を調べたけど、足を切断されて死んだって記事は見つからなかった。死因はいろいろで、屋上から転落したり、駅のホームから電車に飛び込んだり」

「でも玖理子、それって自殺だよね？　やっぱり羊目の女なんて関係なくない？」

「自殺か事故か曖昧《あいまい》なものが多いけど、中には明らかな他殺も二件、刺殺と撲殺があった」

「犯人は？」

「捕まっていない。轢《ひ》き逃げ事故も含めて、いずれのケースでも犯人は捕まっていないんだ。それも異常だと僕は思う」

玖理子の説明に、周囲の温度が下がった気がして、美月は自分で自分の体を抱く。

「その廃洋館で殺人事件があったのも本当だった。洋館に住んでいた姉妹が殺し合い、その後、足を切断された男性の遺体が三体見つかったって」

言葉をなくし呆然としていた美月が、ようやく口を開いた。

「玖理子、どうして、そんなに詳しく調べたの？」

「それは……、僕にもいるから、殺したいヤツが」

驚いて玖理子を見たが、話す気はないらしく、彼女は口を噤《つぐ》んでしまった。

背が高く、ショートカットがよく似合う玖理子は、一見クールに見えるけれど、三人の中で一番おしゃべりで社交的だ。もしも学校に殺したいほど憎んでいる人間がいたら、絶対に喋っているはずだから、美月の知らない誰かだろう。父親を早くに亡くし、歳の離れたお兄さんを父親代わりに育ったためか、玖理子はかなりのブラコンで、兄に対し強い愛着を持っている。そのお兄さんが結婚してからは落ち着いたのか、昔ほど彼の話をしなくなったが、殺したいほど憎い相手がいるなら、兄がらみかもしれない。

「夢……、試してみようかな、それ」

ずっと黙っていた夢が、縋《すが》るような目で玖理子を見た。

「じゃあ、夢、これから一緒に行く？」

「ふたりとも、ちょっと待って。よく考えてみてよ。頼むだけで殺したい人間を始末してくれるなんて、そんな都合のいい話があるわけないでしょ」

「美月ちゃん、わかってるけど、本当に殺してくれたらラッキーじゃない？」

「僕も百パー信じたわけじゃないけど、ノーリスクなら試して損はないと思うんだ」

「万が一、本当に真弓が死んだら、どうするの？　平気でいられる？」

「いられると思う。狐塚さんなら」

「夢、そんなことないってば。とにかく、ふたりともいったん落ち着こう。そんな怪しい話、今日聞いてこれからすぐ行くとかありえないから。いずれにしても、一晩ゆっくり考えてから、結論出して」

憮然としているふたりに「お願い」と頭を下げると、玖理子も夢もしぶしぶながら、うなずいてくれた。

2

翌日も二年A組の教室は、美月にとって、針のむしろだった。

美月が心を乱すような話を、真弓がわざと聞こえるようにさせているのは明らかだが、こちらが文句を言ったり怒ったりすれば、彼女の思うつぼなのだろうと、朝から美月は完全無視を決め込んでいる。しかしこれがずっと続いたら、夢が言ったとおり、心が折れてしまうかもしれない。そう思いながら、ひとりで弁当の包みを開きかけたところへ玖理子と夢がやって来た。

「美月ちゃん、夢たちと一緒に、お弁当食べよ」

「あ……、うん」

夢がA組の教室に来たのはおそらく初めてだ。きっと狐塚真弓を避けていたのだろう。だが、今日の夢は「行こ」と美月の手を引きながら、ちらりと真弓を見た。その目はなにかを探るような、どこか挑戦的な光を宿していた。

「美月ちゃんと玖理ちゃんと食べると、四十点のママのお弁当が五十五点くらいになるよぉ」

ダンス部の部室でお弁当を口に運びながら、夢はいつも以上にはしゃいでいた。

「ママのお弁当、美味《おい》しそうなのに、そんなこと言っちゃダメ。でもありがとう、夢。玖理子も。正直、助かった」

「明日から毎日ここで食おうぜ。ってか、これまでもこうしとけばよかったな、大会の相談もできるしさ」

部室は部員全員が入れるほど広くないので、いつも着替えは練習場所である体育館のステージ脇で行い、ここは衣装などの保管場所になっている。

「美月ちゃん、女狐、相変わらず？」

「う、うん。あれ、夢、なんか今日、テンション高いね」

「そう？　別に普通だよ」

昨日は『狐塚さん』だったのに、いきなり『女狐』呼ばわりは普通じゃない。それに、ファミレスで真弓のことを話したときの胸がつぶれるような悲愴感が、今の夢からは微塵《みじん》も感じられない。

「夢、なにかあった？」

尋ねた瞬間、夢の小さな肩がピクッと跳ねた。

「う、ううん、な、なにもないよ」

「……まさか、行ってないよね、昨日話してた廃洋館に？」

「行ってない行ってない。夢、あんな怖いとこ、絶対行ってないから」

「バカ、夢」と、玖理子が舌打ちし、肘で夢をこづく。

「え？　玖理ちゃん、なんで？　夢、行ってないって言っただけだよ」

「昨日、私を家まで送ってくれたあと、ふたりで行ったの？」

「だから、美月ちゃん、夢、行ってな……」

「もういいって、バレバレだから。ああ、そうだよ、美月。あのあと、ふたりで話して、試すなら早いほうがいいってことになって、羊目の女のところへ行ったんだ」

「どうして？　一晩考えてって、私、お願いしたよね」

「ごめんね、でも、夢、思ったの。狐塚さん、美月ちゃんには夢のときよりもっとひどいことするって」

「どうして、そんなことがわかるの？」

「わかるよ。だって、狐塚さん、結城君のことが好きだったから。一年のときからずっと」

「え……？」

「だから、拉致はきっかけに過ぎなくて、美月ちゃんが結城君とつきあった時点で、狐塚さんの中で、次の黒い羊は美月ちゃんだったんだと思う。美月ちゃんが結城君と別れない限り……」

「あ、結城なら……」

「玖理子！」

なおも話そうとした玖理子を制し、美月は夢に向き直る。

「夢、どうして、私のために、夢が真弓を殺さなきゃいけないの？　そんなのおかしいよ」

「美月ちゃんのためだけじゃない。三年になったら、成績順のクラス分けになるでしょ。そしたら、夢は一番下のクラスで狐塚さんと一緒になると思う。それ、もう絶対に嫌なの」

「そんなのわからないじゃない。これから勉強して期末でいい成績とれば。私も玖理子も協力するし」

「ありがと、美月ちゃん。でももう間に合わないよ。それにもう行っちゃったしね、羊目さんのところに。あのね、美月ちゃん……」

夢は崇拝と畏怖が綯《な》い交ぜになったような色を瞳に湛《たた》え、美月に語りかける。

「羊目さんは、本当にいるよ」

「やめてよ、どうしちゃったの、夢。羊目さんを見たとか言わないでよね」

「見てはいない。見てはいないけど、確かにいたの。六角形の部屋に入って、夢が『羊目さん、私はあなたの生贄です。どうぞお受け取りください』って三回唱えたあと、誰も触ってないのにドアがスーッて開いて、本当になにかが入ってきたの。でね、ズズ、ズリッて変な足音みたいなのがちょっとずつ夢に近づいてきて、夢もう頭真っ白で漏らしちゃいそうなくらい怖かったんだけど、その見えないなにかに追いかけられながら、あ！って思い出して、泣きながら、狐塚さんの名前、ちゃんと三回言えたのぉ」

そのときの恐怖を思い出したのかゾクゾクッと体を震わせながら微笑《ほほえ》む夢の姿に、美月の体も思わず震えた。

「今、こんなふうに落ち着いて喋ってっけど、昨日は、夢、洋館の外で待ってる僕のところに、後ろ気にしながら転がるように走り出てきたからね。『来る、来る』ってうわごとみたいに叫びながら僕の手引っ張って、駅まで坂道を一気に駆け下りちゃって、夢がすっごいビビってるから、結局、僕は羊目さんのところへ行けなかったんだ」

「玖理ちゃん、ごめん。昨日はもう夢、本当に本当に死ぬほど怖かったの。でも、今日になったら、なんか心強く思えてきたっていうか、だって、ちゃんといたんだもん。羊目さんは本物だよ。だから、美月ちゃん、安心して」

その潤んだ瞳で夢がなにを見ているのか、美月は安心どころか恐怖を感じたけれど、もうやってしまったことを今さらどうこう言ってもしかたがない。とにかく大会までは変なことが起こらないようにと、美月は祈るしかなかった。


あくる日、教室に行って、驚いた。

狐塚真弓が、学校を休んでいたからだ。理由は、体調不良だという。

「ね、ね、夢が言ったとおりだったでしょ！　羊目さん効果、キターって感じ！」

昼休みの部室で夢ははしゃいだが、一日休んだだけでそれが羊目の女のせいだと思えるほど、美月はオカルトに傾倒してはいない。

ただ、真弓がいなければ、不快なひそひそ話が聞こえてくることはなく、美月は気持ちを掻き乱されずに、授業に集中できた。だが不思議なもので、そちらの不安がなくなったからか、六限目の数学のミニテストの最中、美月は突然、拉致された時のフラッシュバックに襲われる。車に引きずり込まれた恐怖が鮮明に蘇《よみがえ》って息ができなくなり、脂汗をダラダラ流しながら机につっぷして、内なる嵐が過ぎるのをただ待つことしかできなかった。

幸い、真弓のグループに属する元友人たちには、異変に気づかれずに済んだようだが、答案は半分白紙で提出せざるを得なかった。

放課後、ダンス部の練習場所に顔を出すころには体調も戻っていたはずなのに、玖理子は美月を見るなり瞠目《どうもく》した。

「どうした？」

「え、なにが？」

「なんか、またあったのか？　女狐がいないのに」

「……ううん、なにもないよ」

探るように美月の瞳をじっと見つめてから、「なら、いいけど」と玖理子は引き下がる。

「なんかあったら、すぐ言えよ」

「うん、ありがとう」と玖理子の鋭さに舌を巻きながら、美月は自分が感じている以上に、拉致という恐怖体験が潜在意識に強く残っているのだと改めて思った。

気を取り直し、美月はダンス部の指導にあたる。

大会には『白鳥の湖』をアレンジしたダンスで臨むことになっている。清楚で可憐な白鳥の美しい舞で観客を魅了したのち、最後の一分間は美月ひとりが黒鳥に扮し、誰もが持っている内なる悪との戦いをダンスで表現するつもりだ。

三年の先輩たちが引退し、美月が部長としてはじめてすべてを仕切ることができる舞台なので、思い入れが強い分、失敗できないという重圧も大きい。部長になった当初はバラバラだった部員たちをまとめるのに苦労したが、今では強い絆《きずな》と団結力でチーム一丸となって関東・甲信越大会で優勝し、全国大会出場が目指せるレベルに到達できていると思う。

美月たちにとっては最後のチャンスだし、万全の態勢で臨みたいのに、部長の自分が、万が一ステージ上でフラッシュバックを起こしたりしたら、どうすればいいのだろう。

3

「狐塚さん、今日も休みなんだってね。やっぱりすごいね、羊目さんて」

翌日も相変わらず夢は浮かれていたが、その隣で弁当をつつく玖理子の表情がなぜか暗く沈んでいた。

「玖理子、なにかあった?」

「別に」と美月から顔を背け、玖理子は愛用の水筒からグビグビとお茶を飲む。箸は進んでいないのに、やたらと頻繁《ひんぱん》に水筒に口をつけるその姿が、美月に昨年の関東・甲信越大会を思い起こさせた。自分たちの出番を待ちながら、玖理子はこの水筒でやたらとお茶を飲んでいた。パフォーマンスの途中でトイレに行きたくなるのではと美月は心配したが、冷たいお茶を飲むと緊張がほぐれるのだと言い、玖理子は舞台に立つ直前まで飲み続けた。男の子っぽい外見からそうは見えないが、玖理子は意外と緊張しやすいらしく、常にマイ水筒を持ち歩いている。冷たいお茶じゃなくてはダメというこだわりがあるようだ。

「ごめんね、私ばっかり心配してもらっちゃって。なにか悩んでるなら、玖理子の話も聞かせて」

面倒くさそうに美月に首を振り、ちょっと寝不足なだけだと玖理子は言う。

「でも……」

「あ、食べ終わったなら先に教室戻ってて。うちのクラス、次、自習だからここでちょっと寝てく」

まだ半分以上残っている弁当に蓋をしてリュックに仕舞い、玖理子は隣に座っていた夢をシッシッと手で追い払って、ゴロンとベンチに横になる。

仕方なく、美月は夢と一緒に教室に戻りかけたが、やはり気にかかり、階段の途中で夢に断り、ひとりで引き返した。

「玖理子」と呼びかけながら、部室のドアを開けた瞬間、異臭が鼻を衝いた。

つかつかと彼女に近づき、美月はたった今、玖理子が後ろ手に隠したものを取り上げる。怒鳴りつけたいのをグッとこらえてその煙草を揉み消し、少し開いている窓から外を覗き、誰もいないことを確認してから、ぴしゃりと閉めた。

「もう吸わないって、約束したでしょ!?」

声を殺して叱責する美月から目を逸らし、玖理子は肩をすくめる。

「バレないようにしてるから、大丈夫だって」

「私が先生だったら、どうなっていたと思うの？」

「別に停学くらいどうってことないし」

「それだけじゃ済まないでしょ。連帯責任でダンス部は大会に出られなくなるんだよ！」

怒りで体が震えるのを、美月は抑えられなかった。床に置かれた携帯用の灰皿に吸殻が二本あり、消臭スプレーも用意されている。玖理子がここで喫煙するのははじめてではないのだろう。

「今がどんなに大事な時期かわかってる？　玖理子のせいでみんなの努力が水の泡になったら、どうするつもり!?」

「……そっか、そうだね。ごめん。ちょっとイライラして」

窓際に体育座りした玖理子が、小さく項垂《うなだ》れる。その隣に、美月も静かに腰を下ろした。

「玖理子、なにがあったの？」

それに答えず、玖理子は美月を縋るように見つめた。

「美月……、今夜、つきあってくれない？」

それから八時間後、美月は、玖理子とともに、急な坂道を登っていた。

授業が終わってからも、部活動の休憩中もなにも話さなかった玖理子が、着替えを終えた美月の手をつかみ、強引に引っ張ってきたのだ。

行き先の見当はついている。でも――。

説明を促そうと美月が口を開きかけたとき、前を歩いていた玖理子が唐突に振り返った。

「助けたいんだ、ショウちゃんを」

「ショウちゃんって、お兄さん……？」

玖理子は大好きな兄のことを、いつも愛称でそう呼んでいる。

「このままだとヤバいんだよ。ショウちゃん、精神的に限界まで追い詰められてて、体重なんて一気に八キロも減っちゃったし、どうにかしないと、ぶっ壊れちまう」

泣きそうな顔で訴える玖理子に、美月は驚いて尋ねる。

「お兄さんに、なにがあったの？」

「気味の悪い女につきまとわれてるんだ」

「それって、ストーカーってこと？　でも、お兄さん、結婚していらしたよね？」

義姉が入院中で不在なのをいいことに、その女はショウちゃんに迫っているのだという。

やめさせようにも、そのストーカーは病的な思い込みと妄想で暴走するタイプらしく、会話が成り立たないから、本当にタチが悪いと玖理子は怒りを露《あらわ》にする。

「ショウちゃん、その女から逃げようと引っ越しまでしたのに、そいつ、居場所を突き止めて、追いかけてきて、逃げられないんだ。最近はストーカー女が逆上して、ショウちゃんを刺すんじゃないかって気が気じゃなくて、なんかずっとイライラしちゃって。だから決めたんだ、ショウちゃんが殺《や》られる前に、こっちから殺ってやるって」

「ちょっと待って、玖理子。そんなこと考える前にできることがあるはずでしょう。相手がストーカーなら、警察に相談するとか」

「男女が逆ならまだしも、女のストーカー相手に警察がまともに動いてくれると思う？　なにかしてくれるのは、きっとショウちゃんが刺されたあとだよ。それに、ショウちゃん、社内で微妙な立場にあるから、大ごとにはしたくないって言うし……。そんなとき、羊目の女の話を偶然聞いて、神の啓示だと思ったよ」

説得を重ねたものの、玖理子の決意は固く、翻意させられそうになかった。

「美月はいいの？　美月だっているだろ、死んでほしいやつ」

「……え？」

「たとえば……、結城、とかさ」

拉致の犯人、神田のことだと思っていたら、意外な名前が出てきて、美月は狼狽《うろた》える。

「な、なに言ってるの？　そんなこと考えたこともないよ」

「それ、本当？　僕は正直死んでほしいと思ってるよ。美月をあんな振り方するなんて」

「そのこと、誰にも言わないでって、お願いしたよね」

夢に口を滑らせそうになったことを非難すると、夢だけは別だと思っていたと、玖理子は詫びた。

結城に告白され、美月が彼とつきあい始めたのは、三か月ほど前のことだ。

幸せの絶頂にいた美月は、彼に会わせろと玖理子にせがまれ、待ち合わせしたカフェに連れていった。まさかそこで別れを告げられるなんて、夢にも思っていなかったから。

「親の仕事の都合でボストンに引っ越すことになったから、別れてほしい」

いきなり結城にそう切り出され、美月の頭は真っ白になった。

「じゃ」と席を立とうとした結城を引き留めたのは、美月ではなく、玖理子だ。

「そんな理由で別れるっておかしいだろ。遠距離でつきあえばいいだけじゃん」

「僕は、彼女のためにそう言ったんだよ」

「はぁ？」

「だって、本当のこと言われるより、マシでしょ？　顔は可愛いけど、中身空っぽで一緒にいてもつまらないから別れたいって」

「な、なんだよ、それ！　おまえ、美月のこと、なんもわかってねぇだろ？」

「僕は、自分を成長させてくれる人とつきあいたいんだ。じゃなきゃ、時間の無駄だから」

そう言われた瞬間、美月は息がまともにできなくなり、恐慌をきたした。過呼吸の発作を起こしたのだ。

「ほらね、だから、遠距離ってことで、別れておけばよかったのに」

鼻で笑う彼の声を遠くに聞きながら、美月は空気を求めて喉を掻きむしる。そんな情けない様が、結城が見た美月の最後の姿になってしまった。

傷つき、ショックを受けたのは事実だが、美月は今でも結城を成長させられるような、彼にふさわしい女性になりたいと思っている。

そのためにも、ダンスで全国大会に出て、自分に自信をつけたいのだ。

「着いた」

玖理子の声に顔を上げると、不気味な洋館が目の前に佇《たたず》んでいた。

「え……、ここに入るの？」

あの怖がりな夢がよくこんな建物にひとり足を踏み入れたものだと、美月は驚愕《きょうがく》する。廃洋館が放つ異様な雰囲気に身の毛がよだち、足がすくんだ。

「常識を超えたものが棲《す》んでいそうだろ？　夢が言うように、本物かどうか試してくる」

「玖理子、やっぱりやめたほうがいいと思う。危ないよ」

「大丈夫、これがあるから」と、玖理子はリュックからごつくて重そうな懐中電灯を取り出して見せる。

「ただの懐中電灯じゃなくて、護身用に持つ人も多い軍用のフラッシュライトなんだ。ショウちゃ……、兄貴の留守中に合鍵で部屋に入ってこっそり借りてきた。実は人を殴れるように設計されてるらしいから、ヤバくなったら、これで羊目の女を殴って逃げてくるよ」

玖理子も緊張を笑ってごまかそうとしているのが、美月にはわかった。ふざけてフラッシュライトを振り回していた玖理子が、また水筒のお茶を立て続けに飲んだからだ。ふいに真顔になって、玖理子は美月を見た。

「美月、僕には心から死んでほしい人間が、ストーカー女の他にもうひとりいる。できることなら、六角形の部屋でふたりの名前を唱えたいけど、たぶん無理だと思うから、悪いけど美月に頼めないかな。そいつの名前、神田聖崇っていうんだ」

まっすぐに美月を見つめ、玖理子は監キングの名を口にした。

「美月がまたあいつに襲われるかもって思うと、僕は不安でまた煙草吸っちゃいそうなんだ。美月だって無理してるけど、ずっと不安なんだろ？　昨日も体調悪そうだったし。僕が美月だったら、やつが死なない限り、安心して眠れないと思う。それに、あいつを葬れたら、次の犠牲者を出さずに済む」

〝だろ？〟と目で訴え、玖理子はじゃあ行ってくると薄い笑顔を見せた。

「僕が先に羊目の女を呼び出して、安全を確かめてくる。だから美月、考えといて」

そう言い置き、玖理子は洋館の門を開け、自慢のフラッシュライトを手に中へと消えた。

4

次の朝、狐塚真弓は休み前となにも変わらぬ元気な姿で登校した。

「狐塚さん、ただの風邪だったって本当？」

そう言いながら昼休みの部室に現れた夢は、真弓とは対照的に、病人のように生気がなく、美月と玖理子はぎょっとして顔を見合わせる。

「どうしたんだよ、夢？」

玖理子が尋ねると、今にも泣き出しそうな顔で夢は声を震わせた。

「……来た」

「来たって、なにが？」

「羊目……さん」

「え？　どこに？」

「だから、夢の部屋にだよ！」

夜、気配に目を覚ますと、ちゃんと閉めたはずの部屋のドアが少しだけ開いていて、そこに女が立っていたという。

「最初はママかと思ったの。でも飾りのないストンとした白いドレスみたいなの着てて、そんなのママは持ってないからアレ？って思って顔を見たらその人……、人間じゃなかった」

「は……？」

「首から下は人間なの。でも、頭は羊。その羊の目が、ドアの隙間からベッドで寝ている夢を見てた」

「落ち着け、夢。それはただの夢だ。あ、これ、夜寝て見るほうの夢だからな」

「玖理ちゃん、夢も最初はそう思ったの。怖っ！って思ったけど、いつの間にか眠っちゃってたし。でも、それって一昨日のことで、昨日の夜も、また来たの」

昨夜、夢が目を覚ましたのは、より強い気配を感じたからで、目を開けると、部屋の中に羊目の女が入ってきていたらしい。

「一昨日は廊下から見ているだけだったけど、昨日は部屋の真ん中くらいまで近づいてきて夢をじっと見てた。でね、羊目さん、手に持ってたの……、斧、みたいなやつ」

正直、美月もぞっとしたが、布団を被ったまま朝まで一睡もできなかったという夢を慌てて落ち着かせる。

「怖かったね。でも、私もそれは夢だと思う。二日連続で同じ夢を見るってないことじゃないもの。夢には潜在意識が現れるっていうから、夢が気にしていたからまた見たんだよ」

「夢が夢見るって、紛らわしいな」と、玖理子が笑いに変えようとしたが、夢の表情は暗く沈んだままだ。

「なんで羊目さんが夢のところに来るの？　足を斬られて殺されるのは狐塚さんのはずでしょ？　羊目さんの生贄になるのは、狐塚さんじゃなくて夢ってこと？　夢、足を切られて、殺されちゃうの？」

「バカ、そんなことあるわけないだろ」

「でも、尋常じゃない数の人が実際に死んでるって言ったの、玖理ちゃんだよ」

玖理子を見つめる夢の瞳から涙が滴り落ちる。そんな夢の肩を抱き、美月は尋ねた。

「ねぇ、玖理子、この話、誰から聞いたの？」


一年の教室から玖理子が呼び出してきた亀田静香《しずか》はダンス部の元部員だった。厳しい練習に耐えられず、辞めていく一年生は毎年一定数いる。名前を聞いただけでは思い出せなかったが、特徴的な姿を見て美月も、ああ、と、すぐに当時の記憶が戻ってきた。背が低く、手足が短い亀のような体型は、スタイルのいい生徒が多いダンス部員の中で自《おの》ずと目立ったからだ。部室で出迎えた美月の顔を見るなり、亀田はパッと表情を輝かせた。

「わー、白鳥先輩、お久しぶりです。私、中学のときから先輩のファンだったので、先輩が拉致されたって聞いて、ものすごく心配していたんです。ご無事で本当になにより……」

「どうもありがとう」

礼を述べて、延々と続きそうな亀田の話を遮《さえぎ》り、美月は尋ねた。

「亀田さん、あなたは羊目の女の話をどこで聞いたの？」

「伯母からです。伯母はあの洋館のすぐ裏に住んでいるので学校帰りにたまに遊びに行くんですが、伯母が友達と電話でその話をしているのを耳にして、興味を持ったんです」

伯母から聞いた羊目の女の話を中庭でクラスの友人に語っていたところへ、部室から出てきた玖理子が通りかかり、詳しく聞かせろと迫ったらしい。

「あなたの伯母様は、信じていらっしゃったのかしら、その……、羊目の女の話を？」

「まさか」と声を上げ、亀田はおかしそうに笑った。

「ただの都市伝説ですよ。でも昔はそれを信じた中高生が夜中にあの洋館に入って騒いだりして、迷惑だったと怒っていました。またそうなると困るから、誰にも言わないでと伯母に注意されていたのですが、面白い話だったのでつい喋ってしまいました」

「そう」

美月はホッとして、青い顔で黙り込んでいる夢を見た。

「ほら、やっぱりただの都市伝説じゃない。近くに住んでる人がそう言ってるんだから」

しかし、夢の緊張は解けず、亀田に顔を向け、自ら尋ねる。

「伯母様から、他になにか聞いてない？　羊目さんの被害に遭った人がいるとか？」

「えっ？　羊目さんの被害って、そんなのあるわけないじゃないですか。ただの噂なのに」

羊目の女を完全否定する亀田の反応に、強張った夢の頬もようやくゆるみかけたのだが……。

「あ……、ただ、ネットで調べたらちょっと違うカキコミもありました。それによると、身代わりの羊にした人間を羊目さんが殺してくれるわけではなく、殺すところまで自分でやらなければいけないそうなんです」

「嘘……、なにそれ、自分で殺すんだったら、羊目さんに頼む意味なくない？」

「身代わりの羊を自分の手で殺せば、羊目さんに生贄を捧げたことになり、守ってもらえるらしいです。だから殺してもバレないし、警察にも逮捕されないと書いてありましたよ」

「じゃあ、もし……、身代わりの羊を自分で殺せなければ？」

震える声で尋ねる夢に、亀田は答える。

「一週間以内に殺すことができなければ、自分が羊目さんに足を切断されて喰われてしまう、そうです」

「ええっ！」

大声で叫んだきり、夢は凍りついたように動けなくなってしまった。そんな夢に恐れをなしたのか、亀田は「もちろん誰かが考えたくだらない作り話だと思いますけどね。冷静に考えれば、ありえないことなんですから」と言い残し、逃げるように部室をあとにした。

亀田の話は、夢だけでなく、美月と玖理子をも激しく動揺させた。三人とも殺したい人間の名をすでに唱えてしまっていたからだ。

「美月ちゃんの言うとおりだった。こんなことするんじゃなかった」

肩を落とす夢に、玖理子が謝る。

「ごめん、こんなことに巻き込んじゃって。全部、僕のせいだ」

「一週間以内ってことは、あと二日で、夢、狐塚さんを殺さなくちゃいけないの？」

「ちょっと待って、夢。身代わりに指名した人間をこの手で殺さなければ、自分が殺されるなんて、そんなことあるわけないよ」

「でも、美月ちゃん、実際にいっぱい人が死んでるって玖理子ちゃんが……」

「だから、それはその噂に踊らされた人がいたからなんじゃない？」

「え？」

「そうしないと自分が殺されるって怯えて、殺人に手を染めた人がいたのかもしれない」

「……じゃあ、夢は、狐塚さんを殺さなくていいの？」

「もちろんだよ。逆に、そんなこと絶対にしちゃダメだよ、夢。気にしないのが一番だと思う。今日も練習でいっぱい汗かいて、大会で優勝することだけ考えてぐっすり眠れば、もう変な夢なんか見ないはずだから」

美月の言葉で夢も少し落ち着いたのか、放課後、ダンス部の練習にいつも以上に真剣に取り組み、くたくたになるまで汗を流した。

「たぶん、夢、ごはんも食べずに玄関で寝ちゃうと思う」

そう言って帰っていった夢だが、翌土曜日、まるで死人のような形相で登校してきた。

心配して彼女の教室の前で待ち構えていた美月と玖理子は息をのみ、すぐに話を聞く。

疲れていたせいで、昨晩、夢は深い眠りに落ちたという。しかし明け方、気配に目を覚ますと、自分の顔から数センチと離れていないところに羊目の女の顔があり、瞳孔が横に長い不気味な羊の目が、じっと夢を見下ろしていたそうだ。

その目が微かに笑ったように見え、次の瞬間、羊目の女は布団を撥《は》ね上げ、夢の足を見たと、彼女は体を震わせる。

「叫んだら、パパとママが驚いて飛んできて、そのときにはもう羊目さんはいなくなってた。でも、あれは夢じゃないよ。羊目さんの息遣いも、布団をめくり上げられた感触も、夢、ちゃんと覚えてるもの」

取り乱す夢の背中を撫でながら、美月と玖理子は顔を見合わせる。どうすればいいのかわからず、暗澹《あんたん》たる思いでその日の授業を受けた。

午後からの部活動に夢は休まず出てきたものの、とても踊れる状態ではなく、美月は保健室で休むよう促す。一人になるのは怖いと涙を浮かべる夢に付き添ってやりたかったが、部長の美月が練習を抜けるわけにもいかず、玖理子に一緒に行ってもらった。練習の途中で、その玖理子から夢の体調が悪いから家まで送ると連絡があり、任せることにした。

翌日曜日もダンス部の練習はあったが、夢は姿を見せなかった。

美月が電話をすると、昨晩も羊目の女が現れたという。

「羊目さん、布団めくって夢の顔を見て、ちょっと笑ってから斧を振り上げたの。ためらうことなく一気に振り下ろそうとしたから、夢、キャーって叫んで、またパパとママが来て……」

「ご両親が来たときには、羊目の女はいなかったんでしょう？　夢、やっぱりそれは悪夢なんだよ。ずっと気にしているから、同じ夢を見続けてるだけで、実際に羊目の女が来ているわけでは……」

「美月ちゃんは見てないからそんなことが言えるんだよ。あんなにリアルな夢なんて、あるわけないもの。ごめん……、なんか体に力が入らなくて、練習には行けそうにない」

「それはいいけど、夢、大丈夫？」

「自分の部屋は怖いから、ずっとパパとママと一緒にいるし」

幸い日曜日で柔道の有段者である父親がそばにいてくれることが、夢の不安を少し和らげてくれているようだった。

「わかった。なにかあったら、すぐ連絡して」

夢のことが気になりながらも、美月は大会に向け、部員の指導に熱を入れる。時間は放たれた矢のように過ぎ、厳しい練習が終わるころには、日は暮れかかっていた。

着替えを終えた美月と玖理子が携帯を確認すると、夢から尋常じゃない数の着信とメッセージが入っていた。慌てて連絡しようとしたところに、夢からまた着信があった。

「夢、どうしたの？　大丈夫？」

「美月ちゃん、お願いがあるんだけど」

怯えた声で夢が続ける。

「今日、うちに泊まりに来てくれないかな？」

父親の実家で不幸があり、両親が急遽《きゅうきょ》田舎に帰ってしまったという。

「おばあちゃんち、すごく古くて怖いんだ。今日だけは、夢、あそこに行きたくなくて」

「わかった。すぐに行くから、待ってて」

「美月ちゃん、本当!?」

「うん、玖理子も一緒に行くって言ってる」

「よかったぁ。ありがとう。ひとりじゃ絶対無理だし、どうしようってパニクってたの」

ホッとしたのか、泣き出す夢に、玖理子が電話を変わる。

「夢？　僕たちまだ学校だから、夢んちに行くまでちょっと時間かかるけど、大丈夫か？」

確かに夢の家は山の中腹にあって遠い。この時間だと、バスの本数もそう多くはないはずだ。

「夢、よかったら、うちに来ない？」

携帯の送話口に向かって美月が叫ぶと、すぐに「いいの？」と声が返ってきた。

やはり夢も、ひとり、家で待つ時間が不安だったらしい。

「もちろん、いいよ。場所わかるよね？」

「うん、何度も遊びに行かせてもらってるから」

「じゃあ、私たちもうちへ向かうから、あとでね。あ、お母さんに美味しいもの作っておいてって頼んどくから、今夜は夜通しおしゃべりしよう」

「美月ちゃん、本当にありがとう。夢、急いでいく！」

「急がなくていいから、気をつけて来てね」

「わかった！」

久々に夢の弾んだ声を聞き、美月は玖理子と顔を見合わせ、安堵《あんど》の息を吐いた。

玖理子とともに電車に乗り、自宅の最寄り駅で降りたところで、再び携帯が鳴った。

夢からだ。

「夢、今、どこ？　私たち、もうすぐ着く……」

「美月ちゃん、助けてっ！」

緊迫した夢の声が耳朶《じだ》を打った。

「どうしたの、夢？」

「羊目さん……」

「え？」

携帯を手に走っているらしく、はぁはぁという息の狭間に、怯えた声が聞こえてくる。

「羊目さんが……、追いかけて来る」

「どういうこと？　夢、どこにいるの？」

「怖い……、怖い……よ」

通話はぶつぶつと途切れ、受話口から聞こえる夢の苦しそうな息遣いと鼻を啜り上げる音に、美月の胸は押しつぶされそうになる。

「夢、お願い、助けにいくから、どこにいるか言って！」

「美月ちゃ……」

「うん、なに？　夢、どこ？」

なにか言いかけた夢の声はこちらに届かなかった。

代わりに夢の悲鳴とすさまじい衝突音が美月の耳を劈《つんざ》き、それを最後に通話は途切れた――。

5

夢の葬儀には、ダンス部全員で参列した。

十七歳になったばかりの夢の命が突然奪われてしまったことに誰もが呆然とし、憤《いきどお》り、涙をこらえることができなかった。

帰り際、突然足を止め、動けなくなってしまった美月に、玖理子が駆け寄ってくる。

「大丈夫か、美月?」

「私、やっぱり、警察に話してくる」

「なにを?」

「だから、あのことを」

夢はあの電話の最中、自宅近くの山道を下っていた。車が通るような道ではなく獣道に近いような、近隣住人しか知らない道だ。普段は駅までバスを使っているが、日曜の夜だったのでかなり待たないとバスがなかったらしく、急いでいた夢は勝手知ったる近道を利用したのだろう。

そして、その獣道から車道へ出たところで、車に撥ねられたのだ。夢を撥ねた車は信じられないことにそのまま逃走したが、後から来た車に乗っていた人が救急車を呼んでくれた。しかし、夢は病院に運ばれて間もなく、死亡が確認されたのだった。後続車の人たちは事故の瞬間は見ていないものの、車のナンバーや運転手の男を携帯のカメラで遠目に撮影していたが、乗り捨ててあったその車は盗難車で、犯人はいまだ捕まっていない。

夢と最後に通話していた美月は警察から電話の内容を聞かれたけれど、自宅に泊まりに来るよう夢を誘ったことだけを話し、羊目の女に関しては一切打ち明けていなかった。そう玖理子と決めたからだ。

「美月、警察に羊目さんの話なんかしたって、意味ないよ」

「でも、本当のことを言わないと。犯人逮捕につながるかもしれないし」

「美月は、羊目の女が車を運転していたとでも思ってんの？　犯人は男だったって目撃証言があるのに」

「そんなこと思ってないよ。夢は羊目さんが追いかけて来るって言ったんだから」

獣道で羊目の女の存在を背後に感じ、怯えた夢は必死で逃げようと走って車道に飛び出し、事故に遭ってしまったのだろう。

「だったら、そんな話してもしょうがないだろ。警察が信じるわけないいんだから」

「そうだけど……」

「幽霊の正体見たり枯れ尾花だよ。夢は怯えていた。だから、獣道で風が揺らした木の枝かなにかを羊目の女と見間違えたに違いないよ。暗かったんだし」

「でも夢は、はっきり言ったんだよ、『羊目さんが、追いかけて来る』って。それを伝えられるのは私たちしかいないじゃない。夢は死んじゃったんだから」

そう口にした途端、涙が止まらなくなり、美月は路上にしゃがみ込む。

「美月、その通りだよ。夢は死んじゃったんだ。もうなにをしたって、帰ってきてはくれない。だから僕たちは、自分たちのことを考えなきゃいけないんじゃないの。夢が死をもって教えてくれたんだから。一週間経っても生贄を捧げないと、自分が死ぬことになるって」

美月は驚いて玖理子の顔を見た。

「嘘でしょ、玖理子、まさか、自分の手で……？」

「殺ろうと思ってる。いや、殺るよ。殺らなきゃ」

自分に言い聞かせるように真顔で答える玖理子に、美月はたじろぐ。

「無理だよ。やめたほうがいい。そんなことしたら、あとで絶対に後悔する」

「殺して罪悪感に苛まれるケースもあるのかもしれない。でも僕の場合はありえないから。美月がなにを言っても、僕はもう躊躇《ため》わないよ。躊躇いさえしなければ、あと少し勇気があれば、夢は、今も一緒にここにいたんだ」

「夢……が？　どういうこと？」

一昨日、部活を途中で抜けた玖理子は、夢に請われて一緒に狐塚真弓の自宅に行ったという。

「探りに行ったんだ。狐塚真弓を殺せる機会がないか」

「……知らなかった。どうして、ふたりで？」

「夢が言ったんだよ。美月は真面目だから、絶対反対するはずだって。その通りだったろ？」

確かにその場にいたら、美月は反対し、夢を止めようとしただろう。

「女狐を呼び出そうかってあいつの家の近くで相談してたら、向こうから出てきたんだ。真っ赤なコートを着て。駅まで歩いて電車に乗った。三駅先で降りて、どこへ行くのかと後をつけたら、女狐は英会話教室に入って行ったよ。意外だったけど、もしかしたら結城を追ってアメリカへ行く気かなって夢と話した。で、一時間後に教室から出て来た女狐は母親に電話して晩ごはんがなにか訊いたりしてたんで、ああ、まっすぐ家に帰るんだなって」

そのまま改札を通ってホームへ歩く狐塚真弓の後ろを、夢と一緒に玖理子は離れてついていったという。近くの塾が終わったところで、小さなホームに中高生があふれ、かなり混雑していたらしい。

「いい具合に、女狐は列の一番前に立って電車を待っていた。すでにあたりは暗かったし、女狐も周りのコたちもみんな携帯しか見ていないから、やるなら今しかないって、夢の耳元で囁《ささや》いたんだ。夢は大きくうなずいたよ。本気で殺ろうとしている目だった」

アナウンスが聞こえて、その駅を通過する快速列車がホームに滑り込んできた。

「絶妙のタイミングだった。ほんの少し背中を押すだけで、狐塚真弓は線路に落ちていったはずだ。なのに……」

夢は手を動かすことすらできなかった、そうだ。体は緊張で固く強張り、次の普通列車が到着し、ホームに並んでいた乗客がすべて乗り込んでからも、夢はその場から動けなかったという。

「夢だけじゃない。自分も同じだった。ヘタレな夢は押せないかもって思ってたんだ。そのときは自分が代わりに押さなきゃって。だって夢を巻き込んだのは僕だから。そう思っていたのに、大切なところで躊躇って、タイミングを逃した。自分も狐塚真弓の背中に触れることすらできなかった」

すぐそばにあった壁に、玖理子は自ら頭を打ち付ける。

「玖理子……？」

「助け……られたのに、夢のこと、守れたのに……」

口の中でブツブツ言いながら、次第に強く頭を打ち付けていく玖理子を必死に止めると、ずっと涙を見せなかった玖理子が声を上げて泣き始めた。

夢の死を悔やみ、腕の中で子供のように泣く玖理子を見つめ、人が死ぬというのはこういうことなのだと、美月は思った。

ひとしきり泣いて落ち着きを取り戻した玖理子は恥ずかしそうに鼻をかみながら言う。

「ダサいからもう絶対に泣きたくない。だから、美月は絶対に死ぬな。死んだら許さない。だから、これ……」

鞄から取り出したビニール袋を、玖理子は美月に差し出す。中に、根から引き抜いたらしき植物が入っている。

「玖理子、これ、なに？」

「お守り」

「お守り!?」

「うちらにはもうあと二日しか残されていない……かもしれないだろ。なぁ美月、警察から、監キングに関する情報、入ってないのか？」

美月はうなずき、監キングは車と一緒に崖下に転落し、車から投げ出された可能性が高いと警察が話していたことを伝える。

「だとしたら、すでに凍死していると思う。あの晩は雪がひどくて車なしでは遠くに逃げられなかったはずだから」

「そうであってほしいけど、万が一生きていたら困るから、ギリギリまでヤツを捜す努力をしたほうがいい。で、もし生きてたら、躊躇わずに殺してほしい。監キングを殺すことは、世のため人のためになる社会貢献なんだから」

「でも、明日、部活はお休みだけど、コーチに呼ばれてるんだ。夢のパートをどうするのか、振り付けの変更についてだと思うけど」

「そんなの明日じゃなくたっていいだろ。具合悪いことにして監キングの自宅を張るとか」

「それは警察がやってくれてるよ。それに、明日は休めない。夢が亡くなって、みんな、すごく動揺してる。本来ならパフォーマンス落ちるはずだけど、夢のために大会で優勝しようって、みんなのモチベーションを上げるにはどうすればいいか、私もコーチに相談したいから」

「マジかよ、大会での優勝が、自分の命よりプライオリティ高いってありえないだろ」

「命より大事……かも、今は」

呆れ顔で玖理子は大きく息を吐き、「美月はどんなときでも美月だな」とふっと笑った。

「それで、これはなんのお守りなの？」

手渡された植物を掲げる美月に、玖理子は声を潜めて、ささやく。

「トリカブト」

「えっ!?……トリカブトって、あの？」

「昨日、死んだじいちゃんちから採ってきた。観賞用に育ててたのを知ってたから」

「玖理子、まさか、これを使う気なの？」

「明日の夜、例のストーカー女が兄貴のマンションに来るって言ってきたんだ。義姉《ねえ》さんの退院祝いを持っていくって。いろいろ考えたけど、刺殺や撲殺はやっぱりハードルが高いから、これを調理して出すことにした。トリカブトってニリンソウとよく似てるから、間違えましたでいけるはずだし」

「明日の夜……」

「うん。だから、コーチとの打ち合わせにはつきあえないけど、部室には顔出すよ」

努めて明るい笑顔を見せる玖理子の頬には、まだ痛々しい涙のあとが残っていた。

6

翌朝、美月はいつも通りに起床し、いつも通りに登校した。

平常心で臨んだつもりだったが、授業には少しも集中できず、途中からあきらめて、ダンス部のこと——大会で部員たちを優勝に導くにはどうすればいいか——だけを考え、時間を過ごした。

そうしなければ、さすがの美月も不安で押しつぶされてしまいそうだったからだ。

ノートにフォーメーションを走り書きしながら考えていると、白い紙の上に影が落ちた。

顔を上げると、目の前に狐塚真弓が立っていて、思わず上げそうになった声を慌てて飲み込む。

いつの間にか休み時間になっていたことさえ、美月は気づいていなかった。あの事件以来、はじめて直接声をかけてきた真弓は神妙な面持ちで、「夢ちゃん、残念だったね」と、彼女の死を悼む。

その瞬間、体の底から怒りがこみ上げてきた。この女狐さえいなければ、夢は死ななかったのに、と。

真弓を女狐呼ばわりするのは、胸の内ですらはじめてのことで、美月は自分で驚いていた。

コーチとの打ち合わせの前に、美月がダンス部の部室を覗くと、ベンチの上に玖理子のリュックが投げ置かれていたが、本人の姿はどこにも見えない。廊下を見回すと、少し先のバスケ部の部室から、玖理子の笑い声が聞こえてきた。

その明るい響きは、玖理子が殺人計画を中止したのではないかと美月に思わせたが、リュックの横ポケットにささった水筒を手に取り振ると、残りはわずかだった。そして、覗き見たリュックの中には、萎《しお》れたトリカブトが大量に入っていた。こんなに危険で大事なものをポンと放り出してその場を離れてしまう玖理子の雑さが理解できず、美月は心配でたまらなくなる。

心を落ち着けるため、美月はかかっている衣装に手を伸ばした。

それは次の大会で白鳥を踊る美月のために、母が作ってくれた白い衣装だ。『白鳥の湖』のヒロイン、オデット姫の衣装を模したものだが、純白の白鳥の衣装が一瞬で黒鳥に変わる仕掛けが施されている。

それを胸に当て、美月は姿見の前に立った。

果たして、自分はこの衣装を纏《まと》い、大会の舞台に立てるのだろうか——？

いや、どんなことをしても、立ちたい。そのために、誰よりも血の滲《にじ》む努力を続けてきたのだから。あのステージに立って、観客の心を魅了するダンスを踊りたい。

そして、白鳥美月は空っぽなんかではないと、たくさんの人に認めてほしい。

ドアが開き、玖理子が顔を出す。

「よっ、美月。なにやってんの？」

「これを着て踊ることだけを考えてる。そうしないと……」

「不安でおかしくなっちまう、よな？」

衣装をもとに戻しながら、「あの計画……」と、美月は問いかける。「やめたわけではないんだよね？」

「んなわけないじゃん。なんで、そう思った？」

「バスケ部の子たちと、楽しそうに話してたから」

「できるだけ普段どおりの生活しとかなきゃって思ってさ。殺人を計画していたなんて、誰にも見抜かれないように。美月のほうは？」

「私は普段となにも変わらないよ。監キングがすでに死んでることを祈る以外にできることもないし」

「今夜、こっちが済んだら、美月の家に行く」

「えっ？」

「警察に事情聴かれたりするだろうから、少し時間がかかると思うけど、必ず行く。あ、そうだ、護身用に持ってたコレ、美月に預けとく。警察に見つかったら誤解されそうでヤバいし、コレも美月のお守りになるかもしれないから」

そう言って、鞄から出したフラッシュライトを玖理子は美月の手に握らせる。そのずしりとした重さが、自分に対する玖理子の想いのような気がした。

「監キングが死んでて、なにも起こらなければ、ラッキーって祝杯上げよう。万が一、羊目の女が現れても、美月をひとりにはしない。僕が、守るから」

「玖理……子……」

「おっと、もうこんな時間だ。準備しなきゃいけないから、行くね」

さすがに緊張した面持ちだったが、不安を吹き飛ばすように、玖理子はおどけて「じゃ！」と敬礼し、乱暴にリュックを背負って兄の家へと向かう。

部室が並ぶ通路を走り、小さくなっていくその背中に、美月は思わず呼びかけた。

「玖理子！」

足を止め、玖理子が振り返る。口を開きかけたとき、背後からバスケ部の女子部員たちが近づいてくるのを感じ、美月は声に出さず、口の形だけで玖理子に伝える。

ありがとう——。

距離はあったが、想いは伝わったらしく、玖理子が叫ぶ。

「美月、絶対、一緒に全国大会に出よう！　優勝して、頂点に立った者にしか見られない景色、夢にも見せてやろう！」

ニッと笑って大きく手を振り、玖理子は夕陽に溶けて消えた。


その約束は、守られることがなかった。

その晩、玖理子は、兄の家で死んでしまったから、だ。

死因は、トリカブト中毒だった。

7

数日後の晩、美月は意外な人物に呼び出され、あの廃洋館を訪れる。

門の前に立っていた、首が埋もれた亀のような体が、足音に気づいて振り返った。

「やっぱり来てくれたんですね、白鳥先輩！」

前回同様、満面の笑みで迎える亀田は、お世辞にも似合うとは言えないフードの付いたアイボリーのフワモコジャケットを着ている。

「立ち話もなんなんで、中へ入りませんか?って、私の家じゃないけど」

「え? この洋館に入るの?」

「少し長くなるかもしれないいんで」

そう言いながら、勝手に門を開け、中へ入っていく亀田を、美月は慌てて追う。

「ちょっと、亀田さん、悪いけど、私、あまり時間がないの」

「そうですよね、大会で踊るダンスの振り付けやフォーメーション、また見直さなきゃいけないですものね。夢先輩だけでなく玖理子先輩まで亡くなってしまったんですから。実は、玖理子先輩、夢先輩が亡くなったあと、伯母を訪ねていらしたんですよ、この裏にある伯母の家に」

「え……?」

話しながら、亀田は建物に足を踏み入れる。どうしてこんなところに?と気味悪く思いながらも、話の続きが気になり、美月は仕方なく、懐中電灯で闇を照らしながら廊下を進む亀田のあとに続いた。

「六角形の部屋ってこっちでいいのかな? ああ、ここみたいですよ、先輩」

室内を興味深そうにぐるりと見て回る亀田に、美月は問いかける。

「なぜ、ここに来たの?」

「来てみたかったんです、噂の六角形の部屋に」

「だったら、もう気が済んだでしょ? ここ、薄気味悪いから出ましょう。さっきの玖理子の話は外で……」

「やっぱり気味が悪いんですね、二度目でも？」

「え？」

「正直、驚きました、夢先輩と玖理子先輩だけでなく、白鳥先輩までここで殺したい人間の名前を唱えていたなんて」

美月はぎょっとして亀田の顔を見た。なぜ、それを彼女が知っているのか？

「それ……、玖理子が？」

「ええ。白鳥先輩を助けるため、羊目の女について、伯母からもっと詳しい話が聞きたいって。でも、あいにく伯母は仕事で帰りが遅くて、私、鍵を預かっているので、先輩には上がって待ってもらったんですけど、結局、伯母とは会えずじまいだったんです」

「その話は聞いてなかったけれど、玖理子は本当に友達思いだった。夢を巻き込んでしまったって、自分を責めていたから」

「ああ、そうですね。玖理子先輩、すごくつらそうだったんで、伯母を待っている間、私が話を聞いてあげたんです」

確かに玖理子はおしゃべりだったけれど、親しくもない一年生になぜそんな話をしたのだろう？

「白鳥先輩、なにをそんなに驚いているんですか？　玖理子先輩って、お酒弱いんですね。緊張を解いてあげようと思って、紅茶にブランデー入れたら、面白いくらいペラペラ喋ってくれました。よっぽどたまっていたんでしょうね」

「私は、監禁犯の名前を唱えただけで……」

「そうですよね、怖い思いをさせられたんですもの、先輩の気持ち、よくわかります。でも意外でした。白鳥先輩まで、あんな作り話を信じてしまうとは思ってもみなかったから」

「最初は私もありえない話だと思ったわ。でも実際に夢が死んでしまった」

「夢先輩は羊目さんに足を切られたわけじゃなく、交通事故に遭ったんですよね？」

「そうだけど……、亡くなる直前、夢は電話で言ったのよ、羊目さんが追いかけて来るって」

「まさか。羊目さんなんて、いるわけがないのに。でも、玖理子先輩も信じてましたね。お兄さんにつきまとってるストーカー女を殺して生贄にすれば、自分は助かる、と」

「……玖理子は、あなたにそんな話まで？」

「はい、トリカブトを食べさせるって言ってました」

美月は目を瞑り、大きく息を吐く。亡くなった玖理子を悪く思いたくはないが、脇が甘いにもほどがある。

「亀田さん、あなた、その話、誰かにした？」

「いいえ、誰にも」

「これからも誰にも言わないでもらえないかしら。亡くなった玖理子の名誉のために」

「いいですよ。だって、実際、先輩がストーカー女って呼んでいた人は亡くなっていないわけですもんね。トリカブトを食べさせる前に、玖理子先輩、自分で食べちゃったんですかね？

そんな間抜けなことってあるんでしょうか？　どう思います、白鳥先輩？」

亀田の不気味な双眸《そうぼう》に見つめられ、美月は言葉に詰まる。この一年生の目的がわからず、気味が悪い。

「それにしても、玖理子先輩、作り話に踊らされて、本当に人を殺そうとするなんて、どうかしてますよね」

「どうして作り話だって言い切れるの？　わからないじゃない」

「わかりますよ、だって、私、その話を作った人、知ってますから」

声も出せず、ただ瞠目する美月に、亀田は笑いをこらえながら話す。

「それ、作ったの、私の伯母だったんです」

「……え？」

「伯母はこの洋館の裏に住んでるって言ったじゃないですか。羊目の女の話が流行ったとき、中高生がここに来て騒いでめちゃくちゃうるさかったらしいんですよ。それに腹を立てた伯母が、ここに来させないために、『羊目さんは殺してはくれない。自分の手で殺して、羊目さんに生贄を捧げなければいけないんだ』って話をでっち上げ、それが一人歩きして微妙に変化し、現在のかたちになったみたいですね」

「あなた……、その話、知ってたの？」

「伯母から聞いたのは、玖理子先輩が伯母のうちに来た翌日です。あの晩、伯母が帰ってきていれば、玖理子先輩も殺人計画なんて立てず、死なずに済んだのかもしれないな」

「どうして聞いてすぐ、玖理子に教えてあげなかったの？　あなたが伝えてさえいれば……」

「私も後悔してますけど、『あいつを殺してやる』って言って、本当に殺しちゃう人、そうそういないでしょう？　それに、私、先輩たちに呼び出されて部室へ行ったとき、はっきり言ったはずですよ、『誰かが考えたくだらない作り話でしょうけどね』って。勝手に羊目の女の存在を信じて、バカみたいに踊らされたのは、先輩がたじゃないですか」

なにも言い返せず黙り込む美月に、亀田はなおも言い募《つの》る。

「ああ、でも、玖理子先輩、白鳥先輩のことは褒めてましたよ。美月は正義感が強いから、自分が死ぬかもしれないって状況になっても、誰かを殺そうなんて考えない。名前を唱えた監禁犯が生きているかもしれないのに、全然動じないんだって。さすがですね」

「そんな……、私はただ、監禁犯が死んでいる可能性が高いと聞かされていたから」

「そうかもしれないですけど、夢先輩なんかものすごく怯えていたそうじゃないですか」

「……夢。そうよ、さっきも言ったけど、夢は羊目の女に追いかけられて車道に飛び出したのよ。あのコ、私に、そうはっきり言ったんだから、やっぱり羊目の女は……」

そのとき、美月は気づいた。亀田が着ているフワモコジャケットのフードに、耳がついていることに。手を伸ばし、そのフードを亀田の頭に被せた瞬間、得体の知れない恐怖と怒りが体の深いところから同時に沸き上がってきた。

「これ、可愛すぎて、私には似合わないでしょ？　伯母が買ってきてくれたものなんで、仕方なく着てるんです。ごくたまにです」

「……夢が死んだ夜も、これを着ていたのね？」

「ええ、たまたまですけど」

「たまたま？　たまたま、夢の家まで行ったの？」

「夢先輩のご自宅へうかがったわけではありません。私、山歩きが趣味なんです。その途中で偶然、夢先輩をお見かけして、声をかけようとしたら、突然、叫んで、逃げ出しちゃったんです」

亀田が着ているフード付きのジャケットは、羊を象《かたど》ったデザインのものだった。

これを着た亀田に薄闇の中、近づかれたら、怯えていた夢は、羊目の女だと思い込んだに違いない。

「あなたが……、夢を殺したのね？」

「人聞きの悪いこと言わないでください。私はただ声をかけようとしただけ……」

「知っててやったんでしょう？　羊目の女に足を切られると怖がっていた夢の前にこの羊のフードを被って立てばどうなるか、全部わかっててやったんでしょう？」

「たとえそうだとしても、私が夢先輩を殺したことにはなりませんよね？」

挑むように笑いかけてくる亀田の姿に、背筋が寒くなる。

「ねぇ、どうして？　夢があなたになにかした？　なんの怨《うら》みがあって、そんなひどいことを……」

「怨みがあったのは、夢先輩にではなく、白鳥先輩にです」

「え？　私？」

亀田の頬に張り付いていた薄笑いが、すっと引いた。

「黒い……羊」

「え？」

「白鳥先輩、黒い羊になってみて、いかがでしたか？」

「それも、玖理子から？」

「はい、私、水を向けるのが巧いんで」

「どうって、もちろんつらかったし、許せなかった。夢だって黒い羊にされなければ、殺したいと思い詰めるほど真弓を憎むこともなかったはずだし」

「ですよね。こたえますよね。私もこたえたんですよ。中学のとき、白鳥先輩のダンスを観て心が震えるほど感動して、それでダンス部に入りたくてこの学校を選んだのに、そんな憧れの先輩に、黒い羊にされてしまったんですから」

「私に？　ちょっと待って、なに言ってるの？　私、あなたを黒い羊になんてしてないわ」

「白い羊は罪悪感を感じることなく、すぐに忘れてしまうって本当なんですね」

呆れたように、亀田はため息をつく。

「先輩は一年のくせにいろいろと口を出す私がウザかったんでしょ。今思えば、『ダンスは全員で作り上げるものなんだから、思ったことはなんでも言って』っていう先輩の言葉を真に受けた私がバカだったんでしょうけど」

「なにか誤解があるようだけど、私はみんなの意見をちゃんと聞いて、いいアイデアは誰のものでも積極的に取り入れたつもりよ」

「ええ、確かに。さんざん悪口言われて追い出されたのに、私の意見だけは使われてるんだって驚きました。白鳥から黒鳥への早着替え提案したの、私ですよ。先輩は最初、白鳥だけの優雅で美しいダンスを踊るつもりでしたよね？　でも私がただ綺麗なだけじゃなく、二分三十秒で善悪両方表現できないかって提案したんです。例えば、誰もが持っている内なる悪との戦いをテーマにしたらどうかって。私自身が、白鳥先輩のそういうダンスを観てみたいと思ったから」

「……それって、亀田さんの意見を私がちゃんと取り入れたってことでしょう？　もちろん、そういう方向でっていうのは、みんなの話し合いで決めたことだから、あなたの意見だけが採用されたわけではないけど。黒い羊にされたっていうのは、あなたの思い込みよ。少なくとも、あなたを不快にさせるようなこと、私、絶対に言ってないはずよ」

「ええ、そうですね。先輩は巧いから、直接言わずに、周りの羊に言わせるんです」


亀田さんって、一年のくせに生意気じゃない？　美月に意見するなんて。

どうして？　意見を言ってもらえるのはありがたいことよ。そこからより良いものが生まれる可能性があるんだもの。ただもう少しダンスについて勉強をしてから発言してくれると、嬉しいんだけど。

ですよねー、亀田さんってなにもわかってないのに、図々しく自分の意見を押し付けてくるから、引きますよね。あそこまで空気読めないのって、病気じゃないのかなぁ。

今はちょっとズレてるかもしれないけど、そのうち、部に馴染《なじ》んで変わってくれるわよ、きっと。

えー、あの子、馴染めると思う？　っていうか、なんでダンス部に入ったんだろう？　集団で踊ったら、ひとりだけ悪目立ちしちゃうじゃない、見事なチビデブで、名前のとおり、亀みたいなんだから。

こら、そんなこと言っちゃだめ。可哀想でしょ。今はそうでも、一生懸命練習すれば、痩せるはずだし。

白鳥先輩、優しすぎー。でも亀田さんが一生懸命練習すると、周りが迷惑なんですけど。ダンスもクセが強すぎて、そばで踊られると笑っちゃって、練習にならないもん。

わかるー。あれ、マジでヤバいよね。最初見たとき、亀が溺れてるのかと思った。

亀っていうより……。

え？　え？　なんですか、白鳥先輩？　亀っていうより、なに？

なんでもない。今のなし。

えー、聞きたい、言ってくださいよ、先輩には亀田さんがなにに見えたのか。

なんにも見えてないわよ。亀田さんは、亀田さんでしょ。

わかった、亀じゃなくて、ゴリラじゃない？　当たりでしょ、美月！

ゴリラ、ウケる。あたしもそう思ってた。

ちょっと、私はゴリラなんてひと言も言ってないからね。誰だって最初からうまいわけがないんだから、どんなにみっともないゴリラみたいな踊り方でも、指導するのが先輩の務めよ。言ってるじゃないですか、先輩、ゴリラみたいな踊り方って。めっちゃウケる。

亀田さんのことを言ったんじゃないわよ。とにかく大会の準備で忙しくなる前に、もう少しなんとかなるよう、あなたたちも厳しく指導してあげて。

えー、無理ですよ、先輩。空気読んで自分から辞めてくれないかな、ゴリ亀。

いや、空気読めるゴリラだったら、そもそもダンス部に入ってないから。

「ああいう会話って、私がいるのわかってて、わざと聞かせてたんですよね？　先輩、この間、部活でみんなに言ってましたもんね、チームが団結して今までで一番いい状態だから優勝も夢じゃないって。それって、私のおかげじゃないですか。ダンス部の黒い羊だった私を、みんなで力を合わせてよってたかって追い出すことで、チームが一丸となれたってことでしょう？」

「そんなこと……」

「ありますよ」

と強く言い切り、亀田はふーっと大きな息を吐く。

「ま、もういいですけどね。優勝どころか、ダンス部が大会に出られるかどうかも危ういわけだし」

「なに言ってるの、玖理子と夢のためにも大会に出て、優勝しないと」

「無理ですよ、私、警察に話しますもん」

「え？　さっき、言わないって約束したじゃない」

「約束？　ああ、玖理子先輩のことは言いませんよ。言ってもしょうがないし」

「じゃあ、なにを警察に？」

「白鳥先輩、先輩がここで死んでくれって唱えたのは監禁犯じゃなくて、他の人の名前ですよね？」

「……なに、言ってるの？　そんなはずないでしょ」

「いや、そうですよ。だから、忙しいのにここへ来てくれたんでしょう？　玖理子先輩がなんで死んだか知ってるって、私が言ったから」

「ちょっと、待ってよ。私が玖理子の名前を唱えたって言うの？」

「唱えただけじゃなく、殺しましたよね？　玖理子先輩の水筒にトリカブトの根を煮出した汁かなにかを混入して」

「……トリカブトなんて、私が持ってるわけないじゃない」

「玖理子先輩から渡されたじゃないですか、お守りとして」

そんなことまで喋っていたのかと、玖理子への怒りで目が眩《くら》む。

「玖理子先輩が、トリカブトをあなたに渡したのは、やっぱり疑っていたからなんです。白鳥先輩が唱えたのは監禁犯の名前じゃないんじゃないかって」

「え……？」

「結城って人の可能性もあると思っていたみたいです、白鳥先輩を振った」

美月の怒りが、言葉となって思わず放たれた。

「しゃべくり玖理子」

ぷっと吹き出し、亀田は笑う。

「そう呼んでいたんですか？　確かにおしゃべりでしたよね、玖理子先輩。だけど、友達思いでもあった。結城さんって、今、ボストンにいるんでしょ？　白鳥先輩がもし結城って男の名前を唱えていたとしても困らないように、アメリカまで殺しに行けるように、時間を逆算してトリカブトを採りに行って、あなたに渡したんです。まさかそのトリカブトを自分の水筒に入れられるとは思ってもみなかったでしょうね」

「すべてあなたの推測で、証拠はなにもない」

「はい、そのとおりです。でも、警察は玖理子先輩の水筒から毒物を検出しているはずで、あの日、水筒にトリカブトを混入できた人間は限られると思うんです。ちなみに、私、白鳥先輩を見張っていたから、いつ玖理子先輩の水筒に毒を入れたかわかります。ダンス部の部室で五分くらいひとりになったときですよね。玖理子先輩がバスケ部の部室から戻ってくる前にトリカブトを混入したんでしょ？」

なにも答えない美月を前に、亀田はひとりで喋り続ける。

「もしかしたら、証拠不十分で白鳥先輩は罪に問われないかもしれない。でも、この話が広まったあとも、玖理子先輩を殺したかもしれないあなたに、部員たちはついてくるでしょうか？　そんな不祥事を起こしたダンス部が、大会に出られますか？」

一瞬、息をのんで動けなくなった美月の唇から、次第に低く乾いた笑い声が漏れる。

「関東・甲信越大会で優勝し、全国大会に出場するためだけにやってきたのに」

肩を落とす美月に、亀田が問う。

「どうして玖理子先輩を殺さなければならなかったんですか？　手酷い振られ方をしたことをしゃべくり玖理子にバラされたくなかったから？」

「違うわ。……ううん、それもなくはないけど、すべては大会に出場し、優勝するためよ」

「え？」

「玖理子はいい子だったけど、おしゃべりで思慮が浅く、やることなすことすべてが雑だった。そんな人が立てた杜撰《ずさん》極まりない殺人計画がうまくいくとは思えなかったから」

家の近くに自生しているならまだしも、あのタイミングで祖父の家までトリカブトを探りに行った玖理子に、警察は当然疑惑の目を向けるはずだ。

部員の喫煙が見つかっただけで、大会に出場できなくなる可能性が高いのだから、計画殺人なんかがバレたら、出場辞退どころか廃部だろう。

「それだけは避けたかった。私はあのステージに立ちたかった。これが最後のチャンスだし、今年のメンバーなら、優勝だって夢じゃない。そのために血の滲む努力をしてきたの」

「そのために、私は黒い羊にされた。なんだかすべてがつながってますね。私も残念です。今の先輩が踊る黒鳥、観てみたかったから」

美月はハッと顔を上げ、亀田の瞳を見つめる。

「亀田さん、それ、本気で思ってくれてる？」

「ええ、悪の化身である黒鳥を、悪の化身と化した先輩がどう演じるのかとても興味深いですもの」

「だったら、このこと、あなたの胸だけに留めておいてはもらえないかしら？」

「先輩、それ、虫が良すぎませんか。玖理子先輩、亡くなってるのに。人を殺しても罪悪感を覚えないって、先輩、やっぱり相当ですよね」

「それ、あなただって同じじゃないの。私たち、ちょっと似てるのかも。仲良くしない？　黒い羊同士」

「無理ですね。私、先輩のこと、これっぽちも信用してないんで。それに先輩は黒い羊なんてかわいいもんじゃない。もはや暗黒の羊ですよ」

「言ってくれるわね。だけど、頭のいい子は嫌いじゃないわ。でもね、亀田さん、あなた、ひとつだけ間違ってるわよ」

「間違ってるって、なにがです？」

それには答えず、「ねぇ」と、美月は話題を変えた。

「あなた、殺したい人はいない？　できれば、私以外で」

「はぁ？」

「あなたもこの六角形の部屋で殺したい人の名前を唱えてみればいいと思ったの。そうすれば、きっと羊目さんを感じることができるから。ああ、でも、玖理子みたいに鈍くて気づかない人もいるから、絶対とは言い切れないけど」

「先輩、それ、真面目に言ってます？　私も伯母もアンチオカルトの合理主義者なんで、そういうの一切信じないんですよ。っていうか、完全にバカにしてます」

「私も少し前まではあなたと同じだった。だけど、ここに来て変わったの。だって、私、この目で見たんですもの、羊目さんを」

一瞬、絶句した亀田は、やがて静かに笑いだす。

「やめてくださいよ、夢先輩じゃあるまいし。真顔でなに言ってるんですか、白鳥先輩」

呆れたように笑う亀田を見つめ、美月は思う。

彼女はひとつだけ間違っている。

すべて作り話だと決めつけているけれど、羊目の女は確かに存在するのだ。

夢だけでなく、美月も見たのだから。

部屋のドアを細く開けてこちらを覗き見る、羊の目を持つ女の姿を。

幸いにも、今、美月と亀田は六角形の部屋の中にいる。亀田を身代わりの羊にすれば、きっとまた羊目さんは助けてくれるはずだ。玖理子のときのように。

バッグに手を差し入れて、美月はあるものをつかみ、心の中で玖理子に感謝する。

お守りになったよ、玖理子。

そして、笑い続ける亀田にニッコリと微笑み返しながら、美月は踊るようにしなやかに振り上げた軍用フラッシュライトを、彼女の頭目がけて一気に振り下ろした。

病んだ羊、あるいは狡猾な羊

1

捜していただきたいんです、灰原詩織《はいばらしおり》さんという女性を。

二十七歳の専業主婦で、二か月ほど前まで羊ヶ丘《ひつじがおか》パレスの四〇二号室にご主人と……、いえ、ご主人と思われる男性とふたりでお住まいでした。

ですが、ある日を境に忽然《こつぜん》と姿を消してしまわれて……。

もしかしたら、詩織さんはご主人に……、ご主人だと名乗っていたあの男性に殺されてしまったのかもしれません。

だって、詩織さん、おっしゃっていたんですもの。

あの人は夫の灰原省吾《しょうご》じゃない。全然知らない男だ――って。

なのに、私がいくらそう訴えても、警察は動いてくれません。もうどうしたらいいか、わからなくなってしまって……。

ああ、いえ、私は、詩織さんの家族でも友人でもありません。隣人です。

同じマンションに越してきた日、アレに驚いて思わず悲鳴を上げてしまった私を心配し、詩織さんが駆けつけてくださって、それが私たちの出会いでした。

アレっていうのは、ほら、アレですよ、アレ。テラテラと黒光りするGのつく昆虫。お恥ずかしい限りですが、私、本当にアレが苦手で、その名前を口にするのもおぞましい存在が台所にいて、卒倒しかけたところを詩織さんに助けられたんです。彼女だって怖かったでしょうに、わざわざ殺虫スプレーを取りに戻り、初対面の私のために駆除してくださって、とても優しく親切な方でした。

その夜、ドアがものすごい勢いで叩かれて、恐る恐るドアスコープを覗いたら、詩織さんが黒髪を振り乱し、「助けて!」と叫んでいるではありませんか。

なにごとかと驚いてドアを開けると、彼女、私に縋《すが》りついてきたんです。

「し、知らない男が家の中にいる!」って。

詩織さんの顔色は白を通り越して蒼白で、瞳に怯えと恐怖の色をたたえ、枝のように細い体を気の毒なほどブルブルと震わせていました。

隣の部屋を見ると、飛び出したときに落としたらしきレジ袋が玄関のドアに挟まり、パック入りの卵がぐしゃりと潰れていて、買い物から帰った彼女が誰もいるはずのない部屋で見知らぬ男と鉢合わせし、慌てて逃げてきたのだろうと察しがつきました。

驚いた私はすぐに警察に通報しようと携帯電話を手にしたのですが、彼女の震えが伝染したのか、思うように指が動かなくて。空き巣が住人に見つかり、居直り強盗に豹変するってよく聞く話じゃありませんか。ですから、やはり恐ろしくてたまらなかったのです。卵が挟まったドアの隙間から、今にも粗暴な男がぬっと顔を覗かせ、なにか武器を手に、そう、包丁とかスパナとかを握りしめ、襲いかかってくるのではないかと……。

逃げたいのに、金縛りにあったみたいに体が動かず、そんなときお隣の玄関ドアが音を立てて開いたものですから、私、詩織さんと同じくらい大きな声を上げてしまいました。

でも、そこに現れた男性を目にした瞬間、悲鳴は喉の奥に張り付いて、私は息ができず、胸が苦しくなりました。

だって、彼女を追って出てきたのはハッとするほど端整な顔立ちの爽やかな男性で、仕立ての良さそうなスーツを纏《まと》ったその姿は、とても犯罪者には見えなかったんですもの。

その方は叫び続ける彼女を落ち着かせようと、それはそれは優しい声で呼びかけました。

「詩織、大丈夫だよ。僕だ、省吾だよ」って。

思いやりに満ちた表情で懸命に語りかける彼を見て、知らない男というのは彼女の勘違いで、ふたりは顔見知りなのだろうと感じました。しかしとはいえ、顔を忘れてしまう程度のつきあいでしかない男性が、留守宅に上がり込んでいたのだとしたら、それはそれで大問題です。

実際に、詩織さんの震えはおさまらず、彼から逃れようと、私の体を盾にして背後に隠れてしまいました。

そのときはじめて気づいたかのように、彼はハッと息をのみ、涼しげな瞳を私に向けたのです。

「あ、あの……」と戸惑いがちに尋ねる男性に、私もまた戸惑いながら、四〇一号室に越してきた者ですと自己紹介をいたしました。

「ああ、そうでしたか。それは大変失礼しました」

彼は私に向きなおり、真摯《しんし》な態度で頭を下げました。そして、少し寂しげな口もとからこぼれ落ちた言葉……、それはまるでタチの悪い冗談のように私の耳に響いたのです。

「妻がご迷惑をおかけして、申し訳ありません」

「え……、妻?」

驚いて背後を振り返ると、ぎょっと目を見開いた詩織さんが違う違うとイヤイヤをする子供のようにかぶりを振っていて、私は思わず、彼の切れ長な瞳を睨《にら》んでしまいました。

「彼女は、あなたのことを知らない人だって……」

黒く濡れた彼の瞳に哀しみの色が浮かび、やや薄い唇から掠《かす》れた息とともに苦しげな声が漏れました。

「妻は……、ちょっと混乱しているんです」

どこの世界にちょっと混乱しただけで、自分の夫を知らない男呼ばわりする妻がいるでしょうか。

「詩織、こちらにご迷惑だから、部屋に戻ろう」

そう言って伸ばしかけた彼の手から逃れ、詩織さんは震える声で尋ねたんです。

「あなたは、……誰？　どうして、私の家に……？」

「詩織……、僕をよく見て。省吾だよ。君の夫の、灰原省吾だ」

「……違う。あなたは省吾さんじゃない」

詩織さんの声は弱々しく掠れていたけれど、それでも彼が夫であることをはっきりと否定したんです。

「今すぐここから出ていってください。でないと……、警察を呼びますよ」

「警察を呼んで、なんて言うつもり？」

「泥棒に入られたって」

「やめてください。自分の家から、僕がなにを盗むっていうの？」

「詩織、ここは僕らの家だよ。君と、僕の。さぁ、とにかく、部屋に……」

「なにを言ってるんですか？　どこの誰かもわからない人をどうして部屋に上げなければならないの？　あなたの目的は何なんですか？　私をどうするつもり？」

「詩織……」

痛々しい表情を浮かべ、もどかしそうに伸ばした彼の手を、詩織さんは「嫌！」と叫んで振り払いました。

「やめて！　触らないで！」

部屋に促そうとする男性に腕を取られまいと抵抗する詩織さんの怯え方は尋常ではなく、嘘をついているようにはとても見えなかった。どうしていいかわからずに混乱し、ただ呆然と突っ立っていた私も、慌てて止めに入りました。

「あの、ちょっと待ってください。あなたは本当にこの方のご主人なんですか？」

「もちろんです。僕は彼女の夫の灰原省吾です。ほら、ここに僕らの名前が」

彼が指差した先、玄関チャイムの上には、確かに『灰原省吾　詩織』と書かれたネームプレートが掲げられていました。

「嘘よ！」

背後に立つ詩織さんが、私の背中越しに強く訴えます。

「この人は、灰原省吾じゃない。それは、私の夫の名前です」

「詩織さんはそうおっしゃってますけど？」

訝《いぶか》しげに見つめると、彼はふーっとため息をつき、財布から取り出した運転免許証を私に見せました。

免許証の名前は灰原省吾。住所も確かにこのマンションのものでした。

そして、名前の横にある顔写真は、今より少しだけ若く、髪も少しだけ長いけれど、目の前にいるシャープな顔立ちの男性に間違いありません。

「信じていただけましたか？」

確かに、彼が灰原省吾氏であることは、疑いの余地がありません。その言葉にうなずきかけた私を止めたのは、「騙されないで！」という詩織さんの鋭くも悲痛な声でした。

「この人は、嘘をついています！」

「えっ？　でも、この免許証は……」

ひったくるようにそれを奪い、詩織さんは警戒するように彼を睨みつけました。

「なんであなたが、これを持っているんですか？　これは、私の夫のものです」

「だから、僕が君の夫なんだよ」

「違う、違う、違う！……あなたは、やっぱり泥棒なんだわ。私が留守にしていた間に、省吾さんの机からこの免許証を盗んだのよ」

彼女の言葉に、そのとき初めて違和感を覚えました。

たとえそうだとしても、盗みに入った先で免許証の顔写真を自分のものにすり替えるなどという芸当が容易にできるとは思えなかったからです。けれど、そう主張する詩織さんの必死の形相にも嘘があるようには見えなくて……。

羊ヶ丘パレスに管理人がいれば、彼が詩織さんの夫かどうかすぐに確認できたはずですけれど、あいにく常駐しておりませんでした。仕方なく近所におふたりを知る人物がいないか尋ねたのですが……。

「残念ながらご近所づきあいはほとんどないです。僕は仕事が忙しく、ここには寝に帰っているようなものだし、妻は専業主婦だけれど社交的な性格ではないものですから」

どうしてあなたがそんなことを知っているの？と怪訝《けげん》な顔で彼を見ていた詩織さんも、私の視線に気づいて、うなずきました。マンションの住人とはエントランスなどで会ったときに目礼するぐらいで、私の前に住んでいた隣人がどんな人だったかもわからない、と。

「あっ、でも、反対隣の四〇三号室の方とはお話ししたことがあります。間違ってポストに入っていたうちの郵便物を届けてくださったことがあったから」

「そのとき、ご主人も一緒だったんですか？」

「いいえ。でも、エレベーターで何度か一緒になったことがあるから、省吾さんのことも覚えていると思います」

詩織さんはすぐさま四〇三号室へと走り、原田《はらだ》というネームプレートがかかったお宅のチャイムを鳴らしましたが、どうやらお留守のようでした。

「そういえば、彼女、いつも大きなスーツケースを引いていて、出張が多いとおっしゃってたわ」

肩を落とす詩織さんに、あなたのご主人の顔を知る共通の友人に来てもらうことはできないのかと尋ねると、「ちょっと待ってください」と悲しげな顔で彼が言葉を挟みました。

「免許証を見せたし、僕はこの部屋の鍵も持っている。それでも信じてもらえませんか？」

「でも、詩織さんはあなたのこと、ご主人じゃないって……」

「そ、それは……」

整った眉を寄せ、途方に暮れて額に手をやる彼の姿を目にした瞬間、なにかが胸の中で弾けたんです。

この人のことを知っている。以前、どこかで会ったことがある——。

「あの……、私たち、以前、どこかで……？」

確かめようとしたのですが、私の問いかけは、「どうして……？」という詩織さんの声に遮《さえぎ》られてしまいました。

「あなた、なんでうちの鍵を持っているんですか？　それを使って私の留守中に上がり込んだのね？　うちでいったいなにをしていた……の？」

「だから、それは……」

答えかけた彼は「あっ！」と叫んで顔色を変え、慌てて四〇二号室のドアノブに手をかけました。

「ちょっと、どこへ行くの？　そこは私のうち……」

「ごめん、フライパンを火にかけたままだったのを忘れてた」

慌てて部屋の中に駆け込んでいく彼を呆然と見送っていると、「一緒に来てください！」と、詩織さんに手首をつかまれました。お隣とはいえ、こんな状況で会ったばかりの方のお宅に上がるのには抵抗がありましたが、その細い体のどこにそんな力がと驚くほどの強さで彼女はぐいぐい私を引っ張り、抗《あらが》うことができずに引き入れられてしまいました。

玄関には焦げ臭いにおいが漂っていたけれど、割れた卵の入ったレジ袋が靴脱ぎに転がっている以外は、どこもきちんと片付いていて、特に荒れた様子も、おかしなところもありませんでした。廊下を進んでいくと、キッチンで換気扇をフル稼働させながら焦げたフライパンに水を流しかけていた彼が、「やっちゃいました」と肩をすくめ、苦笑を浮かべたんです。

「あやうく火事になるところでしたよ。火災報知器が鳴らなくてよかった。鳴っていたら、騒ぎになってましたよね」

私としては騒ぎになってこのマンションの住人が集まってきてくれたほうが、ふたりのトラブルに自分だけが巻き込まれているというこの現状から逃れられて、好都合だったのですが……。

「よかったって、なにがよかったんですか？　うちの台所で、勝手になにをしていたの？」

「君を驚かせようと思ったんだ。久しぶりに早く帰れたから、たまには僕が食事を作って、詩織に喜んでもらおうって。でもダメだね、慣れないことしたせいで、ほら、チキンが丸焦げに……」

被せるように、詩織さんが声を張り上げました。

「ええ、驚きました！　知らない人が自分の家の台所を勝手に使って料理していたら、誰だって驚くでしょう？……あなたは、なにがしたいの？　私に毒でも盛るつもり？」

「まさか、そんな……」

「今すぐ鍵を返して出ていってください。うちの鍵はどこですか？」

手を差し出す詩織さんを哀しそうに見つめ、彼は疲れの滲《にじ》む声でつぶやきました。

「鍵はいつもの場所だよ。リビングのサイドボードの上」

「そこはいつも省吾さんが……。あなた、どうしてそんなことまで知ってるの？」

怯えた目を彼から離さない詩織さんに鍵を取ってきてほしいと頼まれ、私はリビングのドアを開けました。そこに一歩足を踏み入れた瞬間、私は「あっ！」と叫んで、息をのんだんです。

彼が言ったとおり、サイドボードの上に鍵があったからではありません。いえ、鍵は確かにあったけれど、私が驚いたのは純白のウェディングドレスに身を包んだ詩織さんが、目に飛び込んできたからです。

それはサイドボードの上に飾られた結婚式の写真でした。愛らしい小花がふんだんにちりばめられた美しいドレスをまとった詩織さんは、これ以上ないほど幸せそうな笑みを浮かべています。そして、そんな彼女をお姫様抱っこしているタキシード姿の、まさに王子様のような男性は、紛れもなく今ここにいる灰原省吾さんご本人ではありませんか。

部屋を見回すと、壁や出窓やテレビの脇などなど、いたるところにふたりの写真が飾られていました。棚の上にはデジタルフォトフレームまであって、エメラルドグリーンの海ではしゃぐ水着姿の詩織さんと省吾さん、水上レストランで夕陽をバックにシャンパングラスを重ねる詩織さんと省吾さん、真っ赤なバラの花びらがちりばめられた天蓋付きのダブルベッドで抱き合う詩織さんと省吾さん……、おそらく新婚旅行の写真なのでしょう、見ているほうが恥ずかしくなるようなふたりの姿がスライドショーで延々と流れ続けています。

幸せに満ち溢れたふたりの写真を目の当たりにして、背中にゾクッと悪寒が走り、肌が粟立《あわだ》ちました。

「どうしたんですか？」

やって来た詩織さんの息遣いを背後に感じながら、振り返ることができなかった。ついさっきまで守ってあげなければと考えていた華奢《きやしや》で小柄な詩織さんが、急に得体の知れない、薄気味の悪い存在に思えてきたからです。

「鍵……、あったんですね」

キースタンドにかかっていた鍵を確認し、ぎゅっと握りしめた彼女は、あの男がどうやって合鍵を作ったのかわからなくて怖いと訴えていましたが、私が恐怖を感じていたのは彼女自身に対してです。

「あの……、私、これで失礼します」

なんとか声を絞り出し、部屋を出ようとした私に彼女は追い縋ってきました。

「え？　ちょっと待ってください。いきなりどうしたんですか？　お願い、見捨てないで」

「見捨てるもなにも、彼はあなたのご主人じゃないですか？」

「まさか……、なに言ってるの？　違うわ」

縋るような詩織さんの目が、私の顔を覗き込んできて、瞳孔の開いたその瞳が怖くてたまらなかった。それはどこか狂人の双眸《そうぼう》のように美しく澄んでいて、そこに映る自分は彼女の狂気に囚われ、もう二度とここから出ていけないような気がしたんです。

「お願い、騙されないで。あの人、絶対に私の夫じゃないわ」

「で、でも……、これは、あなたの結婚式の写真でしょう？　どうして知らない人だなんて……？」

「だって、知らない人ですもの！」

彼女は焦れたように大声を出し、わなわなと唇を震わせていました。

「なんでわかってくれないの!? 彼は私の夫じゃない。灰原省吾じゃないわ。まったくの偽物よ！」

言っていることがめちゃくちゃでした。写真とそっくりな顔をした人をつかまえて、わけのわからないことを叫ぶ彼女の姿は、なにかにとり憑《つ》かれているみたいで、どうしようもなく怖かった。

これ以上その場にいたら、私までおかしくなってしまいそうで、だから逃げようとしたのに、玄関へと急ぐ私に彼女はしがみついてきたんです。

「待って、こんな頭のおかしい人とふたりきりにしないで。私、殺されちゃうかもしれない。ねぇ、帰るなら、私も一緒に連れていって。私、他に誰も頼れる人がいないの」

つかまれた腕に、バーッと鳥肌が立ちました。

「彼はなにもおかしなことなんて言ってないじゃないですか。おかしいのは、あなたのほうでしょ？」

手を振り払い、靴に足をねじ込む私を見て、彼女は苦しげに低く呻《うめ》いたんです。

「どう……して？ なんで信じてくれないの？」

彼女に向けた私の瞳の中に怯えを見たのか、詩織さんの顔が哀しみに歪み、ほどなくして諦念にのみ込まれるように、その顔からすべての表情が抜け落ちてしまった。

慌てて目を逸らし、立ち去ろうとしたとき、私の背中に呪文のような言葉が降ってきたんです。

「……が、し……だら……、たの……いよ」

耳も頭も、そして心も、その言葉の意味を捉えられなかったにもかかわらず、うなじの毛がぞわっと逆立ちました。

驚いて振り返った私を、能面のような顔がじっと見つめていた。

表情のない彼女の顔の中で口だけが別の生き物のように動き、そこから再びこぼれ出た言葉は、私の体を凍りつかせました。

私が死んだら、あなたのせいよ――。

2

自分の部屋に戻ってからも、しばらく震えが止まりませんでした。

私は床にペタンと座り込み、動けなくなってしまって……。

怖い夢を見たときのように現実感が希薄というか起こったことが信じられなかったけれど、つかまれた腕に彼女の指の感触が残っていたし、鳥肌も消えていなかった。

一体なんだったんだろうと考えてみても、まるで意味がわかりませんでした。

状況から見てあのふたりはご夫婦に違いないのに、夫を知らない人だと言い張る詩織さんの目は真剣で、必死で、本気だった。だからこそ、そこに得体の知れない恐怖を感じたんです。もしかしたら、彼女は病気なのかもしれないと思いました。たとえば、事故による記憶喪失や、若年性認知症に伴う記憶障害ならば、あんなふうに夫のことを忘れてしまうこともあるのかもしれない、と。

私だったらたとえ記憶喪失になったとしても、あんなに素敵な旦那様のことは忘れないと思いますが……。

いいえ、逆に、あれだけ魅力的なご主人だからこそのトラブルだったのかもしれません。あの方がそばにいたら、女性のほうが放っておかないでしょうから、たとえばご主人の浮気に腹を立てた詩織さんが、あなたなんて私の夫じゃないと言い張り、困らせようとした、とか。

でも、あれがお芝居だとしたら、詩織さんの演技力はたいしたものです。私、観劇が趣味なんですが、あんなふうに狂気を自然に演じられる役者さんはそうそういないですもの。

夫婦喧嘩に巻き込まれただけだと思い込みたかった。そうすれば、説明のつかない薄気味悪さから逃れられますから。

あの夜、詩織さんが助けを求めてうちへ逃げて来たとき、私、彼女の中に自分を見ていたんです。

実は私が羊ヶ丘パレスに越してきたのは、前に住んでいたマンションでストーカー問題に悩まされていたからで、だから、詩織さんに知らない男が部屋にいると言われてすごく怖かったけれど、彼女を助けなければと本気で思いました。詩織さんに自分を重ねていたから余計に、彼女がおかしなことを言いはじめたとき、ぞっとしたのと同じくらいショックを受けてしまったのでしょう。

壁に耳を澄ますと、お隣の声がかすかに漏れ聞こえてきて、もちろん会話の内容までは聞き取れませんでしたが、ふたりの言い争いはまだ続いているみたいでした。でも、怒鳴ったり、泣き喚いたりしている様子はなかったので、これ以上巻き込まれたくなかった私は、音楽をかけてふたりの声を掻き消したのです。

部屋の中には梱包を解いていないダンボールが嫌というほど積まれていましたから、引っ越しの片付けを再開したのですが、急な引っ越しの準備でここ数日まともに睡眠がとれていなかったことに加え、お隣の騒ぎで心身ともに疲れはててしまい、作業は遅々として進みませんでした。頭の中にまで鉛が詰まったように全身が重だるく、少しだけ休もうと椅子に座ったら、もう立ち上がれなくなってしまって……。

ドンドン！という大きな音にハッとして目を開けると、玄関の扉が乱暴に叩かれていて、鍵をかけたはずのそれがなぜか音を立てて開き、両手を手錠で拘束された女性が飛び込んできたんです。それが詩織さんだということに、すぐには気づけませんでした。殴られたのか唇やまぶたがひどく腫れ、別人のように変貌していたからです。驚きのあまり動けずにいた私によろよろと歩み寄り、彼女は怨《うら》みのこもった目でつぶやいたのです。

私が死んだら、あなたのせいよ――。

飛び起きた私は、全身に冷たい汗をかいていました。

椅子に座ったままダンボールに寄りかかり、眠ってしまっていたようです。

どのくらい時間が経ったのか、お隣からはもう声は聞こえてきませんでした。

急いでシャワーを浴びて床に就きましたが、嫌な夢のせいで心がざわざわと波打ち、結局一睡もできないまま、朝を迎えたのです。


気を紛らわせたくてテレビをつけると、朝のニュース番組が詐欺集団の逮捕を報じていていました。嫌なニュースでは気が滅入るだけだとリモコンを捜しましたが、どこにも見当たらなくて……。

「詐欺グループは、本人確認のためにとられた運転免許証のコピーを悪用して免許を偽造し……」

アナウンサーの声に、リモコンを捜す手が思わず止まりました。

その詐欺グループはそうやって偽造した運転免許証を身分証明にして、クレジットカードを作り、買い物や借金をしていたというのです。

嫌な汗が背中を伝い落ちました。

昨夜会った男性を、私がお隣のご主人だと認めたのは、彼が灰原省吾名義の運転免許証を持っていたからです。詩織さんが言うように彼が泥棒で、免許を盗んでいたとしても、自分の顔写真を貼りつけ、短時間で本物そっくりに加工できるわけがない。だから免許証は彼自身のものだと思い込んでしまいましたが、それが計画的な犯行だったとしたらどうでしょうか。あらかじめ精巧に偽造した灰原省吾の免許証を作っていたのだとしたら――？

「どうしてわかってくれないの!?　この人は私の夫じゃない。灰原省吾じゃないわ。まったくの偽物よ！」

詩織さんの言葉が脳裏に蘇《よみがえ》り、息が苦しくなりました。

だけど、免許証だけじゃない、リビングにはあのふたりの結婚式や新婚旅行の写真が、あんなにたくさんあったのですから……、いえ、でも彼女の留守中にあの男が上がり込んでいたなら、詩織さんが帰ってくるまでの間に、部屋の写真をすべて入れ替えることだってできたはずです。詩織さんと一緒に写ったご主人の顔を自分の合成写真に入れ替える作業は、やろうと思えば、免許証を偽造するよりもたやすいことなのではないでしょうか。

でも、いったい、なんのために？

あの男は詩織さんのストーカーなのでは？　という考えが浮かび、体が震え始めました。彼女は知らない男だと言っていたけれど、ストーカーの中には面識がないのに一方的に見染めて想いを募《つの》らせ、相手の生活を監視したりする人たちもいるのです。彼がすぐ近くで彼女の生活を見張って万全の準備を整えてから、事に及んだ可能性も否定できません。

私はテレビを消して壁際に立ち、耳に全神経を集中させました。

昨晩、隣から聞こえてきたボソボソした話し声は消えてなくなり、怖いくらいの静寂《せいじゃく》が漂っていて、私は不安に苛《さいな》まれましたが、しばらくすると朝の支度をする生活音がかすかに聞こえてきました。

四〇二号室のドアが開くのを待ち構えて外へ飛び出すと、自称灰原省吾さんは私に驚き、施錠した鍵を取り落としてしまいました。慌てて拾い上げ、作り笑顔を見せる彼はネクタイを締め、ビジネスバッグを手にしていて、ああ、少なくともきちんとお勤めをされている方なのだと、少しホッとしたんです。

「おはようございます。詩織さんのお加減はいかがですか？」

「あ……、ご心配いただき、ありがとうございます。昨夜はご迷惑をおかけして、本当に申し訳ありませんでした」

「いいえ、そんな……。あの、奥様と少しお話をさせていただけないでしょうか」

「えっ!?　あ……、えっと、すみません、妻はまだ眠っているものですから……」

動揺したのか、少し早口になったような気がしました。

「あなたのことをご主人じゃないっておっしゃっていたのに、こちらで一緒にお泊まりになったんですか？」

「彼女には他に家族も親しい友人もいないので、頼れるのは僕だけなんです。それに、僕が彼女に危害を加えるような人間じゃないってことはわかってもらえましたから、詩織に寝室を譲《ゆず》り、僕はリビングのソファで休みました」

やはり夫婦喧嘩の嫌がらせではなく、詩織さんは本当にこの人のことを夫ではないと思っている。だとしたら、そんな素性のわからない男性と、部屋が別とはいえ同じマンションの室内で寝るなんて考えられませんよね？　私なら絶対に無理です。泊めてくれる知り合いがいなくても、ホテルに泊まればいいし、お金がないなら、ファミレスやマンガ喫茶で夜を明かすという方法もあるのですから、そのほうがずっといいに決まっています。

訊きたいことがたくさんあったので、少しだけ時間をもらえないかとお願いしたのですが、仕事に遅れてしまうのでと頭を下げると、彼はエレベーターを待たず、逃げるように階段を駆け下りて行ってしまいました。

気になっていた免許偽造の可能性や写真についてなにも確認することができなかったけれど、彼に訊けないのなら、詩織さんに訊くまでです。

少し時間を置いて、私は四〇二号室のチャイムを鳴らしました。けれど、しばらく待っても、応答がありません。まだお休みなのかもしれないと、出勤時間ギリギリまでねばって再び訪ねてみたのですが、何度チャイムを鳴らしても、ドアをノックして昨日お邪魔した隣の者ですと名乗っても、なんの反応もないのです。

彼女のことが気になりましたが、仕方なくあきらめ、私も仕事へ向かいました。

彼が言ったとおり寝ていらしたのだとしても、あれほどチャイムを鳴らして聞こえないわけがありません。昨夜はあんなに怯えていた詩織さんが出てきてくれないのは、どう考えても不自然でした。

勤務中も詩織さんのことばかり考えてしまって仕事に集中できず、昨夜、あんなかたちで部屋に逃げ帰ったことを後悔しました。

気になって、おふたりの名前をネットで検索してみたのですが、ＳＮＳをされていないのか、なんの情報も得られなくて……。

ようやく帰途についた私は、自分の部屋に戻るより先に四〇二号室に寄ってチャイムを鳴らしたのですが、朝と同様、お返事はいただけませんでした。

心配はますます募り、私はじっとしていられずに近所の方から話を聞いてみることにしました。一階はロビーと店舗で、二階から各フロア五部屋ずつの五階建てマンションなので、まずは詩織さんが顔見知りだとおっしゃった四〇三号室を訪ねたのですが、あいにくその日もお留守でした。

真上の五〇二号室もご不在で、真下の三〇二号室からは若い男性が出てきてくれはしたのですが、「上の部屋にどんな人が住んでいるかも知らないのに、夫婦かどうかなんてわかるわけないでしょ」と、冷たくあしらわれてしまいました。

一階のロビーへ降りて、集合ポストを利用した人にも声をかけましたが、四〇二号室のご夫婦と面識のある方はいらっしゃらず、なぜそんなことを訊くのかと怪訝な顔をされただけでした。もしかしたら住民の情報を把握しているかもしれないと、近所の派出所へも行ってみたのですけれど、防犯パトロール中と書かれたプレートがあるだけで、しばらく待ってみたもののお話はうかがえず、結局あきらめて帰ることに……。でもその途中で、マンションを見上げると、四〇二号室の窓に灯《あか》りが点っているではありませんか！

エレベーターのボタンを連打して四階に上がり、その日何回目になるかわからないチャイムを鳴らして、ドアが開いたときには、ようやく詩織さんと話せるとホッとしたのですが……、そこに現れたのは、ネクタイを少し緩めた省吾さんだったのです。

驚く私に今朝の非礼を詫び、省吾さんは妻のことが心配だったので早く帰ったのだと、どこか影のある笑みを浮かべました。そんなふうに彼女を思いやる素振りを見せておきながら、詩織さんに会わせてほしいと頼むと、「今、眠っているので」と、朝と同じことをおっしゃるではありませんか。

「朝も眠っていて、今も……？　詩織さんはお加減が悪いのですか？」

「ええ、ちょっと」

失礼を承知でどこが悪いのか尋ねてみたのですが、彼は困ったように微笑《ほほえ》むだけです。その顔にはやはりどこかで会ったような面影を感じるものの、思い出すことができません。

「詩織さんは、本当にこの部屋にいらっしゃるんでしょうか？　私、心配で朝も、帰宅してからも、何度もチャイムを鳴らしたんです。でも、一度も出ていただけなくて……」

「えっ!?　あ……、それは申し訳ありません。ですが、ご心配には及びませんので」

そう言ってドアを閉めようとした彼に慌て、私は咄嗟《とっさ》に「あの」と大声を上げました。

「私、心配性の小心者なんです」

「は？」

当然のことながら訝しげに私を見る彼に、昨夜、詩織さんに、「私が死んだらあなたのせいよ」と言われてしまい、不安で不安でたまらないのだと白状し、あなたは本当に灰原省吾さんですかと単刀直入に尋ねると、彼は呆れ顔で息を吐きました。

「まだ疑ってるんですか？　免許証や結婚式の写真、昨日、ご覧になりましたよね？」

「でも、免許は偽造の可能性がありますし、写真だって合成しようと思えばできてしまうではありませんか。昨日あんなに怯えていた詩織さんが、ご主人と認めていないあなたとふたりっきりでこの部屋にいながら、私に顔も見せてくれないなんて、やはりおかしいと思うんです。それで気になって、このマンションの住人の方に訊いて回ったんですが、おふたりがご夫婦かどうかご存じの方がひとりもいらっしゃらなくて……」

「えっ、そんなことまで？」

「すみません、おせっかいで。私も前のマンションでいろいろあってここに越してきたものですから、詩織さんがストーカー被害に遭っているのではないかと不安になってしまいまして。あ、ごめんなさい、あなたがストーカーに見えるということではないんですが」

失礼なことを口走ってしまい、狼狽《うろた》えましたが、最初は怒っているように見えた省吾さんの表情は驚いていただけだったようで、「妻のことをそこまで心配してくださって、ありがとうございます」と、お礼を言ってくださいました。

何かを決意したような顔で、聞いてほしいことがあると彼に誘われ、連れていかれたのは、駅とは反対方向に少し歩いた場所にある喫茶店でした。

向かい合わせに座ってコーヒーを注文し、「あ、もしかしてお腹すいていますか？」と、気遣う彼に、あまり食欲がないことを伝えると、「僕もです」と、疲れた笑みが返ってきました。

「うちのマンションの一階にある『ひつじ軒』というレストランが美味《おい》しくてお薦めなんです

が、とてもそんな気分にはなれなくて」

「ああ、そのお店のことは、詩織さんからうかがいました」

「え、詩織から？　妻は外食があまり好きじゃなくて、行ったことないはずなんですけど」

「あ、美味しいという話ではなくて、そのお店のせいで部屋にGが出ると……」

「G？」

一瞬寄せた眉をすぐに開き、「ああ、ゴキブリのことですね」と囁《ささや》く彼に、詩織さんとの出会いの経緯をお話しすると、省吾さんは眩《まぶ》しいものでも見たように目を細めたんです。

「詩織、怖がりなのに、卒倒しそうなあなたを見て、頑張ったんでしょうね。うちで出たときは、いつも僕がやらされてますよ。僕だって、Gは苦手なのに……」

「……よかった」と、想いが声になって口からこぼれ落ちました。

「え？　なにがよかったんですか？」

「あ、いえ、おふたりがご夫婦として仲良く暮らしていらっしゃるエピソードがうかがえたので」

そんな日常の風景がごく自然にさらっと出てくるというのは、やはり彼が詩織さんの夫だからでしょう。面と向かってふたりで話してみれば、言葉遣いは丁寧だし、気配りも細やかで、なにかを企んで詩織さんに近づいた悪人にはとても見えませんでした。でも、だからこそ、不思議だったのです。体調の悪い詩織さんを部屋に残し、なぜ私をこんな場所へ連れてきたのか。率直にそう尋ねると、彼の瞳に決意の色が宿ったように見えました。

「すべてお話ししたほうがいいと思ったものですから。妻の前ではちょっと話しづらい内容なので」

彼は言葉を切り、店主らしき老人が運んできたコーヒーを一口だけ含むと、どこか泣きだしそうな顔で、口を開いたんです。

「詩織は……、病気なんです」

「病気?」

昨日思い浮かべた病名を、まさかと思いながら口にしたのですが、記憶喪失でも記憶障害でもないと、彼はつらそうに首を横に振ります。そういう類《たぐい》の病ではないのだ、と。

他に自分の夫を忘れてしまう病などあるのでしょうか? 考えてもなにも思いつけず、どういうことかと尋ねると、少し逡《しゅん》巡《じゅん》したのち、彼は目を伏せ、答えてくださいました。

妻は、妄想性人物誤認症候群という病にかかっているのだ、と。

「え? 妄想性人物……ごにん?」

初めて耳にする病名に首を傾げた私を見て、省吾さんは説明をしてくれました。

妄想性人物誤認症候群には四つのタイプがあり、詩織さんはそのうちの一つ、カプグラ症候群に罹患《りかん》していて、それは家族や恋人など自分の身近な人が、そっくりな偽物に入れ替わっていると思い込んでしまう精神疾患なのだというのです。

「まさか……、本当にそんな病気が?」

なんだか芝居や映画の中のお話みたいで、にわかには信じられませんでしたが、省吾さんは、医者がそう診断したのだと真剣な顔で答えます。

実は詩織さんは以前にも同じ症状で入院したことがあったのだそうです。治療が功を奏して回復したものの、また再発してしまったらしいと肩を落とす彼の苦渋に満ちた表情に、私の胸は締めつけられました。

それが本当なら、なんて恐ろしく、残酷な病なのでしょうか。

詩織さんの頭の中では、愛し合って結ばれた省吾さんが、見ず知らずの男と認識されているのです。カプグラ症候群の再発と考えれば、昨夜の詩織さんの奇妙な発言や行動も、すべて腑に落ちます。恐怖で混乱していたに違いない彼女に薄気味悪さを感じてしまったことが心苦しくて、そんな痛ましい病を患う詩織さんのことが、お気の毒でたまらなくなりました。

そして同時に、夫であることを忘れられ、見知らぬ他人として妻に拒絶される省吾さんのことも――。

私はこれまでの非礼を詫び、なにかお役に立てることがないかと省吾さんに尋ねました。

「お気持ちは嬉しいですが大丈夫です。明日、妻を病院に連れていくので、しばらく入院することになると思いますし」

それが今の詩織さんにとっては最善の策なのだろうと思い、私も安堵《あんど》いたしました。

「でも困ったことがあったら、遠慮なさらず、いつでもおっしゃってくださいね」

心からそう伝えると、彼は感謝を口にされたのち、少しはにかんだようにうつむいたのでした。

3

翌朝、私はいつもより少しだけ早く起床しました。スープとサンドイッチを作って、お隣にお届けするためにです。詩織さんがそんな状態では食事の支度も難しいでしょうから、病院へ行く前におふたりに食べていただこうと思いまして。省吾さんは恐縮しながらも、とても感激したご様子で手作りの朝食を受け取ってくださいました。

「お口に合うといいのですが。あの……、詩織さんは？」

「すみません、実はまだ寝ているんです。以前病院でもらった薬の効きが強いみたいで。それで、ギリギリまで寝かせてやろうと思って」

私は納得し、「お大事にしてください」と頭を下げました。

「詩織さんのことはもちろんですが、省吾さんご自身も」

そう言い添えると、彼は驚いたように頬を染め、私が自分の部屋に戻るまで見送ってくださったのです。

その晩、仕事から帰ったとき、隣の四〇二号室の窓に灯りはありませんでした。

詩織さんは無事に入院できたかしらと気を揉みつつ、私は途中になっていた引っ越しの片付けを始めました。

ダンボールから取り出したお芝居のパンフレットを棚に並べながら、私は「あっ！」と声を上げてしまいました。

ある舞台のパンフレットの表紙で、微笑んでいたからです、省吾さんが――。

いいえ、その役者さんの名前は、灰原省吾さんではありません。

柊優《ひいらぎすぐる》という舞台役者さんをご存じでしょう？　え……？　あら、それは、残念ですわ。でしたら、ぜひ一度、彼の舞台をご覧になって。

確かにテレビや映画に出演することはあまりないけれど、舞台役者として注目されている稀有な才能の持ち主なんです。役柄によって、まったくの別人になり切ってしまうんですもの。私も彼のお芝居を観るたびに、全身に鳥肌が立つほど圧倒され、その天才的な演技力に心を支配され、感激して涙が止まらなくなるんです。

パンフレットは『ジキルとハイド』という柊優が一人二役を演じて話題になった舞台のもので、彼が演じた聡明で物静かなジキル博士に、省吾さんがそっくりだったんです。

ああ、お隣のご主人を見て、どこかで会ったことがあると思ったのは彼だったのだと、ようやく合点がいきました。

その晩、近所のコンビニエンスストアに買い物に行った私は、そこでスーツ姿の省吾さんを見かけて、驚きました。だってすでに深夜零時を過ぎていたんですもの。

「お疲れさまです。こんなに遅い時間までお仕事だったんですか？」

振り返って私に気づいた瞬間、疲れ切っていた省吾さんのお顔に、パッと笑みが広がりました。

「ああ、こんばんは。今日は病院で入院の手続きをしてから出社したものですから」

詩織さんが無事に入院されたとうかがい、私もホッといたしました。

「そうだ、今朝はスープとサンドイッチ、どうもありがとうございました。とても美味しかったです」

「本当ですか？　お役に立てたならよかったです。あの……」

「はい？」

「もしかして、これから晩ごはんですか？」

彼が手にしていたカゴの中にお弁当とカップラーメンが入っていたので尋ねると、忙しくて食べそびれてしまったというではありませんか。多忙な省吾さんにとっては日常茶飯事のようでしたが、そんな食事がお体にいいわけがありません。

「省吾さん、肉じゃがとひじきの煮物、お嫌いですか？」

「え？」

「よろしければ、召し上がっていただけないかと思いまして。夕食に作りすぎてしまって、ひとりでは食べきれずに困っていたんです」

肉じゃがは大好物とうかがったので、温めなおしてごはんや他のおかずと一緒にお届けすると、省吾さんは遠慮しながらも嬉しそうに受け取ってくださいました。

「わー、野菜がいっぱいでヘルシーですね。お心遣いありがとうございます」

丁寧に頭を下げる省吾さんを見て、私は息をのみました。その仕草が舞台で見たジキル博士の姿と重なったからです。

「どうかなさいましたか？」

「あ、いえ、省吾さんはどんなお仕事をなさっているんですか？」

「え？」

「役者さん……を、されているんじゃないかと思って」

恐る恐るお訊きすると、省吾さんは驚いて、「まさか、僕はしがない営業マンですよ」と苦笑を浮かべました。

「僕なんかが役者になれるわけないじゃありませんか。小学校の学芸会で僕の役なんだったと思います？」

「なにかしら……、王子様、とか？」

思いついた役柄をそのまま口にしたのですが、省吾さんは呆気にとられたように口を開き、笑い出したんです。

「そんなに気を使ってお世辞を言わないでください。僕のほうが恥ずかしくなります」

お世辞など言ったつもりはなかったので驚きましたが、正解を聞いて、さらにびっくりいたしました。

「木ですよ、木」

省吾さんが語ってくださった学芸会のお話がおかしくて涙が出るほど笑い、柊優という役者のことは知らないけれど、他人の空似《そらに》でしょうと照れる姿にも、思わず笑みがこぼれました。

お隣のことで悩んでいた時間がバカバカしく思えるほど、省吾さんは気さくないい方で、詩織さんの入院中、あんなわびしい食事ではお気の毒だと思い、私が作れるときは、温かくてバランスのよい手料理をお届けすることにしたんです。料理は趣味みたいなものですし、ひとり分作るのもふたり分作るのも手間は同じですから。はじめは余計なおせっかいかしらと気になりましたが、恐縮しきっていた省吾さんも、私の手料理を美味しくて健康的だと喜んで、いつも残さずきれいに食べてくださいましたし、こうやって良好なご近所関係を築いておけば、万が一なにかあったときに私のほうも心強いという思いもありまして。

ある晩、私が作ったラム肉のシチューを省吾さんが絶品だったと褒《ほ》めてくださったので、詩織さんにもお届けしましょうかと提案すると、彼は途端に黙り込んでしまいました。

「詩織さんは内臓のご病気ではないのですから、なんでも差し入れできるのではありませんか？」

「でも、病院で決められた食事がきちんと出ていますから」

「病院食って薄味であまり美味しくないんじゃないかしら」

省吾さんが忙しければ、私が自分で届けると申し出たのですが、彼はなんやかやと理由をつけてそれを拒み、どこに入院しているのかも教えてくれませんでした。

もしかしたら、詩織さんは、省吾さんの食事のお世話を私がすることを快く思わないのかもしれない。話を聞く限りでは、詩織さんはまだ省吾さんを夫と認識できていないようでしたが、病気が治ったあとに、そんなことでご夫婦の関係がぎくしゃくしては困ります。なによりご夫婦のことにあまり立ち入りすぎるのも憚《はばか》られましたから、もやもやした思いを残しつつ、そのときは引き下がったのです。

私も仕事に趣味に忙しく、灰原さんご夫妻にかかり切りになってはいられませんので、次の日曜日は、朝早く起きて引っ越しの細々《こまごま》とした片付けをすべて終わらせ、久々にDVD鑑賞を楽しむことにいたしました。

悩んだ末に選んだのは、柊優主演の舞台『ジキルとハイド』です。

誰からも尊敬される紳士的なジキル博士は、自ら生み出した薬により悪の化身、ハイドに姿を変え、それまで抑えてきた邪悪な欲望を満たしていく。

DVDを再生し、柊優演じるジキルが画面に登場するや否や、やはり似ているどころか、ぴたりと重なるくらい省吾さんにそっくりだと驚いたのですが、すぐに柊優の全身全霊の演技に魅入られ、お芝居の世界に引きずり込まれていきました。

だから、ドン！という大きな物音で現実に引き戻されたとき、一瞬なにが起きたのかわからなかったんです。

でも、その物音は確かに四〇二号室側の壁から聞こえてきました。普通に考えれば、隣の音がうるさいという抗議の壁ドンですけれど、その日、私が割と大きな音でDVDをかけていたのは、省吾さんが休日出勤だと言って、いつも通りの時間にお出かけになったからでした。こんなに早くお帰りになるとは思えないけれど、壁の前に立って「省吾さん？」と呼びかけ、壁を叩いてみましたが、やはりなんの反応もありません。

　ドン！という音は絶対に聞き間違いではないし、なんとなくですが、お隣に人がいるような気配がしました。詩織さんが病院から帰ってきたのかもしれないと思い、私は外廊下へ出て四〇二号室のチャイムを鳴らし、インターフォン越しに彼女の名を呼びました。応答がなかったので、ベランダから身を乗り出してお隣の様子をうかがってもみたのですが、窓には厚いカーテンがかかっていて、中の様子はわかりません。

　心配になって以前、教えてもらっていた省吾さんの携帯に電話をしてみたのですけれど、お仕事中なのか何度かけてもつながらず、仕方がないので留守番電話に、今、部屋に詩織さんがいるかもしれないとメッセージを残しました。ですが、折り返し電話がかかってくることのないまま時間が過ぎ、彼が帰宅したのは日にちが変わってからだったのです。

「メッセージ、お聞きになっていないんですか？」

　思わず咎《とが》めるような口調になってしまったのは、省吾さんがベロンベロンに酔っぱらっていたからです。大切な会議のあと、接待で酒を飲まされてしまい連絡できなかったと、省吾さんは呂律《ろれつ》の回らない口で詫びたものの、妻にはまだ退院許可が出ていないから病院にいるはずだと、危機感のないことをおっしゃるではありませんか。

「でも確かに壁をドンって叩かれたんです。まだ中にいらっしゃる可能性が高いですから、確かめてください」

　あの晩のように私も一緒に入ろうとしたのですが、省吾さんはそれを拒むようにドアを閉めてしまいました。そして、すぐに出てきて、誰もいないと酒臭い息を放ったのです。

そんなはずはないと思いました。壁を叩かれてから、私が部屋を空けたのは郵便物を取りに一階の集合ポストまで行った短い時間だけです。ああ、でも、そのとき偶然、五〇二号室のポストを開けていたご婦人と会い、少しお話をうかがいましたが、それにしてもたいした時間ではなかったはずです。

「病院に電話をして、詩織さんが無事かどうか確認されたほうがいいと思います。病院を教えていただければ、私がかけますから」

「い、いえ、電話は僕がします。もうこんな時間ですし、明日必ず」

そう言って省吾さんは逃げるようにドアを閉め、鍵をかけてしまいました。

あとに残されたのは、辟易《へきえき》するような酒臭さと、それにまぎれて立ち上る安っぽい香水の匂いでした。

なにかを隠しているような彼の態度に違和感と胸騒ぎを覚え、不安がまた膨らみました。

その日、五〇二号室に住む年配の女性から聞いた話も、不安を募らせる一因だったと思います。彼女は少し耳が遠いようでしたが、それでも真下の四〇二号室から食器が割れるような音を何度か聞いたと話してくれました。

「男女が揉めているような声が一緒に聞こえてきて、ほら、なんて言うんだったかしら、D、D、D……」

「DVですか？」

「そう、それよ。そういうのだったら怖いなと思っていたの。最近よくあるじゃない、旦那さんが奥さんや子供を殺しちゃうような事件。お子さんの声は聞いたことがないから、ご夫婦かカップルだったんでしょうけど」

「それ、いつのことですか？」

「わりと最近もあったと思うわよ。二週間くらい前だったかしら」

彼女は声を聞いただけで、ふたりの顔は見たことがないとのことでした。

どんなに仲のいいご夫婦でも喧嘩はするでしょうけれど、あの省吾さんと詩織さんが、食器を叩き割る姿なんて、想像することすらできません。でも、人は見かけによらないと、昔から言いますしね。

もしかしたら、彼から聞いたあの信じられない病気自体が嘘だったのかもしれないと、いてもたってもいられず、すぐにパソコンを立ち上げ、調べてみたんです。

妄想性人物誤認症候群――。

検索をかけると、いくつかのサイトがヒットし、その多くが論文や医書だったので、ああ、間違いなく存在する病名だったのだと、胸を撫でおろしました。

妄想性人物誤認症候群のひとつにカプグラ症候群というものが確かにあり、身近な人間がそっくりではあるけれど本人ではない偽物に入れ替わったと確信してしまう精神疾患と、省吾さんから聞いた内容と同様の解説がされていました。

症例が少ないからか、あまり認知されていないこの病名が省吾さんの口からすんなりと出てきたことからして、詩織さんがカプグラ症候群だというのは嘘ではない気がしました。

　ネットの記事を読み進めると、これも省吾さんが教えてくれたことでしたが、妄想性人物誤認症候群には四つの型があると書かれていました。カプグラ症候群の他に、フレゴリ症候群、相互変身症候群、自己分身症候群の四つです。

　よく知っている人間を知らない替え玉だと思い込んでしまうカプグラ症候群に対し、フレゴリ症候群は、自分の知っている誰かが知らない人物に変装していると確信する現象だそうです。その名前は、変装の達人だったイタリアの俳優、レオポルド・フレゴリからつけられたとのことですが、観劇が趣味の私も、さすがにその昔の役者さんの名前は聞いたことがありませんでした。彼はたくさんの変装道具をトランクに詰めて芝居小屋を回り、早着替えを得意にしていたそうですわ。自分の名前が病名になってしまうなんて、フレゴリの変装はさぞかし素晴らしいものだったのでしょうね。

　もしかしたら、柊優さんは、レオポルド・フレゴリの生まれ変わりなのかもしれません。名前が病名にされてもおかしくないくらい、彼の演技力は凄まじいものがあるのですから。

　他にも自分の身近にいる周囲の人々が相互に変身すると妄想する相互変身症候群や、自分と瓜ふたつの分身がいると確信する自己分身症候群があるという記事を読んで、もう頭がこんがらがりそうでした。

　いずれの症状も複雑かつ深刻らしく、もしもそんな妄想に囚われてしまったら、恐怖のあまり自我が崩壊してしまうのではないかと恐ろしくなりましたわ。

なぜこんな現象が起きてしまうのか、脳の器質障害が原因と考えられているそうですが、まだわからないことが多く、明確な治療法も確立されていないようです。でも、詩織さんは一度入院して良くなられたとのことでしたから、彼女のケースには効果的な治療法があるのでしょう。

しかし、病気が本当ならば、なぜ省吾さんは詩織さんが入院している病院を教えることを拒むのでしょうか。

詩織さんの病名を教えてもらって以来、すっかり消えていた疑念がまた鎌首をもたげてきました。

私はその日、確かに壁を叩く音を聞きました。

叩いたのが省吾さんでない以上、詩織さんの可能性が高いということですよね。

もしも彼が詩織さんを入院させたと嘘をつき、自宅に置いていたのだとしたら——。

病院名が言えないのも当然です。でも、私は最初に会った日こそ、面食らって逃げ帰ってしまいましたが、その翌日、四〇二号室を訪ねて何度もチャイムを鳴らし、何度も彼女に呼びかけました。省吾さんのことを恐れ、助けを求めていた詩織さんが部屋にいたのなら、出てこないなんておかしいですよ。出てこなかったのは、出てこられない状況に置かれていた、ということではないでしょうか。夢で見たように、身体の自由を奪われ、監禁されていた、とか。インターフォンにも応じられず、助けを呼ぶ声も聞こえなかったということは、猿轡《さるぐつわ》を嚙まされていたのかもしれません。

思わず四〇二号室側の壁に耳を寄せ、神経を研ぎ澄ましましたが、トイレの水を流す音やテレビの音など省吾さんの生活音が微かに聞こえるだけでおかしな様子はなく、証拠もないのに彼を疑うのは飛躍しすぎだと反省したものの、小心者の私の耳の奥では、またあの呪いの言葉がこだましていたのです。

私が死んだら、あなたのせいよ――。

4

次の朝、お隣を訪ねると、細く開いたドアの隙間からむくんだ顔が覗きました。重そうなまぶたがいつもと別人のようなのに、それでもどこか色気を感じさせるのだから省吾さんはモテるに違いないと改めて思い、鼻の奥で昨夜の安っぽい香水の匂いが蘇った気がしました。

二日酔いによく効くしじみのお味噌汁と梅干としらすのおかゆが入ったふたつのジャーポットを手渡し、「大丈夫ですか?」と尋ねると、昨日は飲み過ぎてしまったと、省吾さんは反省しきりでした。

「病院へのお電話は?」

「まだつながらないので、九時になったらかけてみます」

「本当に詩織さんはお部屋にいらっしゃらないんですね?」

そう言って、ちょっと中を覗こうとしただけなのに、省吾さんは過剰に反応しすぐさまドアを閉めようとされました。

「もう出なければならないので、失礼します」

「ちょっと待ってください。あの、私、お見舞いに……」

「あ、それから、ご負担をかけて申し訳ないので、今後は食事のお気遣いは不要です。今までどうもありがとうございました」

一方的にそう告げて、省吾さんはバタンとドアを閉めてしまったんです。

呆然と部屋に戻った私は、彼が出社するのを待って、壁越しに詩織さんに呼びかけてみました。もしそこにいるのなら、昨日のように壁を叩いてほしい、と。

しかし、いくら待ってもなんの物音も聞こえてきません。やはり詩織さんは部屋に監禁などされていないのか、だとしたら、誰が壁を叩いたのか。もしくは、詩織さんは監禁されているけれど、壁を叩くこともできないほどのさらなる拘束を課されてしまったのか。

明らかに不自然な省吾さんの態度に、私の不安はますます膨れ上がりましたが、その週、彼と話をする機会は一度も与えられませんでした。なぜなら、彼は一度たりともまともな時間に帰宅しなかったからです。私が寝入るのを待って深夜二時や三時に自宅に戻り、私が起きるころにはもう出社していたようで、そうまでして私を避けるのは、詩織さんのことを訊かれたくないからに違いないと、どうしても勘ぐってしまいます。

そして、日曜日の早朝、隣の玄関ドアが開く音に気づいてドアスコープを覗くと、ラフな服装の省吾さんが以前手料理のお礼だと言って私にくれたマカロンの紙袋と可憐な花が咲く小さなギフト用の鉢を手に階段を下りていくところでした。

花とスイーツ……と、いえば、お見舞いの定番です。

彼は詩織さんの病院に行くに違いない。そう思った瞬間、私もコートをつかみ、外へ飛び出していました。詩織さんが入院していることさえわかれば、彼女の身を案じて気を揉んだり、省吾さんを疑ったりしなくて済むと思ったからです。……いいえ、もちろんそれもあるけれど、私は自分のために動いていたんだと思います。詩織さんを見捨てたという罪悪感から逃れたかったから。

急いで省吾さんのあとを追いかけましたが、尾行なんてもちろんしたことがないので、駅の方向へと歩く彼に気づかれずについていくのは、至難の業《わざ》でした。外はまだ暗くてそれは有難かったのですが、こんなに早く町を歩いている人などそうそういません。

案の定、省吾さんは途中から背後を気にするようになり、その度に私は電柱や店の看板の陰に身を隠したのですが、駅が見えてくると彼は猛然とダッシュして改札に駆け入ろうとしました。慌ててついていこうとした私に気づいたのか、省吾さんは改札の直前で方向を変え、ロータリーに停まっていたタクシーに乗り込んだのです。ドラマなら私もタクシーに乗って、「前の車を追ってください！」と言うところなんでしょうけれど、現実はいくら待っても次のタクシーは現れず、結局、省吾さんを乗せた車は走り去ってしまい、彼がどこへ行ったのか、わからずじまいでした。

わかったのは、彼が私を撒いたということだけ。つまりは、私に知られたくない場所へ行ったということでしょう。それが、詩織さんの入院している病院なのか、どこか他の場所だったのかはわかりませんが、花とスイーツは女性宅への手土産の定番でもありますし、お見舞いには禁忌《きんき》の鉢植えだったことを考えると、後者の可能性が高い気がしました。

仕方なくマンションに戻った私はまた四〇二号室の前でチャイムを鳴らし、詩織さんに呼びかけてみました。詩織さんが監禁されているかもしれないという思いを拭い切れなかったからです。

「詩織さん、大丈夫？　本当はそこにいるんじゃないの？」

いつものようになんの反応もなく、あきらめて帰ろうとしたとき、ドアが開いたんです。四〇二号室ではなく、四〇三号室のドアでしたが……。

顔を出したのは四十歳くらいの女性で、「どうしたんですか？」と尋ねる目には、好奇の色が浮かんでいました。私はすぐに四〇一号室の住人だと名乗り、四〇二号室のご夫婦について尋ねました。

「ああ、知ってるわよ。お隣の奥さん、今どき珍しい黒髪ロングヘアーの小柄な人でしょ？」

「そうです、そうです」

「間違えてうちのポストに入ってた同窓会の通知を届けたことがあって」

確か、詩織さんもそんな話をしていたはずです。

「ご主人のことも覚えていらっしゃいますか？」

「ご主人？」

「エレベーターで乗り合わせたことがあるとうかがったのですが」

「あー、あったね、何度か」

「でしたら、ご主人の顔も、覚えていらっしゃいますよね？」

「顔？　顔ねぇ……」

しばらく宙を睨んだのち、彼女は首を振ったんです。「ダメだ、思い出せない」って。

正直、驚きました。地味な詩織さんのことは覚えているのに、端整な顔立ちの省吾さんをなぜ覚えていないのか、と。

「で、でも、実際にご覧になったらおわかりになりますよね？　ご主人かどうか？」

「どうかな、自信ないなぁ。ところで、あなた、なんでそんなこと訊くわけ？」

協力してもらうため、これまでの経緯を簡単に説明し、省吾さんが帰ってきたら、詩織さんのご主人かどうか確かめてほしいと頼みました。それさえわかれば、お隣のことで心を乱されずに済むと思ったからです。でも、四〇三号室の女性はその日も出張で一時間後には南米に発つというではありませんか。私を撒いてどこかへ行った省吾さんがそんなに早く帰ってくるとは思えず、私は肩を落としました。彼女の帰国は二か月先になると聞き、省吾さんの写真があればよかったのにと、自分の不用意さを悔いるしかなかったのです。

「あのさ、旦那の顔を覚えてないのはこれといった特徴がなかったからだと思うんだよね」

突然、意外なことを言われて、驚きました。

「なんか印象薄い人だなって思った記憶はぼんやりあるのよ。だからびっくりしたんだよね、こんな冴えない感じの人でも、ベランダに出されるようなことしちゃうんだって」

「ベランダに出される？」

意味がわからず尋ねると、二週間ほど前、出張から戻った彼女が道路からマンションを見上げると、四〇二号室のベランダに男が立ち、窓ガラスを叩いていたというのです。

「最初は泥棒かと思ったんだけど、急いで部屋に戻ってうちのベランダから様子をうかがったら、その男『中に入れて』って頼んでたのよ。で、部屋の中から奥さんが『二度と浮気しないって約束したじゃない！』って怒鳴って、ああ、そういうことかって納得したわけ。あのあと会ってたら、どんなに印象薄くても、旦那の顔覚えていたと思うんだけど」

彼のそんな情けない姿が想像できず、その男性の特徴を尋ねましたが、ベランダの仕切り板に阻まれて姿は見えなかったそうなのです。

そもそも、あの整った顔立ちの省吾さんを見て、印象が薄いとか、ましてや冴えないなどという感想を持つ人がいるなんて、私には信じられませんでした。

同じ人物に対する私たちの印象の違い、それは、灰原省吾という人物がふたりいる――ということを、示しているのではないでしょうか。

詩織さんが言ったとおり、私が会った人物は灰原省吾ではなく、顔に特徴のない、冴えない風貌の男が別にいて、その人が本物の灰原省吾氏ということなのでは――？

「寒い夜だったのに、旦那さん、結構長い間、外に出されてたみたいでさ、あんな大人しそうな奥さんなのに、キレると怖いんだなって、そっちも意外だった」

それに関しては、全く同意見でした。私の脳裏には、省吾さんを恐れ、怯えていた詩織さんの姿が焼き付いていましたから、逆ならまだしも彼女が夫に制裁を加えるなんて考えられませんでした。だからこそ、彼女が怒鳴ったりベランダに締め出したりできる、私の知らない本物の灰原省吾氏の存在を信じる気持ちがますます強くなっていったのです。

「ま、彼女にもいろいろあったんでしょうけどね。ほんまもんのお嬢様がこんなところに住んでるの？って意外だったし。たぶんストレスが溜まっていたんじゃない？」

「ほんまもんのお嬢様って……、詩織さんがですか？」

彼女が詩織さんに届けた同窓会の通知は、日本有数のお嬢様学校のものだったそうです。

「実は私も、その高校に受かったんだけど、親の会社が倒産しちゃって通えなかったのよ。はがき届けたときに訊いたら、彼女、幼稚園から女子大までずっとそこだったっていうから、親はかなりの資産家なんだろうなと思って。いつもハイブランドの服着てたしね」

私が越してきた日の詩織さんの服装は、普通の白いTシャツにデニムのスカートにサンダルというラフなものだったんですが、その女性に言わせると、彼女が着ていたのはなんの変哲もない白Tでも何万もするような高級ブランドの代物ばかりだったそうです。

「私、そっちの業界で働いてるから目が利くのよ」

言われてみれば、四〇二号室にあった家具や調度品はどれも洒落たつくりで、高級感がありました。

「ここも悪いマンションじゃないけど、ほんまもんのお嬢様には不釣り合いだから、親に結婚を反対されて、若気のいたりで駆け落ちでもしちゃったのかなって思ってたんだ。なのに、そのパッとしない旦那に浮気されたら、キレもするだろうってね」

確かに部屋に飾られていた結婚式の写真はすべて詩織さんと省吾さんのツーショットで、家族や友人が映った写真は一枚もなかったですし、上階のご婦人が聞いた食器の割れる音も、おそらくそうした夫婦喧嘩によるものだったのでしょう。あの幸せそうな写真からは想像できないけれど、夫の浮気により夫婦仲がそこまで険悪なものとなっていたのなら、詩織さんの病気もそのストレスによって引き起こされたのかもしれません。

しかし、詩織さんを追い詰め、病ませた夫は、私の知るあの灰原省吾なのでしょうか。


翌朝、眠っていた私は、お隣の物音で目を覚ましました。

早朝でまだ暗かったけれど、急いで顔を洗って身なりを整え、外へ出ると、ゴミ袋を手にエレベーターへ向かおうとしていた省吾さんがぎくりと足を止めたんです。しまったと顔を歪め、部屋に戻ろうとした彼に、私はすかさずラム肉のトマト煮込みが入った鍋を手渡しました。省吾さんのために作っておいた彼の大好物です。

「あ、いえ、こういうことはもう……」

「省吾さん、昨日はどちらへ行かれたんですか？　私を撒いてまで」

彼はそんなことはしていない、私が追いかけてきているなんて思いもしなかったと、シラを切りました。そんなはずがないとわかっていても、そう言い切られてしまえば、証拠はなにもありません。出かけた先はもちろん妻のいる病院だと答えましたが、その病院名を訊くと、やはり彼は言葉を濁してしまいます。

「妻の治療は順調なので、もうご心配には及びませんから」

「詩織さんは、本当に入院されているんですか？」

「な、なに言ってるんですか、もちろんです」

「前にも言いましたが、私、心配性の小心者なんです。だからこんなぶしつけな質問をすることをお許しください。あなたは、詩織さんと喧嘩をすることがありましたか？」

「え？　そりゃ、まぁ、なくはなかったですけど」

「浮気が見つかって、ベランダに閉め出されるようなことが本当にあったんですか？」

そう言われた時の彼の反応を、表情の変化をなにひとつ見逃すまいと身構えていたのに、私の目は彼の顔から引き剝がされ、部屋の奥へと飛んでいました。

私の言葉が終わるか終わらないかのところで、ガシャン！と、なにかが倒れるような大きな音が響いたからです。

「詩織さん!?　やはり詩織さんはこの部屋にいるんですね？」

「いや、いません！　窓を開けていたから、風でなにかが倒れただけ……」

「詩織さん！」

中に向かって大声で呼びかけましたが返事はなく、部屋に上がろうとした私は、気がついたら玄関前のアルコーブに尻もちをついていました。彼に突き飛ばされたのだと理解し、頭が真っ白になってしまいました。もみ合ったときに鍋からこぼれた煮込みが体にかかり、服を汚していて、もし私が鍋を温めていたら大火傷《やけど》を負ったはずですが、彼は私を助け起こすどころか逆に睨みつけ、乱暴にドアを閉めたのです。

その目は、詩織さんのことをこれ以上嗅ぎまわるなら容赦しないと、警告しているようでした。

彼女が部屋にいないのなら、中を見せてくれればいいだけなのに、この行動で彼に対する私の心証は限りなく黒に近づき、でも同時に、はじめて暴力を振るわれて、小心者の私は震え上がってしまいました。

怖くてたまらないけれど、あのガシャンという音は、助けを求める彼女が、拘束された体で必死になにかを倒した音だったような気がして……。本当に彼が詩織さんのストーカーなら、早く助けなければ、彼女になにをするかわかりません。

警察に届けるべきか悩みましたが、決定的な証拠がなければ、彼らが動いてくれないことはよくわかっていました。残念ながら、彼らの無能さ、不親切さは前に住んでいたマンションで思い知らされていましたから。

あれほどの容姿なら、監禁などしなくとも、大抵の女性は彼になびくでしょうし、標的とされたのが地味な印象の詩織さんというのも少し解せない気がしましたが、好みやいい女・いい男の定義は人それぞれです。

それに四〇三号室の女性がおっしゃっていたように詩織さんが資産家の娘なら、金銭目的ということも考えられます。詩織さんに身寄りがないという話が本当であるならば、彼女が亡くなったとき、遺産はすべて配偶者のものになるのですから。

彼が灰原省吾でないなら、本物の灰原省吾さんは今どこでどうしているのでしょう？　自宅に帰ってこないということは、もしかして……？

ぞわりと肌が粟立ちました。

できることなら彼とはもうかかわりたくなかった。でも、詩織さんの最後の言葉が耳の奥でずっと木霊《こだま》し続けていました。

私が死んだら、あなたのせいよ――。

あのときは、まさかそんなことが起こるなんて考えもしなかったけれど、詩織さんはなにかを予期していたのかもしれません。

もし本当に、詩織さんが彼に殺されるようなことがあれば、それは確かに私のせいなのでしょう。だって、必死に助けを求めてきた彼女を、夫ではないと断言していた男性に託してしまったのですから。


直接彼にかかわらずとも、できることがあるのではないか。

それに気づいた私は、すぐに携帯電話を手に外へ出て、向かいのマンションの生垣の裏に潜みました。ほどなくしてスーツ姿の彼がマンションの玄関に現れ、何度も後ろを振り返りながら、出てくるのが見えました。やはり私の尾行に気づいていたのだと思いましたが、彼が背後にばかり注意を払ってくれていたおかげで、私は生垣の陰から彼の写真を撮影することに苦もなく成功したのです。

四〇三号室の女性の連絡先を聞いていたので、彼の写真を南米へメールで送れば、あの人が彼女の見た灰原省吾さんかどうかわかるはずです。彼女は覚えていないとおっしゃっていましたが、彼の整った顔立ちを見れば、必ず思い出すに違いありません。もしも思い出せないのなら、それは彼女が彼に会っていなかったということ、すなわち、彼は灰原省吾ではないということになります。

早速実行に移したものの、お忙しいのか彼女からの返信はなかなか届きませんでした。じりじりとした思いで待ち続け、待ちくたびれてしまった私はマンションの一階にある『ひつじ軒』へ行ってみることにしました。朝、彼の写真を撮ったときにこの店の看板が目に入り、彼がひつじ軒の料理を絶賛していたことを思い出したからです。

オーダーを取りに来た店員に早速彼の写真を見せましたが、見覚えがないと言われてしまい、他の店員に尋ねても結果は同様で、彼ほど他人の目を惹きつける容姿ならば、忙しくても覚えていそうなものなのにとがっかりしました。でもひつじ軒のお料理は予想をはるかに上回る美味しさで、他のお客に挨拶をしに出てきたシェフに、私も感謝の言葉を伝えずにはいられませんでした。さすがにレシピは教えてくれませんでしたけれど、ダメもとで彼の写真を見せると、その女性シェフは、来店した自称灰原省吾を覚えていると言うではありませんか。

「彼はひとりでしたか？　それとも奥様と一緒に？」

「女性とふたりだったわよ。仲が良さそうだったから、彼女だと思ったけど、奥さんだったのかしらねぇ」

気さくなシェフは、ざっくばらんに答えてくれます。

「仲が良さそうって、どんなふうにですか？」

「『ショウちゃん、ショウちゃん』って女のコのほうがまとわりつくような感じで、イチャイチャしてたわよ」

女のコという表現に違和感を覚えました。詩織さんは老けているというわけではないけれど、実年齢よりも落ち着いて見え、彼女と自称省吾さんが並んでいたら、姉弟に見られてもおかしくありません。それに、あの詩織さんが、人前で彼にイチャイチャまとわりつく姿もイメージできませんでした。それで私が、黒いロングヘアーの小柄な女性ですよね？　と確認すると、シェフは即座に首を横に振ったのです。

ショートカットで背の高い若い女のコだった、と。

不倫相手の女性かもしれないとすぐに思い至りました。でも、その女性を妻と暮らすマンションの一階にある店に連れてくるというのは、どういう神経なのでしょう。

また、その相手に「ショウちゃん」と呼ばれていたということは、やはり彼の名は、灰原省吾なのでしょうか。

　彼らが店に来たのがいつか尋ねると、シェフが答えた日にちは、省吾さんがベロベロに酔っ払って深夜一時ごろ帰宅した日であることがわかりました。私には仕事の接待だと嘘をつき、彼はここで不倫相手とデートを楽しんでいたのです。ふたりでこの店に来ていながら、女性を部屋へ連れ込んでいないということは、やはり四〇二号室には詩織さんがいるのではないかと思い、あの日、彼の体とから漂った酒と安っぽい香水の匂いが脳裏に蘇り、気分が悪くなりました。

5

　翌日、待ちに待った四〇三号室の女性から返信がありました。

　ですが、私が送ったわりとよく撮れている自称灰原省吾の写真を見ても、お隣のご主人のような気もするし違うような気もするという極めて曖昧《あいまい》な回答で、私は心の底からがっかりしました。

　もし彼女が、写真の男は灰原詩織さんとエレベーターに同乗していた隣のご主人だと言ってくれさえしたら、この件には一切かかわるのをやめようと心に決めていたからです。詩織さんには申し訳ないけれど、正直、疲れ切っていました。

にもかかわらず、その日、所用で外出した先がたまたま彼の勤める不動産会社の近くで、社名が掲げられたオフィスビルを目にした瞬間、見えない力に導かれるように足を向けていました。

考えてみれば、彼が灰原省吾本人かどうかは、同じ会社で働く誰かに訊けばわかることではないですか。中には詩織さんのことを知るご友人もいるかもしれないし、不倫は社内で起こりやすいといいますから、お相手のショートカットの若い女性にもお目にかかれるかもしれません。

自らを奮い立たせて彼の会社に足を踏み入れたものの、営業部のどなたを呼び出せばいいのかわからず、結局、受付にいた女性に営業部の灰原省吾さんをご存じですかと尋ねました。

彼女は少し首を傾げ、「少々お待ちください」と、笑顔で営業部へ電話をつなぎ、数分後、本人が出てきたらなんと言えばいいのか頭を悩ませていた私に、意外な言葉を口にしたのです。

「申し訳ございません。弊社の営業部に、灰原という者はおりませんが」

驚いて、他部署についても調べてもらったのですが、やはり灰原省吾という名の社員はどこにもいないというではありませんか。信じられず、彼の写真を見せても結果は同じで、受付の女性は見覚えがないと申し訳なさそうに頭を下げました。

省吾さんに嘘の職場を教えられていたという事実に、私は衝撃を受けました。

それを聞いたのが私たちの関係がぎくしゃくし始めてからのことであるならば驚きもしませ

んが、まだ会って間もない、仕事で遅くに帰宅する彼のために手料理を届けていた頃のことでしたので、ああ、やはりはじめから私を騙す気だったのかと、改めてこたえました。

自称省吾さんを信じたいという気持ちが、私の中にまだ少しあったのでしょう。けれど、この一件で、彼が計画的に嘘をついていたことがはっきりとし、詩織さんの安否への不安がますます膨らみました。

ふらふらと電車に乗り込んだものの、ショックでボーッとしていたらしく、あやうく乗り過ごしそうになってしまって……。ドアが閉まる直前、慌ててホームに飛び降りた私は、ハッと息をのみました。

驚いたことに、改札を通り抜けていく見慣れた背中がそこにあったのです。慌てて後をつけると、自称灰原省吾は、駅の反対側にあるホームセンターに入っていくところでした。

一度失敗しているので慎重にあとをつけたのですが、今回の尾行もあえなく失敗に終わりました。いいえ、尾行がバレたわけではありません。そこで彼がカートに積んだものを見て、私は気分が悪くなり、そのまま化粧室に駆け込んでしまったからです。

彼が購入したもの、それは――、電動ノコギリと大量のゴミ袋だったのです。

胃が空っぽになるまでトイレで吐き、私がマンションに戻ったときには、四〇二号室に灯りが点っていました。恐る恐るチャイムを鳴らしましたが、いつものように居留守を使われ、誰も出てきてはくれません。

詩織さんは無事なのか、それとも、すでにもう……。

悪い想像ばかりが膨らみましたが、犯罪が起きた証拠はなにもないので、今、警察を呼んでも、四〇二号室に立ち入ることはできないはずです。

でも、もしなにかが起きたら、例えば、詩織さんの悲鳴が聞こえてきたら、すぐに警察に連絡しようと私は携帯電話を握りしめていました。

その日は、寝ずの番をするつもりでいましたが、疲れが出たのか、携帯を手に四〇二号室側の壁にもたれかかったまま、ついうとうとしてしまったようです。

詩織さんの声が聞こえた気がしてハッと目を覚まし、ああ、また夢だったのかと思っていたら、本当に聞こえてきたのです、隣の部屋から、男女のボソボソとした話し声が。

ああ、詩織さんは無事だ。まだ生きている、と、あのときは本当に嬉しかった。

ですが、ふたりがなにを話しているのか聞き取ろうと壁に耳を寄せた瞬間、建物を震わせるような女性の悲鳴が耳を劈《つんざ》いたのです。

恐怖で体が硬直してしまいました。

たった今、隣でなにか恐ろしいことが起こったに違いない。警察に電話しなければ——。そう思ったのですが、さっきまで握りしめていた携帯が転《うた》た寝したときにどこかへやってしまったのか見当たらず、私は焦りました。

とにかく止めなければと、外へ出て、恐る恐るお隣のチャイムを鳴らしました。

「詩織さん、詩織さん、いるんでしょう？　大丈夫ですか？　なにがあったの？」

ドアを叩き、呼びかけても、いつものようになんの反応もなく、あんなに大きな叫び声だったにもかかわらず、他の部屋の住人は誰も駆けつけてきてくれません。

仕方がないので玄関をあきらめてベランダに回って隣を覗くと、いつもはぴったり閉め切られていた厚手のカーテンが開かれ、レースのカーテンがかかった掃き出し窓から灯りが漏れているではありませんか！　詩織さんを助けたい一心で、私は手すりを乗り越え、お隣のベランダになんとか降り立ったんです。

レースのカーテン越しに覗き見たリビングには、半透明のゴミ袋がいくつも置かれていました。もしかしてこれは……。遅かったのか、と思ったそのとき、リビングから廊下に続くガラス扉の向こうに省吾さんらしき男性の背中があることに気づいたんです。

掃き出し窓には、鍵がかかっていませんでした。音を立てないよう注意しながら窓を少し開けると、とんでもない会話が聞こえてきたんです。

「ショウちゃん、殺すの下手すぎ」

どこか興奮したような女の声に、私は息をのみました。

その声は、詩織さんのものではなかったのです。彼の背中の向こうに茶髪のショートカットが見え隠れし、省吾さんの呼吸は乱れ、肩で息をしていました。

彼らが見下ろしている廊下に誰が倒れているのか、ふたりの背中に遮られ、ベランダからは見えなかったけれど、見えなくとも明白でした。

逃げなければ、私まで殺されてしまう。

半分開けた掃き出し窓の前で動けなくなっていた私は、そのまま後退しようとしたのですが、背後にあったなにかにつまずき、大きな音を立ててしまいました。

悲鳴を上げたショートカットの女性は、私が思っていた以上に若く、「誰だ!?」と振り返った省吾さんの顔には恐ろしい形相が浮かんでいました。

「殺したのね……?」

思わずつぶやいた私に向かい、彼が走り寄ってきて、私は慌てて踵《きびす》を返し、ベランダの手すりに飛びつきました。自分の部屋に逃げ帰ろうとしたのですが、ベランダに飛び出してきた省吾さんを見て焦り、思わず足を滑らせてしまって……。一瞬、ひやりとしました。でも、手すりに縋りついて体勢を立て直し、自分のベランダまであと一歩というところで、彼の手が私の背中に――。

そのまま、私は四階から転落してしまったのです。

6

まぶたを開けると、白い空間にいたので、私は死を確信しました。

ですが、すぐに周囲が騒がしくなり、白衣を着た人たちが飛んできて、そこが病室だと気づいたのです。

四階のベランダから落ちたにもかかわらず、幸いにも木の枝に引っかかりながら落下したおかげで、打撲とかすり傷を負ったものの、私は奇跡的に助かったのだそうです。

病院の先生から、救急車を呼んでくれたのは隣の部屋の灰原省吾という男性だと聞かされ、驚きました。

「先生、私、あのとき、その灰原省吾さんに背中を押されたはずなんですが」

「そんな人が救急車を呼んだり、病院まで付き添ってくれたりしないでしょう。それに彼、言ってたよ。『足を滑らせた君を助けようとして手を伸ばしたけれど、間に合わなかった。もう少し早く動けていればよかったのに』って」

医師は、彼の見かけにすっかり騙されてしまったらしく、あの人の言うことを信じ切っていました。さらには、打撲の箇所や状態を考えても、背中を押されたのではなく、自分で足を滑らせて後ろ向きに落ちたんでしょうと、監察医のようなことを言い出すではありませんか。

でも、確かに彼が救急車を呼んだ意味がわかりませんでした。詩織さんを殺害したことを私に気づかれたとは思わなかったのでしょうか。

恐る恐る体を動かして立ち上がり、なんとか歩けることがわかったので、私は病院を抜け出し、タクシーで羊ヶ丘パレスに帰りました。

そして四〇二号室の前に立ち、チャイムを鳴らさずドアノブを静かに回してみたんです。驚いたことにそれは抵抗なく回り、恐る恐る玄関扉を開けると——。

そこに、詩織さんのご遺体はありませんでした。

いいえ、彼女のご遺体だけでなく、私を驚かせた結婚式の写真も、なにが入っていたのかわからない半透明のゴミ袋も、家具も家電もなにもかもがなくなり、部屋はもぬけの殻になっていたのです。


すぐに警察を呼んで事情を説明し、詩織さんはここで灰原省吾と名乗っていた男とその愛人に殺されたに違いないので、今すぐ彼らを捜してほしいと頼みました。

すぐに動いてくれると思ったのに、警察は死体がなくては捜査ができないというのです。

「あなたは、灰原詩織さんのご遺体を見たんですか？」

警察にそう訊かれたとき、見たと嘘をついていれば、彼らを動かせたのかもしれません。でも私は正直に「いいえ、見てはいません」と答えてしまいました。

「見てはいませんが、それは省吾さんの背中に隠れて見えなかったからです」と。

肩で息をしながら廊下を見下ろしていた省吾さんに、愛人の若い女が「ショウちゃん、殺すの、下手すぎ」と言ったのをこの耳で確かに聞いたのですから、詩織さんが倒れていたに違いない廊下や、電動ノコギリで解体されたかもしれない浴室などにルミノール反応があるはずだと食い下がったのですが、四〇二号室を調べた警察は、室内のどこからもルミノール反応は出ず、特にあやしいところはないというのです。

それが本当なら、彼らは絞殺など血の流れない方法で詩織さんを殺害し、電動ノコギリを用意したものの、解体せずにどこかへ運んだのかもしれません。

私はあきらめきれず、やましいことがなければ、夜逃げするみたいにいなくなるはずがないと訴えたのですが、不動産屋に確認したところ、灰原氏は二週間ほど前に退去の申し出をおこなっており、予定どおりの引っ越しだったと言われ、驚きました。それはなにかの間違いです。だって、引っ越しをするなんて話は、省吾さんから一度も聞かされていなかったのですから。

納得のいかないことだらけなのに、どれだけおかしいと働きかけても、警察を動かすことはできませんでした。


あれ以来、私はまともに眠れていません。

眠りに落ちるたび、詩織さんが私の前に現れるからです。

あるときは、助けを求めて私の部屋のドアを叩き、あるときは一緒に来てと私の腕をつかんで部屋に引き入れ、あるときは、廊下に倒れていた詩織さんが目を見開き、ベランダで立ち尽くす私の足下に這い寄ってきます。

そして、いずれの場合も、最後には同じ言葉で、私の心を引き裂くのです。

私が死んだら、あなたのせいよ――。

叫びながら飛び起きると、全身が汗でぐっしょりと濡れ、夢だとわかってからも震えが止まらず、そのまま一睡もできずに朝を迎える日々がどれほどつらいか……。

罪悪感が見せる夢――はじめはそう思いましたが、毎晩見続けるうち、次第に違う考えに囚われるようになりました。

詩織さんが、助けを求めている――のではないか、と。

亡くなっているのだとしたら、このままでは成仏できないから見つけてほしいと、私に訴えているのでしょうし、もし生きているのだとしたら……。

私の希望的観測なのかもしれませんが、詩織さんは今もどこかで生きていて、私に助けを求め、だからその想いが繰り返し夢に現れる――、そんな気がして仕方がないんです。

あの状況下では殺されたに違いないと考えていましたが、警察の言うとおり、詩織さんが殺害されたという証拠はどこにもありません。確かに私は、「ショウちゃん、殺すの下手すぎ」という愛人の声を聞きましたが、あの時点では殺している最中で詩織さんはまだ生きていたのでしょう。そのあと、ベランダにいる私に気づいた省吾さんが殺害を中断したところで私が転落したのだとしたら、そんな騒ぎの中で人を殺すなんて危険すぎますから、それまでどおり詩織さんを拘束し、どこかへ連れ去った可能性だってあると思うんです。

逃げるように羊ヶ丘パレスに越してきた私に、詩織さんはとても親切に優しく接してくれました。精神的に疲れきっていた私にとって、それがどれほど嬉しく、ありがたいことだったか……。あの日、私は詩織さんと友達になって、一緒に食事をしたり、お芝居を観に行ったりする、楽しい未来を勝手に夢見ていました。それなのに、その晩、私は彼女の言うことを信じることができず、それどころか恐怖を覚えて、詩織さんを見捨ててしまった。

私があんなことをしなければ、夫ではないと明言していた男のもとに彼女をひとり残して、逃げ出したりしなければ、彼女は今も私の隣で静かに微笑んでいたかもしれないのに……。

だから、知りたいんです。今、彼女がどこでどうしているのか。

詩織さんの無事が確認できたら、こんなに嬉しいことはありません。

それがわかりさえすれば、他にはなにも望みません。

彼女が今、元気で幸せに暮らしてくれているのなら、私も罪悪感から解放され、ようやくぐっすり眠れるようになると思いますから。

7

工藤《くどう》探偵事務所　加藤康則《かとうやすのり》様

この度は、報告書をお送りいただき、誠にありがとうございました。

まさかこんなに早く調べていただけるとは思ってもみませんでしたので、驚きました。

さすがプロのお仕事ですね。

加藤さんにお願いして、本当に良かった。

驚いたのは、もちろん、それだけではございません。

報告書に記された内容は、本当に、すべて、間違いなく事実なんですよね？　そう信じてよろしいんですよね？

失礼なことをお訊きして、ごめんなさい。

でも、報告書を読んで気が動転し、これは本当のことなのかと混乱してふらふらとその場に座り込んでしまいました。震える指で文字をなぞり、何度も何度も読み返したのち、ようやく熱い涙が込み上げてきたのです。

詩織さんが、生きていてくれたなんて……。

どんな結果でも受け入れて、償わなければと思っていた私にとって、これ以上に嬉しい報告などあるはずがありません。

詩織さんがカプグラ症候群だったというのも、治療のために入院されていたというのも、本当のことだったという調査結果には、心底驚嘆させられました。

だとしたら、省吾さんはなぜあんなにも頑《かたく》なに病院名を隠そうとしたのか、私には理解ができません。

わからないことは他にもたくさんあります。

詩織さんが四〇二号室に監禁されていなかったのなら、愛人の若い女性が「ショウちゃん、殺すの、下手すぎ」と言ったのは、いったい誰のことだったのでしょう？

もしかしたら、あのふたりはゲームでもやっていたのでしょうか？　でも、ふたりが立っていた場所は廊下だったし、ゲーム機やコントローラーのようなものを持っているようには見えませんでしたが……。

それに、省吾さんは、なぜ私に嘘の勤め先を教えたのか？

退去を申し出ていたのに、引っ越しすることを知らせてくれなかったことも解せません。

ああ、でも、あの電動ノコギリと大量のゴミ袋は、引っ越しでいらないものを処分するために、購入されたのかもしれませんね。

それなのに、省吾さんが詩織さんを手にかけるのではと怯え、動揺し、尾行までしていたなんて、すべて愚かな私のひとり相撲だったということですよね。本当にお恥ずかしい限りです。

確かに、謎は多く残されたままですが、お申し出いただいた再調査は必要ございません。

私が知りたかったのは、詩織さんの安否だけですから、彼女の無事を知ることができただけで、もう充分です。

その上、病を克服して退院された詩織さんが、ここから少し離れたマンションでご主人の省吾さんと仲良く暮らしていることまで教えていただけて、どれほど安堵し、胸のつかえが下りたことか……。

素晴らしいお仕事をしていただき、加藤さんにはいくら感謝してもしきれません。


ですが、ひとつだけ、いただいた報告書には誤りがございました。

それは、灰原省吾氏についてです。

詩織さんがカプグラ症候群で入院されていたことを突き止めてくださったあなたは、その時点で、彼女の夫は灰原省吾に違いないと思い込んでしまったのではないでしょうか。

いくら詩織さんが夫ではないと訴えても、それは病気のせいなのだと決めつけてしまわれて。

実は、私、ずっと前から気づいていたんです。

彼が、灰原省吾ではないということに。

だから、自分の夫ではないと見抜いた詩織さんの目は正しかったのです。

つまり彼女はカプグラ症候群ではなかったはずですが、お医者様でも診断を誤ることがあるのでしょう。

いずれにしろ、詩織さんが今幸せに暮らしていてくれるのでしたら、なによりだと思います。

この度は本当にお世話になり、ありがとうございました。

末筆ながら、加藤さんと工藤探偵事務所の皆様のご多幸とご健勝を心よりお祈り申し上げます。

火石《ひいし》繭子《まゆこ》

8

「おい、加藤、ちょっと来い！」

徹夜で張り込み調査を終え、事務所に戻るや否や、所長の工藤に大声で呼びつけられた。

「所長すいません、僕、トイレ我慢してたんで、ちょっとだけ待ってくだ……」

「おまえの小便なんかどうでもいいから、今すぐ来いって！」

それってパワハラですよと口の中で文句を言いつつ仕方なく向かうと、ソファから身を乗り出してテレビを見ていた工藤が、どこか高揚した様子で、画面から目を離さずに訊く。

「灰原詩織って、おまえが依頼受けたマルタイだよな？」

「え？……はい、そうですけど」

工藤が見入っているのは朝の情報番組だ。女性リポーターがマイクを手に立ち入り禁止のテープが張り巡らされたマンションの前に立っている。見覚えのあるその建物に、嫌な予感が湧き上がりかけたが、その時点ではまだ尿意のほうが勝っていた。

「……灰原詩織さんが、どうかしたんですか？」

「殺されたんだよ」

「えっ!?　殺された……って？」

「自宅で顔がぐっちゃぐちゃになるほど殴られたらしい」

その瞬間、尿意も眠気も吹っ飛んだ。

「だ、誰に？　誰に殺されたんですか？」

「だんな、だろ」

「だんなって、灰原省吾さんが、奥さんを？」

「他にだんながいるのかよ？　行方をくらましてるらしいから、嫁さん殴り殺して逃げたんじゃねぇのか。おまえの依頼人、怪しんでたんだろ、そのだんなのことを？」

「はい、でも……」

「あ、でも、なぜか一緒に部屋にいた妹も、死んでたらしいんだよ」

「……妹？」

「ああ、だんなには歳の離れた女子高生の妹がいたんだと。仲が良かったって言われてる妹まで、なんで殺しちまったのかなぁ。あ、いや、その妹はどうやら殴殺じゃないらしくて、解剖結果はまだ公表されてないけど、死因は毒物って噂が……。ん？ってことは、あれか、もしかして、妹を殺したのは妻だったんじゃねぇか？　それでだんながキレて、妻をぐっちゃぐちゃに……って、おい聞いてんのか、加藤？　おまえ、なにボーッとしてんだよ」

「本当にご主人が……、灰原省吾さんが詩織さんを殺したんでしょうか？」

「あ？　なに言ってんだよ？　おまえの依頼人が心配してたとおりになったってことだろうが」

「はい、でも、その依頼人の火石さんが、お礼のメールに変なことを書いてきたんですよ」

「変なことってなんだ？」

「報告書にはひとつだけ誤りがある。自分はずっと前から、彼が灰原省吾ではないと気づいていたって」

「ん、なんだって？　ちょっ待て待て待て。おまえの調べでは、亭主は灰原省吾で間違いなかったんだよな？　面取り、サボッたんじゃねぇだろうな？」

「まさか、もちろんしましたよ」

面取りとは、対象者の顔を確認し、本人かどうか特定する作業のことをいう。

今回、加藤は事前に依頼者からスマホで撮影した灰原省吾の写真を受け取っていたので、彼の新住所を突き止めたのち、そのマンションから出て来た写真の人物を本人と確認し、尾行して彼の職場を探し当てた。

詩織が夫じゃないと証言していたことも聞いていたので、彼女の入院記録をあたると同時に、ふたりの戸籍を調べ、彼が間違いなく灰原省吾であることも確認済みだ。

「じゃあ、灰原詩織と同居していた夫は、灰原省吾ってことで、どこにも誤りなんかねぇじゃねぇか」

「ええ、だから僕も気になって、ちょっと調べなおしてみたんですけど、もしかすると……」

どう話せばいいのか考え込んでしまった加藤に、工藤は苛立《いらだ》ちを露《あらわ》にする。

「おい、なんだよ、とっとと言えよ。便所に行きてぇんだろが」

「依頼人の火石繭子さんは灰原省吾さんのことを、柊優さんだと思い込んでいたんじゃないかと……」

「柊優？　誰だ、そいつ？」

「役者さんです」

「は？　柊優なんて名前の役者、聞いたことないぞ」

「舞台で活躍されていた方で、観劇ファンの間では有名だったそうなんですが、高い演技力が評価されていたのに、出演が決まっていた舞台を前に行方がわからなくなってしまったらしくて」

「演出家とモメたとか、なんかトラブルがあって、おっぽり出したってことか？　プライド高いからな、役者ってやつは」

「いえ……」と、加藤は力なく首を横に振る。

「仕事熱心で温厚で真面目と、本人の評判はすこぶるいいんです。無責任に公演を投げ出すような人ではないと」

「じゃあ、なんでバックレちまったんだ？」

「そうせざるを得ない状況に追い込まれていたんだと思います」

一度大きく息を吐き、加藤は工藤に話し始める。

柊優には、彼の演技に心酔し、公演が始まればほぼ毎日、彼の舞台を観に通う熱狂的なファンがいた。彼は自分を応援してくれる人たちを大切にする男だったので、ファンに対していつも優しく接し、それがそのファンを勘違いさせたのかもしれない。

彼女は柊優を尾行して彼の住むマンションを突き止め、そこに部屋を借り、引っ越してきた。そして柊の帰りを待ち伏せし、毎日のように手料理を届け、さらには彼が知らぬ間に勝手に婚姻届を提出してしまったという。自分は合意していないと、柊は婚姻解消を求めたが、女は歪んだ妄想の世界に住んでいて、なにを言っても言葉が通じなかったようだ。

届けは受理され、戸籍を修正するには裁判をするしかなく、その間もずっと病んだ女に追い回されて、彼は日に日に疲弊《ひへい》していき、ストレスで体調を崩し、舞台に立てなくなったらしい。そして彼女から逃れたい一心ですべてを捨てて失踪を試みたのか、柊優はそのまま行方不明になってしまったという。

「ちょっ、待て待て待て、もしかして、その頭のおかしいファンが、今回の依頼主だって言うのか？」

恐る恐るうなずくと、工藤は頭を抱えた。

「加藤、おまえ、上品で物静かな女性だって言ってたじゃねぇか」

「そう見えたんですが……」

チッという大きな舌打ちの音が、他に誰もいない事務所内に響く。

「だから、おまえはダメなんだよ。人を見る目がなきゃ、この商売つとまんねぇっていつも言ってんだろ。俺が事務所にいりゃ、ヤバい女かどうかなんて一発で見抜けたのによ。それで、その柊優って役者と灰原省吾はそんなに似てるのか？」

「いえ、写真を確認しましたが、似てはいません」

「だったら、おまえの勘違いだろ。似てもいない男を柊だと思い込むわけがねぇって」

「顔の造作は似ていないけど、雰囲気が似てると言えば、似てるんです。なんていうか、ふたりとも所謂《いわゆる》塩顔っていうのか、印象に残らない薄い顔で、火石繭子さんが灰原省吾さんをすごくいい男だって繰り返し言ってたから、最初に写真見たとき、意外に感じたんですが、おそらくああいう系統の顔が、彼女にとってはどストライクなんじゃないかと。柊さんはその特徴のない顔を活かし、類まれなる演技力によって完璧な別人になれる役者と言われていたそうですから」

「いや、それはやっぱり、おまえの考え過ぎだろ？」

「でも灰原省吾さんの同僚から聞いたんです。彼が引っ越したのは、奥さんの病気もあるけど、頭のおかしな隣人が自分のことを柊優だと思い込んで迫ってくるのに耐えられなくなったからだって。彼、ラム肉アレルギーなのに、柊の好物の羊料理ばかり作ってきたらしくて……。彼女、灰原さんが自分に嘘の社名を教えたり、黙って引っ越したのが解せないって書いてきましたけど、彼は彼女から逃げたかったんだと思うんです。彼が病院名を教えなかったのも、奥さんが彼女を怖がっていたからみたいだし……。あ、ちなみに、火石さんがベランダで「ショウちゃん、殺すの下手すぎ」って言うのを聞いたショートカットの若いコは浮気相手ではなく、彼の妹さんで、灰原さんが殺していたのも、ゴキブリだったのではないかと……。あのマンション、一階がひつじ軒って飲食店なので、冬でも出るそうですから。あ、それに、火石さん、羊ヶ丘パレスに越してくる前にも同じようなことをやらかしていて」

「怖ぇな。同じようなことって、なんだよ?」

「彼女が前に住んでいたマンションの一階がコンビニだったんですけど、そこの塩顔店員を、変装した柊優だと思い込んで追い回し、そのあげく、彼の恋人をスパナで殴ろうとしたって。殴りつける前に取り押さえられたんで親が金積んで示談《じだん》にさせたそうです。病院に入れるつもりだったのに、彼女に逃げられたみたいで……。僕、思うんです。医者にかかっていたら、依頼人は妄想性人物誤認症候群と診断されていたんじゃないかって。カプグラ症候群ではなく、『知らない人』を柊優氏の変装と思い込むフレゴリ症候群で」

「だったら、灰原詩織と妹を殺《や》ったのは、灰原省吾ではなく、その……?」

「……火石繭子かも、しれません」

「でも、灰原省吾は逃亡しているんだぜ」

「逃亡ではないんじゃ……ないでしょうか。もしかしたら……」

遮るように手を広げ、工藤はじっと加藤の目の奥を覗き込む。

「加藤、おまえ、その話、誰かにしたか？」

「いえ、今、所長に初めてしました」

「……誰にも、言うなよ」

「え、でも……」

「そんなヤバい女に住所を教えたせいでふたりも死んだなんてことがバレたら、こっちが叩かれる」

「ふたりで済めばいいですけど……、増えるかもしれませんよ、もうひとり」

「おい、嫌なこと言うなよ。……それは、ないだろ。だって、おまえの言うことが正しければ、その女にとって灰原省吾は灰原省吾でなく、灰原省吾に変装した柊優なんだから」

不寛容な羊

1

雪の吹雪《ふぶ》く、ひどく寒い夜のことだった。

トントン――と、小屋の扉が叩かれたような気がして、老人はハッと顔を上げる。

耳が悪いので聞き違えではと思ったが、ノックは苛立《いらだ》たしげに続き、ついにはドン！と体当たりするような音がドアを揺らした。

なにごとかと驚いて、老人は曇った窓に顔を寄せる。

小屋の前に、ひとりの男が立っていた。

黒いニット帽に黒いサングラス、そして黒いダウンコートを纏《まと》った見覚えのない若い男だ。

あきらめて立ち去ってくれまいかと、老人がカーテンの影から様子をうかがっていると、男はふらふらした足取りで雪を掻き分け、掌《てのひら》サイズの石を探し出した。

手にしたそれを高く振り上げる姿を見てはじめて、老人は慌てて扉を細く開けた。窓を割られてはたまらないと思ったからだ。

男はハッと動きを止め、すぐによろよろと縋《すが》りつくような勢いで老人に近づいてきた。反射的に老人が閉めようとした扉に腕をねじ込み、哀れを誘う声で嘆願する。

「た、助けてください。怪しい者ではありません」

黒いニット帽に黒いサングラス、黒いダウンコートを身に着け、石を握りしめた男はどこからどう見ても怪しかったが、老人の視線に気づいた彼は、慌てて石を投げ捨て、この吹雪の中、ずっと歩いて山道を登ってきて死にそうなのだと訴えた。

老人が掲げ持ったランプに映し出された男の顔は確かに疲れ切っていて、転んだのか頬には擦過傷《さっかしょう》がある。

「車は？」

ぼそっとひと言尋ねた老人に、よくぞ聞いてくれましたとばかりに男は身を乗り出す。

「山道の途中で土砂崩れが起きていたんです。道が塞《ふさ》がれてしまっていてそこに乗り上げて車が動かなくなり、仕方なく置いて、歩いてきました」

外見に反して男の言葉遣いが丁寧だったことに安堵《あんど》し、ドアを押さえていた老人の手が少しゆるんだ。それを見逃さず、男は体で扉を押し開け、するりと小屋に入ってくる。

「すみません、ほんの少しだけ火に当たらせてもらってもいいですか。もう手足の感覚がなくなってしまって、凍傷になりかけているのかもしれない」

老人が呆気にとられている間に、男は雪をはらいながらちゃっかり上がり込み、許しを待たずに、暖炉の前に腰を下ろす。

「あー、あったかい。雪に足を取られて何度も転んでしまって、一度なんてうつ伏せに倒れたまま雪の上を滑り落ちちゃって、伸ばした手が枝に引っかかってなんとか止まったんですけど、立ち上がろうと振り返ってぞっとしました。足の下に地面がなかったんですよ。そこはもう切り立った崖で、あのまま転がり落ちてたら、間違いなく死んでましたよ」

そうあってくれればよかったのにと老人は心のうちで思ったが、暖炉の前に陣取る意外と図図しいこの男を吹雪の中に蹴り出すわけにもいかず、少し離れて様子をうかがう。

「でも、崖を転がり落ちなくとも、この小屋に入れてもらえなければ、凍死していましたね。近くに民家が一軒もなかったんで、本当に助かりました。あなたは命の恩人です」

とにかくよく喋《しゃべ》る男だった。元来そういう性格なのか、死と隣合わせの体験をして極度の興奮状態にあるのか、あるいは疚《やま》しいところがあるから過剰に陽気に振る舞っているのか、老人にはわからなかった。ただ、部屋の中に入ってからも、サングラスを外さず、フードを被ったまま火に当たっている男の姿は、老人の目に奇異に映った。

「ここには、ひとりでお住まいなんですか？」

そう尋ねながら、簡素な小屋の中をぐるりと見回す男を警戒し、老人は身構えた。だが、男はただひたすら喋り続ける。

「いいお宅ですね。ランプを使ってるってことは、もしかして電気を引いていないとか？　えー、すごいな。外にあるの、畑ですよね？　もしかしてここで自給自足みたいな生活をしてるってことですか？　うわ、まるでアーミッシュみたいじゃないですか。年齢を重ねても、生産的な生活を続けているって素晴らしいことですよ。あなたみたいな高齢者が増えたら、この国も変わるだろうに。ところで、車をお借りできませんか？」

「車？」

「はい、図々しいお願いで恐縮なんですけど」

老人は無言で男の顔を見る。男が車を借りたがっていることはわかったが、その目的がわからなかったからだ。

「あれ？　もしかして、僕のこと疑ってますか？　嫌だな、車乗り逃げしたりしませんよ。自分の車まで行くだけで、すぐにちゃんと戻ってきますから」

「なぜだ？」

「え？」

「なぜ自分の車に？」

「あ、ああ、そうですよね。実はその、車に忘れ物をしてきてしまいまして、それを取りに行きたいんです」

老人は思わず窓の外に目をやった。この吹雪の中を？　という思いが顔に出たのだろう、男は慌てた様子で言い募《つの》る。

「ほら、置いてきたものがなくなってしまうと困りますから」

車の場所を確認した老人に、男は大きな一本杉のそばだと答えた。それは麓《ふもと》の羊ヶ丘《ひつじがおか》の町とこの小屋をつなぐ山道のちょうど中間地点だ。

こんな吹雪の晩に、あのあたりを通る人間などいるわけがない。土砂崩れが起きているならなおさらだ。雪がやんでから取りにいったってなんの支障もないはずだし、逆にこんな悪天候の中あの山道を車で走れば、それこそ崖下に転落する恐れが高い。

そう思いながら、老人は黙って引き出しから車のキーを取り出し、男に投げてやった。

「あ、ありがとうございます」

キーを受け取った男の顔に安堵《あんど》の笑みが広がったが、やがてそれは唇の端が吊り上がる嫌な笑い方になった。

男が車になにを忘れたのか、ほんの少しだけ気になったけれど、その答えを知る機会はおそらく訪れないだろうと老人は考えていた。ここらの山道に不慣れな男が吹雪の晩にあそこまで戻るなんて自殺行為に他ならないからだ。たとえ彼が崖下に転落し命を落としたとしても、自分が失うのは車だけだ。男にここに居座られるより、ずっとマシではないか。

老人は静かに微笑み、車は隣の車庫にあると男に教えた。

「いろいろとありがとうございました。あ、そうは言っても、すぐにまた戻ってきますが」

薄く笑った彼の目を見て、嘘をついているなと老人は思った。男はここへ帰る気などさらさらなく、車でどこかへ逃げる気だろう、と。もと来た道を戻るにしても、反対に山を越えるにしても、男はここへ帰らないのではなく、どこへも帰れなくなる可能性が高いが、老人にとってはどうでもいいことだった。

だが、彼の予想を裏切り、男はすぐまたそこへ戻ってきた。

というのも、扉を開けて数歩も歩かないうちに、よりいっそう勢いを増した吹雪に体を持っていかれそうになり、慌てふためいて小屋へ逃げ帰ってきたからだ。

その無様な姿を黙って見ていた老人に、今が猛吹雪のピークだから少しだけ待つと虚勢を張り、男はまた暖炉の前にどかっと腰を下ろす。

「酒もらえませんか。一番強いのがいいな。今のでまた体が冷えてしまったので」

相変わらず言葉は丁寧なのだが、男の態度からは威圧的な雰囲気がにじみ出ている。

「酒は、ない」と、老人は答えた。

あれば浴びるほど飲ませてから車の運転をさせたいところだが、あいにく用意がなかった。

男が小さく舌打ちしたのが、片耳が不自由な老人にもわかった。

「じゃあ、なにかあたたかいものをいただけませんか？」

石を持てない状態にしてこの男を吹雪の中へ放り出したらどうなるだろうと考えながら、老人はスープを温めに台所へ立った。

2

去っていく丸まった背中を見送りながら、男は思う。

非常識なじじいだ、と。

こんな吹雪の中、車をやむなく捨て徒歩で山道を登ってきた者がいれば、「それはさぞご苦労なさったでしょう」などとねぎらいの言葉をかけ、「汚いところで恐縮ですが、どうぞ火に当たってお体をあたためてください。すぐにあたたかいお食事を用意しますから」と、親切を施すのが人として当たり前のことではないか。なのに、あのじいさんときたら、こちらが頼まなければ、中へ入ることすら拒みそうな狭《きょうりょう》量さを見せた。

非常識で心が狭いだけでなく、あのじいさんは不気味だ。小柄で一見気弱そうに見えるが、無表情な腹の底でなにを考えているかわからない得体の知れなさがある。

だいたい人里離れたこんな辺鄙《へんぴ》な場所で一人暮らしをしているなんて、家族や親戚とうまくやれず、疎《うと》まれて追い出された変人に違いないのだ。

こんなところ、今すぐ出ていってやりたいが、吹雪に足止めされてどうにもならない。天気の情報を得たくとも、携帯電話は通じないし、パソコンどころかテレビもないときている。せめてラジオがないかと、男はサングラスを外し、室内をぐるりと見回す。

思ったよりも屋内は広く、暖炉のあるリビングスペースの奥にテーブル席があり、その右側の引き戸が台所に通じているようだ。手前にもう一つ別のドアがあるのは、じいさんの寝室だろうか。老人の一人暮らしだからか饐《す》えたような臭いが鼻についたが、台所から漂ってきたスープのいい匂いがそれを打ち消し、男の食欲を刺激した。

「あのじいさんの料理じゃ、味は期待できないけどな」

悪態をつきながらラジオを探して開いた戸棚の奥に、男は紺色のバッグを見つけた。可愛い白鳥のチャームがついたそれは、女子中高生が通学に使うスクールバッグのようなデザインで、老人のものとは思えない。

「じいさん、ああ見えて、こういう趣味なのか？　いやまさか、な」

開けて中を確かめようとしたが、老人の足音が聞こえてきたので、男は慌ててバッグを戻し、音を立てずに戸棚を閉めた。

運ばれてきた湯気の立つ椀をなに食わぬ顔で受け取り、男は熱いスープに口をつける。一口すすった瞬間、目を見開き、思わず叫んだ。

「うまっ！」

手作りらしき質素な木の椀で供された肉と野菜のスープは、とてつもなく美味だった。

「え？　なんですか、これ、ものすごく美味《うま》いんですけど。こんな美味いスープ、はじめて飲みましたよ。これ、なにが入ってるんすか？」

興奮状態で尋ねる男に、老人は自家栽培の新鮮な野菜と羊とボソッと答えたが、スープを貪《むさぼ》り食うことに夢中になっていた男は、自分で訊いておきながら上の空だった。

おかわりを三度頼んで最後の一滴まできれいに飲み干し、ようやく一息ついたところで、男はさっきの女もののバッグの存在を思い出した。

「あ、そういえば、ここには娘さんも住んでいるんですか？」

その瞬間、それまで感情の見えなかった老人の顔に、張りつめたような表情が浮かんだ。

なぜそんなことを訊かれるのかとおどおどと目を泳がせる老人の姿が、男の遠い記憶を刺激する。

「あれ……？　ご老人、どこかで会ったことありましたっけ？」

深いシワの刻まれた老人の顔に、なぜか怯えが走り、ますます見覚えのある男に思えてきた。目を逸らし、無言で首を振る老人は、明らかに動揺していた。接点があるとは思えないアーミッシュのじいさんと自分の人生が一体どこで交差したのだろう？

なおも質問を続けようとした男から逃げるように、老人は空の器を持って奥へと引っ込んでしまった。その後ろ姿を食い入るように見つめ、記憶の糸を手繰《たぐ》っていた男の耳にどこからか声が聞こえてきた。

「トト様、大丈夫かな？」

「シッ！　黙って」

ひそひそと囁《ささや》くようなか細い女の声だった。

立ち上がり、声がしたほうへ歩を進め、男はもう一つのドアの前に立つ。それに気づいた老人が「待て！」と鋭く叫んだが、男はすでにドアを細く開けていた。

慌てて走ってきた老人が、男をドアから引きはがそうとする。

「こっちは羊小屋だ。羊以外になにもいない」

「なぜ嘘をつくんです？　どこに羊がいるんですか？」

男はすでに見てしまっていた。

寝台が並んだ部屋の隅に、不安そうな表情で佇《たたず》む女たちの姿を——。

「ご老人、ここにいるのは羊ではなく、あなたのお嬢さんたちなのでしょう?」

そう言いながら男がドアを開け放つと、三人の女がハッと息をのみ、目を大きく見開く。娘が三人もいたことに、男も驚いた。揃いも揃って化粧っ気がなく、飾りのない質素な服を纏った三十代と思《おぼ》しき女たちだが、それぞれに個性的だ。

他のふたりを守るように立っている一番年嵩《としかさ》——男と同じ三十代半ばくらいだろうか——の女が長女だろう。痩せすぎてギスギスした感じはあるものの、きりりと高く結んだ黒いひっつめ髪が知的な雰囲気を醸《かも》し出している。

その隣の烏《からす》の濡羽色の髪を前下がりのボブカットにした、どこか陰のある神経質そうな女が次女で、若いというより子供っぽい印象のツインテールの女が三女だろうと、男はあたりをつける。いい歳をした女がツインテールというセンスはどうかと思うが、不思議とあまり違和感がない。

男を見つめる六つの瞳の中には、驚きと怯えの色があった。

父親以外の男を見たことがないわけではないだろうが、一見して世間擦れしていなさそうなこの女たちは、もしかしたら一度も社会に出ることなく、父親とここで暮らし続けているのかもしれない。

男の目には、三人が三人とも、どこかあきらめたような従順さを持っているように見えた。無理な要求をつきつけても、口答えせず黙って耐えて従いそうな雰囲気をそれぞれが放っているのだ。

男の理想とする女性像は、三つ指ついてご主人様を出迎え、三歩下がってつき従う古き良き大和撫子のような女だ。今ではほとんどお目にかかれないその種の純粋培養された女の匂いを、男は目の前にいる女たちから嗅ぎ取っていた。

そんな思いが顔に出たのか、老人は男の手を乱暴に引き、女たちがいる部屋へのドアを音を立てて閉めた。

「あの子らに近づくな。それができないなら、今すぐここから出ていけ」

ドスの利いた声で男に詰め寄る老人は、さっきまでとは別人のように凄味があり、その表情は狂気を孕《はら》んで鬼気迫るものがあった。

3

迫力に気圧《けお》されて暖炉の前に戻ったものの、老人に嘘を吐かれたことに男はひどく腹を立てていた。

勝手にドアを開けたのは悪かったが、どうしてあんなくだらない嘘をつく必要があったのか。嘘は正義に反する。正義感の強い男は嘘が許せない性質《たち》なのだった。

「なんで嘘をついたんです？　僕がお嬢さんたちに手を出すとでも？　僕には結婚を前提におつきあいしている女性がいるんだ。そんな破廉恥なことをする人間に見えましたか？」

老人を問い詰めたが、彼は男を完全に黙殺し、部屋の隅で刃物を研《と》ぎ始めた。

その礼を失した態度に、カッと頭に血が上る。会った瞬間から非常識なじいさんだとは思っていたが、こちらが丁寧に尋ねているのに目も合わせようとしないとはなにごとだ。いくら年長者とはいえ、道に反することは意見し導いてやらなければならない。男が拳をぎゅっと強く握り、口を開きかけたとき、ガシャン！と凄まじい音が響いた。

跳ねるように立ち上がった老人が台所の引き戸を開けると、身を切るような寒風が吹き込んできた。暖炉の前からは見えないが、強風で台所の窓が割れたようだ。

慌てて台所に駆け入る老人のあとを男も追おうとしたが、「そこにいろ！」と一喝され、引き戸をぴしゃっと閉められてしまった。

せっかく手伝ってやろうと思ったのにと、ますます腹を立てた男は老人がいない隙に、女たちの部屋に近づく。ノックしてドアを開けると、女たちはすぐ目の前に立っていて、先ほどと同じように息をのみ、男を見つめた。

「あ、驚かせてすみません。怪しい者ではないので、安心してください。自分は……」

「あ、あの……」

ひっつめ髪の女が怯えた目を、男の背後に向ける。老人のことを気にしているのだとすぐにわかった。

「あ、今、風で窓が割れたみたいで、お父様が修復しに行かれました」

「大丈夫でしょうか？」

「自分も手伝おうとしたんですが、ひとりで大丈夫とのことでしたので。それで、心配ないとみなさんに伝えに来たんです」

「そうでございましたか。それはそれはご親切にありがとうございます」

バカ丁寧なひっつめ髪の言葉遣いを好ましく思いながら、男はここに来た経緯を語る。

「夜分に突然お邪魔して、申し訳ありません。実はこの吹雪で車が……」

女たちは男の説明に真剣に耳を傾けてくれた。

「こんな悪天候の中を一本杉から歩いていらしたのなら、さぞご苦労されたことでしょう。ご無事でなによりでございました」

ひっつめ髪の心のこもったねぎらいの言葉と、心配そうに見つめるボブカットとツインテールの眼差しが、男を満足させる。

「ありがとうございます。さっきお父様から車を借りて自分の車へ戻ろうとしたんですが、吹雪がさらにひどくなってしまっていたので、少し待たせてもらっているんです」

「えっ!? こんな猛吹雪の中を一本杉までお戻りになるのですか?」

「ちょっと取りにいかなければいけないものがあって……」

「死んじゃうよぉ」

「え……?」

三姉妹の顔を見ながら喋っていたのに、誰が自分の言葉を遮《さえぎ》ったのかわからず、男は混乱する。誰の口も動いてはいなかったからだ。

「死んじゃうんだよね、お母さん」

女たちの背後の布団がもぞもぞと動き、寝ていた小さな女の子が顔を出した。

「い、いいから、ね、寝てて」

慌ててボブカットが少女に布団をかけた。男から少女を隠そうとするように。

「お子さんがいたなんて気づかなかった。起こしちゃって、ごめんね。君、お名前は?」

男が声をかけると、眠そうに目をこすりながら少女は答えた。

「リマ」

「リマちゃんか、かわいい名前だね。今、『死んじゃう』って言った?」

布団から目だけ出してコクッとうなずき、リマはひっつめ髪を見上げた。

「雪の日にお外へ出たら、ダメなんだよね、お母さま。崖から落っこちて死んじゃうんでしょ?」

リマはひっつめ髪の娘なのかと、男は意外に思う。ぎすぎすした印象のひっつめ髪は、既婚者だけが持つ色気というか特有の雰囲気から一番遠い存在に思えたからだ。

「心配してくれてありがとう、リマちゃん。リマちゃんはまだ子供だから雪の日はお外に出ないほうがいいけど、大人は大丈夫なんだよ」

男の言葉に、リマだけでなく、ボブカットとツインテールまでもがぶるぶると首を横に振る。

ひっつめ髪からこのあたりはガードレールがきちんと整備されていないため転落事故が多く、雪の日の運転は自殺行為に相当すると聞かされ、また頭に血が上った。それをわかっていながら引き留めることなく、車のキーを渡した老人に対し、怒りが再燃したのだ。なんとか自制して押しとどめ、男は弱った顔をつくって見せた。

「だったら、吹雪がやむまで待つしかないのかな？　せめて、この悪天候がいつまで続くのかわかるとありがたいんだけど」

「リマ、わかるよ」

そう言って跳ね起きると、リマは寝台の下から小さなラジオを取り出し、小さな手でいじり始める。天気予報を聞かせてくれようとしているらしい。

だが、耳障りな雑音とともに流れてきたのは、入居者の連続不審死が問題になっていた地元の老人介護施設で、看護師が高齢男性の点滴に消毒液を混入し、逃走しているというローカルニュースだった。

「続きまして、たった今入ったニュースです。本日午後四時ごろ、羊ヶ丘女学院近くの路上で女子高生連れ去り事件が発生しました。犯人は羊山《ひつじやま》方面へ車で逃走した模様。車種は……」

ニュースを読む女性アナウンサーの声が、途中でぶちっと途切れた。

戸口にいた男が抵抗する女たちを押しのけてリマの手からラジオを奪い、乱暴に切ったからだ。

「なんで切るの!?　羊山ってここだよ」

リマが驚きの声を上げてラジオを取り返そうとし、女たちの間にも緊張が走る。張りつめた静寂が、寝台がぎちぎちに詰め込まれた狭い空間を支配した。

「返して！　それ、リマのだから！」

三人の女たちは黙ったまま、伏し目がちに男の手の中にある黒い箱を見つめている。

リマはなにも言わない女たちに焦《じ》れ、「お母さん！」とボブカットの服を乱暴に引っ張った。

「ねぇ、お母さんってば！　おじさんがリマのラジオ盗った」

「ごめんごめん」と、男はようやくリマに作り笑顔を見せた。「盗ったんじゃないよ。雪がいつやむか知りたかったから、天気予報に変えようと思ったんだ」

「じゃあ、なんで切ったの？」

「切れちゃったんだよ。自分のラジオと違うから、間違えちゃったんだな」

頬を引きつらせ不自然な笑みを浮かべる男の顔を、リマはじっと見つめ、口を開く。

「……もしかして、おじさんが、やったの？」

「なにを？」

「今、ニュースで言ってた女子高生のお姉さんを連れてった人って、おじさん……なの？」

「な、なに言ってんだよ。ち、違う！　そんなことするわけがない。天気予報が聞きたかっただけって言ってるだろ！」

リマを怒鳴りながら震える手でラジオをつけ、男はチューニングを合わせたが、天気予報を流している局はないようだった。ふーっと大きな息を吐き、男はラジオを切る。

「やってないから、このラジオ、もう少し借りとくよ」

殊更《ことさら》明るい声を出したが、無言で男を見つめるリマの顔には不信感がありありと浮かんでいる。

「リマちゃん、まだ疑ってるの？　僕がやったなんて証拠どこにもないよね？」

「おじさんが車に行こうとしてたのって、そのお姉さんが中にいるからじゃないの？」

「失礼ですよ、リマ！」と、ひっつめ髪がリマを咎《とが》めた。

「すぐに決めつけてしまうのはあなたの悪い癖だって、いつも言っているでしょう」

取りなそうとしてくれはしたが、そういう彼女も表情が硬く、ボブカットやツインテールとそっと目配せを交わしている。リマが頑《かたく》ななのは、彼女たちの微妙な空気を敏感に感じ取っているからだと、男は思う。

嫌な雰囲気を一掃させようと、男は笑顔でリマに呼びかけた。

「ねぇ、僕もラジオ間違えちゃったけど、リマちゃんも、さっき間違えたでしょ？」

そんな男を睨《にら》み、なにも間違えてなどいないと、リマは尖った声を出した。

「えー、嘘ついちゃダメだよ。ちゃんと聞いてたもん。さっきリマちゃん、その人のこと、

『お母さん』って呼んだよね」

ボブカットの女を指差すと、リマはそれがなに?という顔でうなずく。

「彼女はリマちゃんのお母さんなの？」

「そーだよ」

「じゃ、間違えたのは、その前か」

「その前って？」

「ほら、さっきはそちらの女性を『お母さん』って呼んだじゃない」

目でひっつめ髪の女を指すと、リマはぶるぶると首を横に振った。

「嘘だよ、リマ、そんなこと言ってないよ」

「言ったよ、間違えて呼んじゃったんでしょ？」

「リマ、間違ってないってば！」

笑い話にして嫌な空気を和らげたかっただけなのに、リマは口を尖らせ頑なに否定する。

「えー、言ったと思うけどな、『お母さん』って」

「言ってないよ、リマはちゃんと呼んだもの、『お母さま』って」

「え？　え？　なにそれ？　やっぱり間違ってるじゃん。だってその人はリマちゃんのお母さまじゃないよね？」

「ううん、お母さまだよ」

「だって、さっき、そこのボブカットの人がお母さんだって……」

しつこく食い下がる男にうんざりしたのか、リマは頬を膨らませてツインテールの女を見上げる。

「ねぇ、ママ、このおじさん、変なことばっかり言うー」

「え？　ママ？」

どういうことだ？　リマはひっつめ髪を『お母さま』、ボブカットを『お母さん』、ツインテールを『ママ』と呼び分けている——のか？

混乱し、この子、おかしなことを言ってますよという思いを目に込めて、女たちを見たが、三人からは揃いも揃ってそれがなにか?という反応が返ってきた。

時代に逆らい、人里離れたこんな場所で自給自足に近い生活をしているらしき彼女たちはやはりどこかおかしいのか? リマが誰の子か尋ねたら、神の子と言われてしまいそうな怖さがあった。怪しげな新興宗教団体の施設に迷い込んでしまったような薄気味悪さを感じ、男はたじろぐ。

だが薄気味悪さを感じているのは女たちも同じらしく、ひっつめ髪が遠慮がちに尋ねてきた。

「あの、立ち入ったことをうかがって恐縮ですが、こちらへはどういったご用向きでいらっしゃったのでしょうか?」

さっきラジオが報じた事件に関与していないか探っているのだろう。男はできる限りの笑顔を浮かべ、羊ヶ丘に用事があったのだと答えた。

「用事……と、おっしゃいますと?」

「それは……、ああ、えっと、実は僕、地域の安全を守るためにボランティアで自警団をやっていまして、ちょっと気になる情報を得たので、確かめに来たんです。ある凶悪事件の犯人が出所し、羊ヶ丘で暮らしている、と」

「凶悪事件の犯人?」

怯えるツインテールに、男はうなずく。

「当時は未成年だったから名前は公表されていないけど、『監《かん》キング』って名乗ってたふざけた監禁犯、覚えていませんか？　女子高生を監禁して少年院に入ったけど、すぐに出て来ました監禁事件を起こし、二人目の女子高生を殺害してしまったとんでもないヤツです。その監キングがすでに出所し、あ、いや、医療少年院だから出所じゃなくて退院か……、そんな社会のゴミの治療や更生に自分たちの血税が無駄に使われているのも許しがたいけど……、とにかくそのクズが退院後、羊ヶ丘で暮らしているんですよ。こんな近くにそんな物騒なヤツが住んでいるなんて、驚いたでしょ？」

女たちは怯えた顔を見合わせながらうなずき、ボブカットはリマの両耳を手で塞ぐ。

「親が金持ちらしくて、大きな屋敷で優雅に暮らしているようでしたよ。高級外車に乗ってるってネット情報も本当で駐車場に派手な外車が停まってたんで、本人が出てこないかと待っていたんですけど現れず、それで帰りが遅くなって、国道に出る近道だと思って羊山越えを選択したら雪がひどくなってしまって、こちらにごやっかいになることに……」

言葉の途中で、男は「あっ！」と大声を上げた。

「なんですぐ気づかなかったんだろう、さっきの女子高生を連れ去った男って、監キングですよ、きっと！」

「それ……、ホント？」

とリマが訊いたが、少女の目は男ではなく、自分の耳を塞ごうとするボブカットに向けられている。

「お母さん、このおじさん、嘘ついてない？　車の中にいる人、大丈夫？　生きてるか、訊いて」

「だから、いくら訊かれても答えは一緒だよ。僕は嘘なんかついてないから」

「違う。おじさんにじゃなくて、神様に訊いてって言ったの」

「はぁ？　なに言ってんだ、そんなこと言われても、お母さんだって困りますよねぇ？」

愛想笑いで呼びかけた男を無視してボブカットはその場に跪《ひざまず》き、手を組んで目を閉じた。

口の中でぶつぶつとなにやら唱え始めた女を見下ろし、男は呆気にとられる。やはり家族で宗教にはまっているのかと不気味だったし、そろそろ老人が戻ってきそうで、そちらも気が気でなかった。

「バカみたいって思ってる？」

ツインテールの女に耳元で囁かれ、表情が顔に出ていたのかとぎょっとした。

「『お母さん』はすごいの。本当に神様とお話ができるんだから。今までも、畑のお野菜がダメになりそうなとき、なんども雨を降らせてくれたのよ」

雨乞い、か？

「それは、本当ですか？」

子供のような喋り方をするツインテールではなく、ひっつめ髪に尋ねると、彼女は慈愛に満ちた表情で「ええ」と厳《おごそ》かにうなずいた。

「だったら、今すぐ、雪をやませてくれないか」

雨乞いなんて非科学的なものはこれっぽっちも信じていないが、この吹雪がおさまるなら、藁《わら》にでも蜘蛛《くも》の糸にでもすがりつきたい心境だった。ぶつぶつと唱え続けていたボブカットが、ふいに男を振り仰ぎ、「だ、大丈夫です」とはっきり言った。

「え？　本当に？　もうやんだってこと？」

男は窓へ走って外を眺めたが、吹雪は先ほどよりも明らかにひどくなっている。いつ雪がやむのかと文句を言う男に、ボブカットは能面のような顔で首を横に振る。そんなことは祈っていない、と。

「じゃあ、今、大丈夫って言ったのは？」

「わ、忘れもののことです、車の中の」

神と対話ができるという女の言葉が、男の背筋をゾクッと凍らせた。

「あいつ、まだ……」

生きてるのか——という言葉を、男は慌ててのみ込む。

「やっぱり……、やっぱり、この人がやったんだ！」

そう叫ぶリマの幼い瞳に、怯えの色が揺蕩《たゆた》っている。

「車の忘れものって、連れてきた女子高生のお姉さんのことでしょ？」

「違う、違う、違う、そんなこと、本当にしてない！」

「嘘つき！」と叫び、リマは男から距離をとりながらじりじりと後ずさり、部屋を出たところで、男に言った。

「トト様に言いつけてやるから！」

トト様――？

トト様って誰だ？　この小屋には、リマの父親もいるのか？

「トト様はすっごく強いんだからね」

威嚇するように、リマは男を睨みつけ、喋り続ける。

「トト様はとっても力持ちなんだから。畑でいっぱいお野菜つくって、すっごく重いおイモとかもひとりで運べるんだから。あと、羊さんだってエイって持ち上げちゃうんだから」

プロレスラーのように屈強なリマの父親像が、男の頭の中で作り上げられていく。

「おじさんなんか、トト様にはかないっこないんだからね！」

「リ、リマちゃん、ちょっと待って」

男の弁解に耳を貸すことなく、リマは台所のほうへ走って行ってしまった。

4

助けを求めて男が振り返ると、三人の女たちは、また不安そうに目配せを交わしているところだった。

「あの、神様かなにか知らないけど、自分、女子高生を誘拐なんて、本当にしてないんで」

ひっつめ髪とツインテールがうかがいを立てるようにボブカットを見たが、彼女は黙ったまま、感情のない視線をじっと男に向けている。心を見透かされているようで居心地が悪く、男は話題を変えた。

「あ、あの、リマちゃんのお父さんて、どんな人なんですか？」

「えっ!?」と、ツインテールとひっつめ髪が、揃って驚きを露《あらわ》にする。

「あ、いや、今、トト様に言いつけるって、行っちゃったから……」

「ああ、トト様のこと？　どんなって……、さっき会ったのに、もう忘れちゃったの？」

ツインテールが不思議そうに首を傾げ、男を見た。

「え？　さっきって……、さっきの？」

男の頭の中で、鍛え上げられたマッチョな肉体がみるみる萎んで小さく縮み、凛々《りり》しく精悍だった顔の奥から、なにを考えているのかわからないシワだらけの無表情な顔が立ち現れてきた。

リマの言うトト様とは、さっきのじいさんのことなのか？

おじいちゃんやじぃじではなく、トト様と呼ぶということは、老人はリマの祖父ではなく、父親？

この家の家族構成はいったいどうなっているんだ？

リマがじいさんの娘なのだとしたら……、娘だと思っていた三人の女のうちの一人は、あの老人の妻ということになる。

「あの、自分はてっきり、リマちゃんはご老人のお孫さんで、あなたがた三人が娘さんなのだとばかり……」

ツインテールとひっつめ髪が顔を見合わせた。

「トト様をパパだと思ってたの？　アンたち誰も血なんかつながってないのに」

おかしそうに話すツインテールをひっつめ髪が「アン」と制するのと、男の驚きが声になって出るのが同時だった。

「えっ!?　血縁でもないのに、こんな不便なところで一緒に暮らしているんですか？　ご老人とあなたがたはどういう関係……」

「ま、窓」と、突然、ボブカットが言葉を差し挟み、男の質問を遮った。

「え？」

「窓へ行かなくては」

それがご神託なのか、ボブカットが部屋を出ていくと、ひっつめ髪も後に続く。

「修繕に時間がかかりすぎているようですので、わたくしも見てまいります」

「あ、だったら、自分も」

「いいえ、結構です。お客様はこちらにいらしてください」

男の申し出をぴしゃりと撥《は》ねつけ、ひっつめ髪は、自らをアンと呼ぶツインテールを目顔で呼び、部屋を出ていく。不安になった男は、ついていこうとしたツインテールの腕をつかんで引き寄せ、シッ！と人差し指を唇の前に立てた。

「違うんだ」

「え？」

「みんな、疑ってるだろ、僕を？」

「なんのこと？」

「いや、だから……」

「ああ、女子高生を連れ去った犯人じゃないかって？」

「本当にやってないんだよ、そんなこと。信じてもらえないかもしれないけど、自分は嘘が大嫌いなんだ。だから、嘘はつかない」

力説する男に、ツインテールはふるふると首に横に振りながら、「信じるよ」と微笑《ほほえ》む。

「え？」

「犯人じゃないって、信じる」

「え？　本当に？」

「だって、やってないんでしょ？」

「やってない。絶対に。あ、あのさ、信じてくれるなら、あの人たちにも言ってくれないか、僕じゃないって」

「うん、わかった」

「助かるよ。あ、悪かったな、いきなり」

強くつかんでいたツインテールの細い腕を離し、男はぎょっとする。

袖がまくれ上がった白い肌の上に鞭《むち》で打たれたような無数の傷痕が残されていたからだ。

「ちょっと、なんだよ、これ⁉　どうした？」

ツインテールは慌てて袖を下ろし、古傷を隠して逃げようとしたが、男はそれを許さず、女を寝台の上に押し倒す。ダボッとした綿のワンピースの裾をまくり上げると、思ったとおり、太ももにも無数の傷痕があった。

「誰にやられた？　あのじいさんか？」

目に怯えをたたえ、首を振り続けるツインテールの姿に、男の中で老人への怒りが再び燃え上がる。

「あいつ、許せない。どうしてだ？」

「……え？」

「なんであんなじじいにやられっぱなしになってる？　なぜここから逃げ出さない？」

「えっと、あの……」

「いや、そもそもどうしてこんなところに来ることになったんだ？　血縁でもないのに？」

ツインテールは男から目を逸らしたままなにも答えない。細い顎をつかんで、男は無理やり女の顔を自分に向かせる。怯えたツインテールがなにか言おうと口を開いたそのとき、隣室からひっつめ髪の鋭い声が飛んできた。

「アン！　なにをしているの？　早くいらっしゃい！」

ツインテールの女はビクッと肩を震わせ、男から体を離す。

「アンっていい名前だな」

男の手を逃れ、部屋を出ようとしていたツインテールがその言葉に足を止めた。

「あの……、あのね、一番最初はね、アンたち、無理やり連れてこられたの」

「無理やり？」

アンはコクンとうなずくと、隣室へ走り出ていく。

「ちょっと待て、無理やりって、誘拐されたってことか？」

男の問いかけが耳に届かなかったのか、彼女はもう振り向いてはくれなかった。

5

女たちは、やはりあのじいさんに無理やりここへ連れてこられてきたのか――。

正義を重んじる男の中で、老人に対する強い怒りが沸々《ふつふつ》と湧き上がってくる。じじいのくせに、自分より二回り、いや、下手したら三回り近く年下の女を孕ませて子を生《な》しただけでなく、他にふたりも囲っているなんて、人として許せることではない。

そういえば、子供のころに住んでいた団地でも、そんな気色の悪い事件があった。

ある男が幼い少女を四人も誘拐し、大人になるまで二十年もの間、監禁していたのだ。

彼は少女たちを洗脳と暴力で支配し、自らを塔に幽閉された不遇の王子と思い込ませていた。

自分は一切働くことなく、老いた父親の稼ぎを暴力で搾取し、狭い団地の部屋に築き上げた虚構の世界で女たちに傅《かしず》かれ、暮らしていたらしい。

事件が発覚したのは七年くらい前だったか、自分は引っ越してもうその団地に住んではいなかったけれど、誘拐された女たちと年齢が近かったこともあり、監禁犯――そう、大路《おおじ》一浩《かずひろ》という名前だった――の身勝手で卑劣極まりない犯罪に激しい憤《いきどお》りを覚えた。

大路の写真にも強い衝撃を受けた。引きこもっていたためネット上に出回ったのは学生時代の写真だったが、地味で冴えない陰湿そうな小太りの男だった。

当時そのうぐいす団地に住んでいた知り合いを訪ね、男は大路一浩について訊いてまわり、大路と家族の個人情報をネット上に晒《さら》した。あろうことか、大路を崇拝し、監禁は男のロマンなどと語るロリコン変態野郎がネット上にうようよいたからだ。二度と同じような犯罪が起きないよう、大路一浩とその父親を徹底的に叩いたのに、男の努力も虚しく、監禁王子を神と崇める監キングのようなクズが現れてしまった。塔の監禁事件に感銘を受けたと公言し、監キングは女子高生二人を監禁していたぶり、ひとりを殺害、ひとりは救出されたものの、ＰＴＳＤに苦しみ、いまだにまともな社会生活が送れていないと聞く。

しかし、人を惹きつける魅力など皆無と言っていい容貌の大路一浩を、神と崇める人間の気がしれな……、男はハッと息をのんだ。

脳裏に思い浮かべていた写真の中の大路一浩の顔が、娘がいるのかと訊かれて動揺したときの老人のそれと重なったからだ。

似ている――。

学生服を着た写真の大路を老けさせたら、ちょうどあんな冴えないじじいになるのではないか。

大路一浩は当時四十歳くらいだったはずだから、七年経って四十七歳前後と考えると、いくらなんでも老けすぎているか……。

いや、違う。

あのじいさんが監禁王子だなんてありえない。

ここに、大路一浩がいるわけがないのだ。

なぜなら、事件が発覚したときには、あいつはもう死んでいた、そう、自分が誘拐してきた女たちに殺されたのだ。

彼女たちは憎しみから王子を殺したわけではなく、王子にとり憑《つ》いた悪魔を彼の体から追い出そうとして浴槽の水に沈め、溺死させてしまったらしい。

大路一浩でないことだけは確かだが、あのじいさんは彼によく似ている。さっき、どこかで会ったことがあると思ったのも、そのせいだったのだ。なぜあのとき気づかなかったのかと、自分自身に腹が立つ。

「あの……」

物思いにふけっていた男は、いつの間にか戸口に立っていたひっつめ髪にぎょっとした。

「な、なんですか、いつから、そこに?」

「お声をかけさせていただこうとしたのですが、真剣なお顔でなにかを思案されているご様子でしたので、お邪魔になっては申し訳ないと思いまして」

「あ、ああ、いや、そんなことより、窓は大丈夫でしたか？」

「はい、ご心配いただき、ありがとうございます。割れた窓はなんとか塞いだのですが、雪が地下にまで吹き込んでしまっておりまして、飛び散ったガラスや雪の処理を続けているところでございます」

「だったら、自分も手伝いますよ」

「とんでもございません、もうさほど時間はかからないと思いますし、お客様のお手を煩《わずら》わせるわけにはまいりませんから。ですが、お心遣いに感謝申し上げます」

「あの……、アンという女性から、聞いてもらえましたか、その……」

「はい、うかがっております。わたくしどもも、あなた様が若いお嬢さんを誘拐した犯人だなどとは考えておりません。ご不快に思われたことと存じますが、リマのことはよく叱っておきましたので、幼い子供の申したことと広いお心でお許しいただけましたら幸いでございます」

「ああ、いや、自分がやったんじゃないってわかってもらえれば、それでいいんです」

「寛大なご配慮、痛み入ります。お疲れのことと存じますので、暖炉のそばに臥所《ふしど》をご用意いたしました。どうぞ先にお休みになってくださいませ」

「あ、いや、それより、話しておきたいことが」

「はい、なんでございますか」

「あなたも無理やりここに連れてこられたんですよね、あの男に？」

「あの男、とおっしゃいますと？」

「もちろん、あのじいさんですよ。あいつが誰だか知っていますか？　あの男の名前、聞いたことあります？」

「え……？　どうして、そのようなご質問を……？」

「自分は、あいつによく似た男を知っているんです。聞いたら、驚きますよ」

男は引き戸の閉まった台所の様子をうかがったのち、ひっつめ髪に顔を寄せ、囁く。

「幼い少女を四人も誘拐し、二十年近くも監禁した犯人、大路一浩という男です」

その名を耳にした瞬間、もともと青白かった女の顔が血の気を失い、紙のように白くなった。

「有名な事件だから知ってるみたいですね。だったら、話が早い。大路一浩はさらってきた女たちに殺されたから本人ではないけれど、じいさんはおそらくあいつの身内で、同じようにヤバい血が流れてるんですよ。だから、ここでも同じような事件を起こして……」

「お待ちください。お話の意味がわかりかねます。わたくしどもはここへ来ることを誰にも強制などされておりません。ましてや誘拐だなんて、とんでもない思い違いをなさっておいでです」

「なんで隠すんです？　アンってコから聞いたんだ。一番最初は無理やり連れてこられたって……」

ひっつめ髪の頰に一瞬苦々しい表情が浮かんだが、それはすぐに哀し気な色にとって代わった。

「お話をされたならお気づきかと存じますが、あの子は実年齢よりとても幼いのです。ですから、他人の関心を引くために、そのような嘘をついたのだと思います。どうかお許しください」

「確かに彼女の喋り方は子供っぽいが、嘘をついているようには見えなかった」

「もし、わたくしどもが誘拐されて無理やりここへ連れてこられていたなら、あなたがいらしたとき、すぐに助けを求めたはずではございませんか。そもそも、この小屋にわたくしたちを監禁するための道具や仕掛けがございますか？　わたくしたちはいつでも自由に外へ出ることができますし、実際に、日々庭に出て畑仕事を手伝ったり、散歩をしたりしております」

「道具や仕掛けがなくても、あなたたちを縛ることができるはずだ、……恐怖で」

「恐怖……？」

顔を強張らせたひっつめ髪に、男は鋭く言い放つ。

「あの男に暴力を振るわれ、洗脳されているんでしょう？」

「……そんなことはございません。あの方は本当にわたくしどもによくしてくださっているのです。なにか誤解なさっているようですが、わたくしたちは誘拐も監禁もされておりません」

「長く監禁されている被害者は、よくそんなふうに加害者を庇《かば》おうとするんだよ」

「どうして、そんな……」

「ストックホルム症候群って聞いたことないですか？」

この小屋のように閉ざされた空間で非日常的な体験を共有し続けていると、被害者が犯人に好意を抱いてしまう心理状態に陥ることがあるのだと、男は滔々《とうとう》と語った。

「ずいぶんとお詳しいんですのね。博識でいらっしゃいますこと」

ひっつめ髪の女の言葉には険があったが、男はそれに気づかず、気を良くして笑顔で喋り続ける。

「心理学に興味があるんです。特に犯罪心理学。社会に害をなす危険なクズどもからこの国を守るために必要ですから。あ、今、ご説明したストックホルム症候群とは逆に、監禁犯が被害者に親近感を覚えたり共感するなど、特別な感情を抱くようになる現象があるんですが、ご存じですか？」

無言で首を横に振る女に、男は得意げに告げる。

「リマ症候群というんですよ。ペルーの日本大使公邸占拠事件、あなたなら覚えているでしょう？　日本人二十四人を含む人質たちと接するうち、テロリストたちは異国の文化や生活習慣などを彼らから学び、ペルー軍の特殊部隊に強行突入されたときには、先生のように慕っていた人質たちを撃つことができなかったそうです。この事件が起きたペルーの首都、リマにちなんで、リマ症候群と名付けられたってわけです」

「あなたが犯罪心理学に造詣が深いということはよくわかりましたが……」

「ああ、これは失礼。話が少し逸れてしまいましたね」

「なぜ、わたくしにそのような話をお聞かせになるのですか？」

「それは……」

男は女の目をじっと見つめ、答える。

「助けたいからです」

真摯《しんし》な態度で言い切ると、女は表情を変えた。

「助ける？」

寛容な笑みを浮かべ、男は大きくうなずいて見せる。

「い、いいえ、助けていただく必要などございませんわ。わたくしたちは問題なく暮らしているのですから」

「そうでしょうか？　自分の目にはとても不自然な生活に見えます。あなたのような人には、もっとふさわしい生き方があるはずだ」

「いいえ、わたくしはここでの生活に満足しております」

「嘘だ。あなたほど知的で聡明な女性が、こんなところで老人の玩具《おもちゃ》にされているなんておかしい。いくらじいさんにマインドコントロールされていても、賢いあなたならわかっているはずだ、この小屋は監禁王子が作り上げた塔と同様に、目に見えない檻で閉ざされた異常な世界だって」

見開かれたままの女の瞳の中で、恍惚《こうこつ》と恐怖の色がせめぎ合っているように見えた。

「僕が助けますよ、あなたを。この老害の狂った城から」

そう言って手を取ると、女は息をのんで、びくりと体を硬直させた。

「僕にまかせておけば大丈夫。あなたは武器になりそうなものをあいつから取り上げて、僕に渡してください。さっきヤツが研いでいた包丁や、斧や鎌なんかも。それから、じいさんの身元がわかるものを探してほしい」

「それは、なんのために？」

「間違いないと思うけど、老人と大路一浩との関係を確かめたい」

「それを確かめて、どうなさるおつもりですか？」

さも楽しそうに鼻で笑い、男は言い放つ。

「正義の鉄槌《てっつい》を下すまでです」

「まさか、殺《あや》めようとお考えですか？」

「直接手を下さなくても、この小屋から閉め出すだけで、明日の朝にはカチンコチンになってるはずだ」

「そんな……」

「カチンコチンって？」

幼い声にハッとして振り返ると、戸口にリマが立っていた。眠そうに目をこすりながら、ひっつめ髪に訊く。

「なにがカチンコチンになってるの、お母さま？」

「リ、リマ、お片付けは終わったのですか？」

「ううん、でもリマ、呼ばれたから来たの」

「誰も、あなたを呼んではいないわ」

「嘘、今、リマのお話してたでしょ？　このおじさんがリマのお名前呼んでたもん」

「え？　呼んでなんていな……、ああ、リマ症候群のことか。それはリマちゃんの名前じゃなくて地名だから、君には関係ないよ」

意味がわからないのか、ぼーっとしている少女の頭を、ひっつめ髪がやさしく撫でた。

「リマ、大丈夫ですよ。眠くなってしまったのでしょう？　この子をここで休ませますから、申し訳ございませんが、隣の部屋でお待ちいただけますか」

頭を下げて、退室を促すひっつめ髪に、寝かせたらすぐに自分のところへ来るよう囁き、男は寝台が並んだ部屋を出た。

6

ひっつめ髪が言っていたとおり、暖炉のすぐそばに男のための寝床が用意されていた。それを見た瞬間、疲れがどっと押し寄せ、横になりたい衝動に駆られたが、監禁じじいを始末するのが先だ。

足音を殺して近づき、引き戸を少しだけ開けて台所を覗き見ると、割れた窓はベニヤ板やダンボール、ブルーシートなどで塞がれていたが、床は溶けた雪で水浸しの上、ガラスの破片が散乱しており、それらをボブカットとツインテールが必死に拭き清めていた。老人の姿は見えないが、台所の床の開閉式のハッチが開いて、中から灯《あか》りが漏れている。あそこが雪が吹き込んだと言っていた地下室で、おそらく老人はそこの片付けをしているのだろう。

まだ時間がかかりそうだとふんだ男は暖炉のあるリビングに戻って引き出しや戸棚を次々と開け、老人の身元がわかるものを探す。物が少ないため、隠し場所も多くはないのだが、老人の名前が記載された運転免許証や健康保険証などはどこにも見当たらなかった。戸棚の中にこへ来てすぐに見つけた女物のバッグがあったけれど、三人の女のいずれかのもので、老人の所有物が入っているとは思えない。だが念のためにと、そのバッグを開き、検めてみると、中のポケットから生徒手帳が出てきた。

『羊ヶ丘女学院　2年A組　白鳥《しらとり》美月《みづき》』

羊ヶ丘女学院って、確か……。

気配に驚き、顔を上げる。バケツを手に台所から出て来たボブカットが、男の手元にあるバッグと生徒手帳を凝視していた。なにも言わず、台所へ引き返そうとする女に駆け寄り、手で口を塞ぐ。そのまま抱え上げた女を暖炉のそばの布団の上に組み伏せ、耳元で囁いた。

「騒ぐな。黙って聞いてくれ。あのじじい、あんたら以外にも女をさらってきている。羊ヶ丘女学院って、さっきラジオで聞いた校名だ。高校のそばの路上で女子高生を連れ去ったのは、あのじいさんだったんだ」

男の手で口を塞がれたボブカットが怯えた目を見開く。

「間違いない。ここに確かな証拠がある。あんただって、あのじじいに拉致されて、無理やりここに連れてこられたんだろ？　あいつがここに女子高生を連れ込むのを見なかったか？」

組み敷かれた女は泣きそうな顔で首を左右に振った。

「きっとどこかにいるはずだ。じじいは今、地下にいるんだな？　あいつ、今、なにか武器になるようなものを持ってるか？」

もがく女の目がなにかを訴えるように揺れる。絶対に大声を出さないと約束させ、男は口を塞いでいた手を外した。

「あんた、名前は？」

「え、恵利香《えりか》」

「いいな、恵利香、騒ぐなよ。騒いだら痛い目に遭うぞ」

恵利香と名乗った女は、小刻みに何度もうなずき、「ほ、包丁を」と声を震わせる。

「さっき研いでいた包丁か」と男は舌打ちし、どうにかして取り上げてこいと女に命じる。

「あんたならじじいを油断させられる。ここにいる全員、その包丁でいつじじいに刺し殺されてもおかしくないんだぞ」

「そ、そんなこと、するわけない」

「なに言ってんだ、あんたもストックホルム症候群かよ。あれは、めちゃくちゃヤバいじじいなんだって。四人もの幼女を誘拐監禁した事件の犯人、大路一浩にそっくりなんだぞ。たぶんあいつは、監禁王子の父親だ。親父も一緒に捕まったが、すでに出所しているはずだし、父親なら年齢的にもぴったりだ」

男の言葉が、組み敷いたボブカットの顔から表情を奪っていく。

「信じられないことに、その父親も事件のあった団地で一緒に暮らしてたんだ。息子と息子がさらってきた四人の女の子と。息子に暴力を振るわれるのが怖くて、二十年近くも彼女たちを見殺しにしてきた、とんでもない親父が、あのじじいだ。あいつ、出所後、息子と同じように女をさらって監禁して……、いや、待てよ、もしかすると……」

　表情が抜け落ちたようなボブカットの顔に気づかず、男は少し考えたのち、声を潜めて続ける。

「……前の事件の犯人も本当は息子じゃなくて、親父のほうだったんじゃないか。自分の罪を全部息子におっかぶせて、また同じことを繰り返しているとしたら、あのじじいこそ、本物の悪魔……」

「あ、ありえない！」

　強い口調でボブカットが男の言葉を遮った。

「おい、デカい声出すなって。おまえらはあのじじいにそう思い込まされているだけだ。本当はここから逃げ出したかったのに、じじいが怖くてできなかったんだろ？」

「ち、違う、違う、違う」

　激しく首を振るボブカットに舌打ちし、男は早く包丁を取り上げてこいと急かす。

「じじいが地下室から上がってくる前に武装しておかないと、こっちが殺《や》られるぞ」

「そ、そんなはずない」

「おまえもわからない女だな。神と対話できるんだったら、訊いてみろよ、じじいがどんなに危険なヤツか」

「き、危険なのは、あ、あなただ」

「なんでだよ？　言ったろ、女子高生をさらってきたのは、自分じゃなくてじじいだって」

「だ、だったら、あなたは？　な、なにをして逃げて来たの？」

ボブカットの言葉に、男は顔を強張らせる。彼をじっと見つめ、ボブカットが口を開きかけたそのとき、台所のほうからギィ、ギィと鈍い音が聞こえてきた。

急いで壁の陰に走り、男は台所を覗く。ギィ、ギィと階段を踏み鳴らしながら、老人が地下室から上ってきた。むせるような臭気が鼻を衝く。そして姿を現した老人を見て、男は息をのんだ。老人の右手には包丁が握られ、その体は血で汚れていた。

あまりのことに一瞬、呆然と立ち尽くしたが、男はすぐに我に返り、このままでは殺られると武器を求めて部屋を見回す。暖炉のそばに立てかけてあった火かき棒を見つけ、それに手を伸ばした瞬間、男の体がぐらりと揺れた。疲れが限界に達しているようだ。しかし、背後から血なまぐさい臭いと足音が迫ってくる。乱暴に頭を振り、男は火かき棒をつかんで、老人のもとへと走る。血に染まった老人が男に気づいて血濡れの包丁を向けた。その頭頂目がけて、男は火かき棒を高く振り上げ——。

だが、それを振り下ろすことはできなかった。

腰の辺りにドンとなにかがぶつかり、男は前のめりに倒れる。

起き上がろうと膝を立てたが、突然、抗《あらが》いがたい睡魔に襲われ、男はその場に再び膝をつき、倒れた。

7

風の音が消えた。

ついさっきまで荒れ狂い窓を叩いていた風が凪《な》いだらしい。

目を開けたが、真っ暗でなにも見えない。

ここは、どこだ？

寒さにぶるりと身震いする。

もしかして、夢を見ていたのか？

自分はまだかすかな灯りを頼りに、雪の山道を登っていて、途中で力尽き、眠ってしまったのだろうか。

いや、寒さが身に染みるが、ここは屋外ではない。

外ならば、臭気がこんなふうに淀んで停滞していないはずだ。そしてこの胸が悪くなるような臭いには覚えがあった。

そう、これは夢ではない。

強く握り、振り上げた火かき棒の感触も、背後から腰になにかがぶつかってきた痛みも、体がはっきり覚えているのだから。

暗さに慣れてきた目が、天上にぽっかりと空いた長方形の穴を捉えた。

あれは、なんだ?

強風が、屋根の一部を破ったのか?

手を伸ばそうとしてはじめて、拘束されていることに気づいた。手も足も細い縄のようなもので縛られている。

ぼーっとしていた頭が一気に覚醒し、恐怖が男を現実に引き戻す。

あのじじいだ。監禁じじいが、女たちを使って自分を拘束させたに違いない。

せっかく助けてやろうとしたのに、あの女どもはどこまでバカなんだ。

いや、ストックホルム症候群を甘く見過ぎていたのかもしれない。

どうすれば、この状況から逃れられるか、男は脳をフル稼働させる。

頭のおかしいじじいに拘束されたのだから、死を覚悟せざるを得ない事態だが、まだ勝機はあると男は思う。ようは、あの女たちの使い方次第だ。

考えながら、どうにか拘束を解けないかと足掻《あが》いていると、天井の四角い穴から顔が覗いた。

「だ、誰だ?」

「お目覚めになったようですね?」

ポッとランプの灯りが点され、穴の中にひっつめ髪の顔が浮かび上がる。さっきあったはずの階段が外されているが、ここはおそらく台所の……。

「……地下室か？」

「いいえ、羊小屋でございます」

「羊小屋？」

意味がわからず、男は周囲を見回したが、どう見ても地下室だ。

「おまえ、どうして、こんなこと……を？」

つい罵ってしまったが、男は湧き上がる怒りをぐっとこらえて声を和らげ、尋ねる。

「そこに、じじ……いや、じいさんはいるのか？」

「いいえ、今はおりません」

ホッと息を吐き、男は懇願《こんがん》した。

「だったら、今すぐ手足の縄を解いて、ここから出してくれ」

「誠に申し訳ございませんが、それはいたしかねます」

「なんでだよ？ 助けてやるって言っただろ？ それに、あのじいさんがどれだけヤバいか説明しただろうが。あんたたちだって、いつ殺されてもおかしくないんだぞ」

「ご心配には及びません。先ほども申し上げましたが、それはあなた様の思い違いでございますから」

「だから、思い違ってるのはあんたらのほうなんだよ。他のふたりはどうした？ じじいと一緒か？」

「いいえ、こちらに控えております」

四角い穴からツインテールとボブカットも顔を覗かせる。

「あ、おまえ、さっき、腰に組み付いて転ばせたのは、おまえだろ？　あのときじじいの頭を叩き割っていたら、全員助かったのに余計なことを……」

ボブカットに苦言を呈したが、「あ、あの人は、わ、悪くない」と言い返された。

この期に及んでも、事態の深刻さを少しも理解していない女たちに、男は苛立つ。

「地下室から出て来たじじいが血まみれだったの、あんたも見ただろ!?　それに悪くないヤツが、女を痛めつけるか？　ツインテールの腕や太ももに無数の傷があるの、あれ、鞭で打たれた痕《あと》だろ？　他のふたりもやられてるんだろうが？」

ひっつめ髪とボブカットが揃って首を横に振る。

「嘘つくなよ。あのじじいが、ツインテールだけを痛めつけてるっていうのか？」

「アンだって、トト様にぶたれたりしてないよ」

「だから、嘘つくなって。この目で確かに見たんだ。だったらここで服脱いで見せてみろよ」

「鞭でぶたれた傷痕はあるよ。でも、やったのはトト様じゃないもの」

「はぁ？　おまえら、どうしてあのじじいをそこまで庇うんだよ？　さっき教えてやっただろ、監禁事件の被害者が犯人に好意を持ってしまう心理をストックホルム症候群って言うんだよ。おまえらがじじいの罪を認めないのは、まさにそれなんだ。冷静になって、じじいにされたことを思い返してみろって。あ、待て、思い返すのは僕をここから出してからだ。じじいが来る前に、早く……」

「ご安心ください。彼は外出いたしましたので、すぐには戻ってまいりません」

「外出？　それ、本当か」

男は安堵に胸を撫でおろした。

「あ、でも、雪は？」

「六時間ほど前にやみました」

「六時間も前に？　そんなに長く気を失っていたのか？」

意識を失った際のことを思い出し、男は違和感を覚えた。頭を打ったわけでもないのに、起き上がることができなかった。あのとき男が感じたのは、痛みよりも、猛烈な睡魔だ。

「薬……？　薬を盛ったのか？　誰が……」

ここに来てから男が口にしたのは、老人に供されたスープだけだ。

「あのやたらと美味いスープに睡眠薬が入っていたんだな？」

「なかなか寝ないからびっくりしたって、トト様が言ってた」

しれっと話すツインテールを睨みつけ、沸き上がる怒りに男の声が震える。

「あのじじい、やっぱり初めからこの僕を殺す気だったんだ」

「いいえ、決してそのようなことはございません。お休みになっていただこうとしただけで、殺めようなどという考えは微塵《みじん》もなかったはずでございます」

「だから、じじいを庇うなって言ってるだろ！　雪の山道を苦労して登ってようやくここへ辿り着いた客に、睡眠薬を飲ませる人間がどこにいる!?　じじいはおまえたちを監禁しているこの場所を誰にも知られたくなかったんだ。知ってしまった人間は僕と同じように薬を飲まされ、畑の肥料にされているに違いない」

「お怒りになるお気持ちはよくわかりますが、どうかお気を静めてくださいませ。彼が薬を飲ませたのは、自分のためではなく、わたくしどもを守るためだったのです」

「はぁ？　眠らせなければ、僕がおまえらに手を出すとでも？」

「わたくしどもの静かな暮らしを守るためにそのほうが良いと考えたのでしょう」

「賢いはずのあんたがどうしてこんなバカな真似をする？　あいつが監禁王子の父親だとわかっても、じじいを庇うのか？」

　ひっつめ髪だけでなく、他のふたりも口を噤《つぐ》んでしまった。男はそんな女たちに「なぁ」と呼びかけ、新たな提案をする。

「うまくやれば、金になるぞ。その方法を教えてやるから、あいつが帰ってくる前に、とにかく自由にしてくれ」

「な、縄を解いたら、また、こ、殺そうとする」

　首を横に振るボブカットに、じじいは殺さないと男は約束した。

「殺さず、生け捕りにする」

「い、生け捕り？」

「監禁じじいがあの監禁王子の父親だってわかったら、マスコミが飛びつくはずだ。いくらだってふっかけられる。正義の鉄槌を下すと同時に、こちらも一財産築ける」

「マスコミに売るとおっしゃるんですか!?」

「ああ、僕は転んでもただでは起きない男だ。うまくやれば、あんたらもいい思いができる。だが僕が金を得るのは私利私欲にかられてのことではない。社会のゴミを一掃するための軍資金を……」

「どれほどの大金を手に入れようとも、いい思いなどできるはずないではありませんか！」

突然、感情的に声を荒らげたひっつめ髪を、男はポカンと口を開けて見た。

「なにを怒ってるんだ？　あんたらは被害者なんだから堂々としていればいいんだよ、マスコミに叩かれるのは、監禁犯のじじいだけなんだから」

「本当にそうお考えなのだとしたら、失礼ながら、浅はか過ぎます」

「浅はか、だと？」

「加害者だけが叩かれるとお考えなら、あなたはなにもわかっていない。被害者だってマスコミに叩かれ、殺されるんです。マスコミだけではなく、興味本位に事件にかかわろうとする心ない人たちにも」

「なに大げさなことを言ってるんだ。なんであんたにそんなことがわかるんだよ？　マスコミに売るのはこれからなのに。ああ、もうそんな話してる場合じゃない。じじいが帰ってくる前に、早く縄を解いてくれ」

「まだ帰ってこないよ」

「適当なこと言うなよ、アン。じじいは割れた窓をなおすために、ホームセンターかどっか行ったただけだろ？　買い物が済んだら、すぐに戻ってくるに違いない。今すぐ僕を自由にしろ！」

「どうしてそんなに慌てていらっしゃるんですか？　手足を拘束された状態でそんなに暴れると、お怪我をなさいますよ」

「だったら、とっとと外せよ！」

「監禁される者の気持ちがおわかりになったのではございませんか？」

「は？」

「もしかしたら、わたくしたちに好意を持ってくださったのではないかと思いまして」

「この状況で、なに言ってんだ、あんた？」

「あら？　でもそれが、ストックホルム症候群なのではございませんの？　そう教えてくださったのは、あなた様ですよね？」

「なんなんだよ、これ？　なにかの実験のつもりか？　ふざけてる場合じゃないだろ」

「誰もふざけてなどおりませんわ」

「ストックホルム症候群っていうのは、おまえらがじじいを庇う感情を言うんだよ」

「いいえ、それはストックホルム症候群ではございません。何度も申し上げておりますが、わたくしどもは大路靖男《やすお》に拉致も誘拐も監禁もされておりませんから。」

「あんた、今、大路靖男って言ったな？　それ、確か、大路一浩の父親の名前だよな？」

「はい、さようでございます」

「じじいの名前知ってるってことは、前からわかってたのか？　あいつが監禁王子の父親だって」

ランプの薄明かりに照らされた三つの顔が同時にうなずく様は、男の目にとても薄気味悪く映った。

「だったら、どうしてそんな男と一緒にここへ？　あ……、あんたらも、監禁王子の身内なのか？」

「身内といえば、身内のようなものかもしれません。長い間ずっと近くにおりましたから」

「カミーラさん、それ、お話しちゃっていいの？」

「ええ、いいのよ、アン・マリー」

男はハッとして、ひっつめ髪とツインテールの顔を交互に見た。

「え？　え？　カミーラ？　アン・マリー？　って、嘘だろ、あんたたち、もしかして、あの塔の監禁事件の被害者なのか？」

あの事件の被害者たちは、監禁王子によって与えられた名前で互いに呼び合っていた。

カミーラ、ヨハンナ、イーダ、アン・マリー。

「じゃあ、ボブカットが、イーダ、か？」

そうだ、確かイーダの本名は、飯田《いいだ》恵梨香だったはずだ。恵利香と名乗ったときに、どうして気づかなかったのだろう。その前にツインテールが「アン」と呼ばれていたというのに……。

いや、気づかなくて当然だ。あの事件の被害者たちが、監禁王子の父親に再び監禁されているなどと、いったい誰が思うだろうか。

「ちょっと待て、大路靖男は出所後、あんたら三人を捜し出し、再び監禁したってことか？　だったら、僕の推理は、やっぱり当たっていたんじゃないか。塔の監禁事件の真犯人は、大路一浩ではなく、父親の大路靖男だったってことだろ？」

四角い穴の上で三人の女は顔を見合わせ、かすかに苦笑したように見えた。

「そんなわけないじゃん。アンたち、爺に拉致も監禁もされてないって、カミーラさんが何回も言ったのに、聞いてなかったの？　アンより頭悪いなら、どうして……？」

「うるさい！　じじいに監禁されたんじゃないなら、どうして……？」

「逆なんです」

「逆？」

「爺がわたくしたちを監禁したのではなく、わ、わ、わたくしたちが、爺を監禁、し、し、したのです」

8

一瞬、意味がわからず、少し遅れて男は「はぁ？」と素《す》っ頓狂《とんきょう》な声を上げた。

「監禁犯は爺ではなく、わたくしたち三人のほうなのでございます」

呆気にとられ口を開けたままの男に、カミーラこと神居《かみい》蘭子《らんこ》は話し始める。

「お察しのとおり、わたくしたち三人は塔の監禁事件の被害者です。幼いころに大路一浩によって拉致監禁され、うぐいす団地五〇一号室を塔だと、そして監禁犯である大路一浩を塔に幽閉された不遇の王子だと思い込まされ、二十年近い歳月を彼に仕え、生きてきたのでございます」

「本当にあのカミーラなんだな？　まさか、こんなところで本人に会えるなんて思ってもみなかった。自分は塔の監禁事件に詳しいって言っただろ。子供のころ、住んでたんだよ、あんたらが監禁されていたうぐいす団地に」

「そうでございましたか。それは数奇なご縁でございますわね」

「驚いたな、大路靖男を監禁したのはあんたらだったなんて。どうして、そんなことをした？　あ、いや、わからないわけじゃないんだ。あのじいさんが本当は主犯だったんだろ？」

「いいえ」

「だったら、どうして？　いや、だとしても、じじいは自分が暴力振るわれるのを恐れて、息子があんたらを監禁しているのを見て見ぬふりしてたんだもんな。人の道に反した腐った親父だよ。あいつが正義を貫いてさえいれば、あんたらは犠牲にならずに済んだんだから。自分はあんたらの味方だ。だから大路靖男に鉄槌を下すのを手伝わせてくれないか。外出したなんて嘘なんだろう？　じいさんはどこにいる？」

「鉄槌を下すのがお好きなんですのね？　あなた様には関係のないことですのに」

「好きなわけじゃない。でも誰かが正義の鉄槌を下さなければ世の中が乱れる、だから、やってるだけだよ。この件に関しては、じいさんを何万回殺しても正義はあんたたちにある。人生をめちゃくちゃに狂わされたんだからな。特にカミーラさんはいいとこのお嬢様だったんだろ？　地元じゃ名士って呼ばれる立派な家のさ」

「どうしてご存じなのですか？」

「監禁王子をネットで晒《さら》すために、どんな女を監禁していたのか被害者のことも調べたからな。主にネット情報だけど。確か、五歳で神童と呼ばれたってネットの掲示板に書いてあったよ。そんな娘が二十年ぶりに無事に帰ってきたんだから、家族は喜んだだろう？」

「ええ、父も母も兄妹も祖父母も、わたくしのことを考えない日は一日たりともなかったと涙を流し、それはそれは喜んであたたかく迎え入れてくれました」

「だよな、赤ん坊が成人するまでの途方もなく長い時間、自由を奪われていたんだもんな。でも、それだけ長く監禁されていたんなら、逃げられるチャンスはあったんじゃないの？」

　ふーっと大きなため息をついたのち、カミーラは口を開く。

「解放されてから今日まで七年の間に、同じ質問を何度もされましたが、なぜ逃げられなかったのかわたくしたちの心情は、どう言葉を尽くしてもご理解いただけないと思います」

　強い口調に非難めいたものを感じ、男は訝《いぶか》しむ。

「なんか怒ってる？　頭のいいあんたなら、もっと早く脱出できたんじゃないかと思っただけなんだけど」

「いいえ、怒ってなどおりません。お酒に酔って『監禁王子にどんなことをされたんだい？』などと露骨に訊いてくる方よりはまだマシですから」

「わかる。どこにでもいるんだよ、非常識なこと言ったりやったりする社会のゴミどもが。よりよい社会をつくるためにそういうヤツらを排除していかないと。もちろん、監禁犯や人殺し、それから、なにひとつ生産しないくせに税金にたかる蛆虫《うじむし》どもも」

「でしたら、わたくしたちも排除されてしまいますわね」

「は？　どうして、あんたらが？」

「わたくしどもも人殺しですから」

監禁されていた女たちが大路一浩を殺したことを、男は思い出す。

「ああ、あれは違う。監禁され、洗脳された上での殺人なんだから、あんたらのせいじゃない。監禁王子の自業自得だ」

「裁判でも罪には問われませんでしたが、事情があったとはいえ、わたくしが人を殺めてしまったことは紛れもない事実です。どなたかが実家の屋敷の壁に『人殺し』と落書きしていかれましたけれど、それもいたしかたのないことでございます」

「いや、それ、酷《ひど》すぎるだろ」

「狭い田舎町でしたから、人を殺した人間がすぐそばにいるのは、それだけで恐ろしく、耐えがたいことだったのでございましょう」

「日本人は不寛容だからな。自分の群れやルールから外れた異端者を許せないんだ。たとえはみ出したくてはみ出したわけじゃなくても、叩かないと気が済まない」

「おっしゃるとおりなのかもしれません。そのうち、ネット上にわたくしが殺人に至ったのは、幼少期の家族関係に問題があったからだなどと、家族まで非難されるようになってしまいましたから」

「あー、そういえば、読んだ気がする。父親と兄貴から性的虐待を受けていた、とかって」

「父も兄も決してそのような人間ではございません。それは、事実無根の誹謗中傷です」

「……あ、そうなんだ。そうじゃないかとは思ってた……けど」

その情報をネットで拡散したことを男は思い出したが、唇を噛み、怒りに震えるカミーラには言わずにおいた。

「ほとんどがその手のデタラメな嘘の情報でしたが、中には本当のこともあって……」

当時、蘭子の祖父が複数の女性と不適切な関係にあったことや、「おまえが目を離したせいで蘭子が誘拐された」と祖母に責められた母が精神を病んでしまったことなどが、面白おかしく書き立てられ、それらは代々続く家業にも少なからず影響を及ぼしたらしい。

なまじ金も名誉もある家だったから叩かれやすかったのだろうと、男は思う。

「そうした騒ぎのせいで、兄嫁が心労から流産し、申し分のないお相手と決まりかけていた妹の縁談は一方的に破棄されました。家族が疲弊《ひへい》していく中、祖母がボソッとつぶやいたのです。『蘭子さえ帰ってこなければ』と。その翌日、わたくしは家を出ました」

「そんな家は出て正解だ。どんなときでも家族は助け合わなければならないのに、それを放棄するような家族は家族じゃない。それに、正しいとは言い難い家族の在り方が、実際に、幼いころの君に悪い影響を与えていたんだと、僕は思うよ」

肯定してやったのに、カミーラはなぜか一瞬眉を吊り上げ、ものすごい形相で男を見た。すぐにあきらめたように視線を逸らしたが、気になった男は思わずおもねるようなことを言ってしまう。

「あ、でも、あれだ、あのバカ親よりはマシだ。ほら、娘に露出度の高い服を着せていた。子供にあんなポルノみたいな格好させせたら、誘拐されても自業自得としか……」

「そ、それは、うちの、は、母のこと？」

感情のない冷めた声とともに、イーダこと飯田恵利香の凍てつくような視線が男を捉えた。思わず自分自身に小さく舌打ちしたが、間違ったことは言っていないと男は開き直る。

「ほら、あんたがそうやってどもっちゃうのだって、子供のころの環境が影響してるんじゃないの？」

うまく喋れなくなったのは、塔に連れてこられてからだと、イーダは静かに答えた。

「は、母はとても優しい人で、よ、洋裁が得意で、わ、私のために、は、花柄やフリルのついたか、可愛い服をた、たくさん作ってくれた」

母は娘に可愛らしい服を着せることを好んだが、恵利香はアニメのキャラクターが着ていた服をねだり、おへそが見えるミニスカートのドレスを作ってもらったという。それを着た六歳の恵利香の写真が、おそらく悪意を持って誰かに投稿され、親がこんな格好をさせていたから誘拐犯を刺激したのだと、母親が叩かれることになったらしい。

「む、娘をさらわれたは、母親に、ど、どうしてそんなことができるのか、理解できないけど」

彼女のたどたどしい口調が自分を責めているようで、確かに叩きはしたが、写真を投稿したのは自分ではないと、男は話し続けるイーダから顔を背ける。

　イーダの母が探偵を雇って捜してくれたおかげで娘たちは救出され、誰よりも母がそれを喜んだのだが、生還後も度重なるフラッシュバックやパニック発作に苦しむ娘の姿を見るたび母は自分を責め、当時中学生だった弟がいじめに遭って不登校から家庭内暴力に至ったこともすべて自分のせいだと背負い込んだという。

「お、弟のいじめは、母のせいなんかじゃない。全部、わ、わ、私のせいだったのに……」

　微妙な年頃の中学生にとって、姉が塔の監禁事件の被害者だという事実は、それだけで格好のいじめのネタになったのだ。

　母は子供たちのために可能な限りの努力をしてくれていたが、責任感の強さゆえに追い詰められ、自宅で縊死《いし》してしまったと、イーダはつっかえながら、淡々と話した。

　そのころ、イーダはフラッシュバックの治療に当たった研修医と恋仲になり、結婚話にまで発展したが、結局、彼の両親に猛反対され、破談になってしまった。

　母親が自ら命を絶ったのは、イーダがその事実を伝えた数時間後だったそうだ。

「……あんたの神様は、なにしてたんだよ？」

　顔を背けたままつぶやく男に、イーダは逆に尋ねた。神は本当にいるのか、と。

「はぁ？　だって、おまえ、神と話ができるって」

「こ、声が聞こえることがある。で、でも、わからない。それが、か、神の声か、じゃ、邪悪な存在の囁きか、あるいは……、私が、く、狂っているのか……」

驚いてイーダを見たが、彼女は男に答えを求めていたわけではないらしく、唐突に話題を変えた。

「こ、殺そうと、思った」

「はぁ？」

爺こと大路靖男が出所したことを知り、彼を殺そうと思ったと、イーダは語る。

殺さなければ、母に申し訳が立たない、と。

カミーラから連絡があったのは、どうすれば大路靖男の居場所を突き止めることができるか頭を悩ませていたときだったという。

家を出たカミーラは、つらい思いをしているのは自分だけではないかもしれないと、他の三人のことを調べたそうだ。

「ネットで検索をかけたら、幼いリマの写真が投稿されていて驚き、胸が痛みました。すぐに弁護士を介して、彼女たちと連絡をとったのでございます」

カミーラの言葉に当時を思い出したのか、アン・マリーこと安藤真理《あんどうまり》は鼻を啜《すす》り上げた。

「カミーラさんとイーダさんが助けてくれなかったら、アンもリマもたぶん死んじゃってたと思う」

七年前、監禁を解かれたアンは、リマを連れて母親のもとへ帰ったが、シングルマザーだった母は、娘よりも若い男と同棲していたらしい。

「その人が、リマの写真を勝手にアップしちゃったの。監禁王子の娘、ウケるって」

写真は瞬《またた》く間に拡散して大きな話題となり、アンとリマは見ず知らずの人たちに追い回された。やむなく母親の家を出て仕事を探すも、小学校すら出ていないアンの働き口は限られ、結局、風俗店で働くしかなかった。店はアンが塔の監禁事件の被害者であることを売りにして客を呼ぼうとし、リマを育てるため、アンは必死に働いたが、そんな仕事のせいでPTSDによるめまいがひどくなり、起き上がることさえできなくなって、最後はリマを連れてシェルターを転々としていたそうだ。

せっかく生きて戻れたのに、汚らわしい生き方しかできない、憐れな女だと、男は思う。

ネットで娘の写真を見たとき、監禁王子の娘は犯罪者になるに違いないのだから、社会のために、悪魔の血を今のうちに根絶やしにすべきだと投稿し、炎上したことを思い出したが、もちろん黙ったまま、男はカミーラの話に耳を傾ける。

「わたくしたちは会って、近況を報告し合いました。そしてイーダの話に心を痛め、アン・マリーとわたくしも爺に復讐することに同意したのです」

大路靖男の所在を調べさせることは、金さえ用意できれば難しいことではなかった。

古い友人のアパートでやっかいになっていた大路靖男を呼び出すと、信じられないことに彼は素直に応じ、三人はこの小屋へ連れてきて、彼を監禁したという。

「今のあなたと同じように手足を拘束し、塔の監禁を解かれてもなお、わたくしたちの苦しみは続いていると話して聞かせました。イーダのお母様を殺めたのもあなたの息子だと訴えると、大路靖男は声を殺して泣きながら、すべて自分のせいだと何度も何度も繰り返し詫び続け……」

その悲痛な泣き声は女たちの胸を揺さぶりはしたが、だからといって許す気には到底なれず、三人は大路靖男を責めたそうだ。

「唯一彼を止められる存在だったあなたが、なぜ見て見ぬふりをし、わたくしたちに救いの手を差し伸べてくれなかったのかと問い詰めると、爺は震える声で話し始めたのです」

大路一浩が一番最初の被害者、カミーラを誘拐してきたとき、靖男は驚愕《きょうがく》し、すぐに子供を帰してくるよう説得した。だが、一浩は聞く耳を持たず、しつこく食い下がる父親にキレて、口が利けなくなるまで暴力を振るったという。

それでも靖男はあきらめず、一浩が眠っている間に少女を連れ出し、警察に届けようとしたが、少女の足は手錠でパイプベッドにつながれていた。やむなく警察に電話しようとしたところ、それに気づいた一浩が包丁で電話線を叩き切り、その包丁を靖男の足に突き刺し、動けなくしてから気を失うまで殴り続けたらしい。殴られて鼓膜が破れ、靖男は片耳が聞こえなくなったが、歩けるまでに回復すると、出勤すると見せかけ交番に立ち寄った。もちろん事情を話し、少女を保護してもらうためだが、警官はパトロール中で不在だった。代わりにそこに現れたのは、あとをつけてきた一浩で、靖男はまたひどい暴行を受けたそうだ。

繰り返し暴力に晒されるうち、心が折れてしまったのか、少女が泣いても靖男の感情は動かなくなった。目の前で起こっていることなのに、そこにはスクリーンの中の出来事のような距離感があり、現実として受け止めることができず、正常な判断を失った靖男の心は感じること、考えることを拒否し、ただ職場に行って仕事をし淡々と日々をやり過ごすようになってしまった。

あのころの自分はどうかしていた、自分の弱さがあなたがたから二十年という貴重な時間を奪ってしまい、取り返しがつかないと、大路靖男は床に額をこすりつけて詫びたという。

「ボロボロと涙を流すその姿から彼の苦しみがひしひしと伝わってきて、わたくしもアンも同情を禁じ得なくなり、一緒に涙を流したのでございます」

ただひとり、イーダだけは用意をしたナイフを大路靖男に向けた。そんな彼女に、靖男は必死に懇願したという。

『こんなことで償えるとは露《つゆ》ほども思っていないが、あなたがたの気持ちがほんの少しでも晴れるなら、お母さんのご供養のためにも、どうか私を殺してください』と。

あの目は本気だったと、イーダは振り返る。死をもって詫びようとする靖男の姿を見て、爺は自分たちにとって憎むべき加害者であるけれど、同時に自分たちと同じ被害者でもあったことに気づいた、と。

爺は拘束を解いても決して逃げず、女たちのために畑を耕して食料をつくり、身を粉にして働いたそうだ。田舎育ちの爺は作物を育てることに長《た》けていて、自然が豊かなこの土地での生活は自分たちの心をも慰め、救いになったと、カミーラは話す。

「結局、じじいに共感しちまったってことだろ。それこそが、リマ症候群じゃねぇか」

どこか得意げに語る男に、カミーラが応じる。

「そうなのかもしれません。ですが、うぐいす団地五〇一号室で暮らしたわたくしたちだけにしかわからないことがあるのです。あのとき、確かにあの部屋は塔で、なにもかもが狂っていた。わたくしたちも、そして爺も、心を殺さなければ、あそこでは生きていけなかったのでございます」

切々としたカミーラの言葉が、静けさを一層深くした気がした。

9

「ちょ、ちょっと待ってくれ。なんかじいさんはいい人みたいにまとめようとしてるけど、女子高生をさらってきたのはあいつだぞ。さっき血まみれで地下室から出て来たし」

慌てて訴える男に、カミーラがきっぱりと言い切る。

「いいえ、爺ではございません」

「いや、でも、暖炉の部屋の戸棚に、羊ヶ丘女学院の女子高生のバッグが……」

「あなたはさきほどすでに正解を口にされていたではありませんか。その女子高生をさらってきたのは、大路靖男でも、あなたでもなく……」

「え……？　監キング？」

「さようでございます」

「ちょっと待て、監キングまでここにいるのか？」

「わたくしたちがここに住むことを決めた理由のひとつが、彼の両親が受け入れ態勢を整えるため、羊ヶ丘に家を購入したという情報をつかんだからなのです。彼はまた同じことをするに違いないと考えておりましたから」

「なんで監キングはさらった女子高生をここに連れて来た？　監禁が目的だったんだろ？」

「ここを監禁場所として提供すると、爺が彼に伝えたからですわ」

「あのじじいが？」

「崇拝する監禁王子の父親ですから、彼も喜んで爺の接触に応じ、実は自分も監禁に興じていたのだという作り話をやすやすと信じてくれました」

「それで、女子高生をここへ？　それで、どうしたんだ？　ふたりは、どこにいる？」

「女子高生のお嬢さんには、もちろんすぐにお帰りいただきました。ここにいらっしゃる途中で彼女を乗せた車とすれ違いませんでしたか？」

「いや……、女子高生を助けたのか？」

「彼女は車に乗せられた直後に薬品を嗅がされ眠ったままここへ連れて来られましたから、なにも覚えていないはずですわ。わたくしとしたことが彼女のバッグをうっかり車に乗せ忘れてしまいまして、拾ったことにしてあとで届けて差し上げようと思っていたのですが、今回のことで断念いたしました。万が一調べられてあなたの指紋が検出されたりすると、面倒なことになりますから」

「意味が分からない。女だけ帰して、監キングはどうした？　どこにいるんだ？」

「そこ」と、アンが無邪気に地下室を指差す。

「えっ!?」

アンがまっすぐに男を指差していたので、ぎょっとして後ろを振り向き、暗闇に目を凝らしたが、なにも見えない。

「違う違う、そこだってば」

「だから暗くて見えないんだよ！　本当にここにいるのか。人の気配なんて少しも……」

「彼はついさきほどまで、そこに……、その羊小屋にいたんです。今のあなたと同じように、わたくしどもとこうして話をしておりました」

「それで、どうしたんだ？　殺した……のか？」

「あなたがおっしゃるところの、正義の鉄槌を下しました」

男は恐る恐る背後を振り返る。胸が悪くなるような臭いの正体は、死体だったのか。

「手伝うよ」

「手伝う？　なにをでございますか？」

「だから、あとの処理を。あんたたちがやったことは正義だと思うから」

「ありがとうございます。ですが、彼が乗ってきた高級外車は雪がひどくなる前に崖下に落としてまいりましたし……、あら、もしかすると、そのせいで土砂崩れが起きた可能性もあるのでしょうか？　だといたしましたら、ご迷惑をおかけしてしまい、誠に申し訳ございませんでした」

「じゃあ、死体も車と一緒に処理したんだね？　どのあたり？　自分の車も心配だし、今から行って、見てくるよ」

「あなた様はさきほど嘘をつかれましたよね？　嘘がお嫌いだとおっしゃっていたのに」

「え？」

「監キングが親から買ってもらった高級外車は、あなたがこちらへいらっしゃるずいぶん前から、羊山にあったのです。彼の屋敷を見に行ったのは本当なのでしょうが、それは今日のことではないはずですわね」

「……ほら、あのときは、疑いを晴らさなきゃいけなかったから、仕方なく」

「では、本当はどのようなご用向きでこちらにいらっしゃったのですか？」

「それは……、それを説明するために車へ行かせてもらえないか。すぐに戻ってくるから」

「なぜお車へ行く必要があるのでしょう？」

「だから、忘れ物を取りにいくためだよ」

「忘れ物というのはあなたが結婚を前提に一緒に暮らしている女性のことですか？　彼女が亡くなったかどうかを確かめに行かれるということでしょうか？」

驚いて言葉を失う男に、カミーラは続ける。

「あなたの車にはすでに爺が行っております。彼もあなたがなにを取りに行こうとされていたのか気になっていたようですわ」

「……そ、それで？」

「やはり気になるんですのね。爺があなたの車へ到着したとき、すでにガソリンが切れてエンジンが止まり、凍えるような寒さの中、暖房も切れた状態だったそうでございます。あら？　どこかホッとしたようなお顔をされていませんこと？　まさかそんなはずありませんわよね。ご安心くださいさい、車内にいた女性はご無事だったそうです」

「え？」

「爺が到着する少し前にガソリンが切れたのでしょう。逆にエンジンが止まっていなければ、危険だったそうですわ。雪がマフラーのあたりまで積もっていたので、排ガスが車内に吸い込まれ、一酸化炭素中毒を起こす危険があったと、爺が申しておりました」

「彼女は、その……、なにか、言ってた？」

「ええ、意識もしっかりされていて、いろいろお話ししてくださったそうです。女子高生をさらったのはあなたではなかったけれど、ラジオのローカルニュースで流れたもう一つの事件、老人介護施設で高齢男性の点滴に消毒液を混入した疑惑の看護師が、あなただったんですね？」

男の口から思わず舌打ちが漏れた。

「あの女……」

「同じ手口ですでにもう三名もの高齢者の方を手にかけているとか」

「正義のためだ。なにも生み出さない老人を葬らなければこの国は駄目になる。姥捨《うばす》て山は正しい風習だ。僕はそれを復活させるために、正義の活動をしているんだ」

「まぁ、ご立派ですこと。でしたら、介護施設で連続不審死事件の犯人であることが露見したとき、逃げずにそう主張なされればよろしかったのに。車で迎えに来いと呼び出され、逃走につきあわされた交際相手の女性がお気の毒ですわ。あなたの壮大な計画を聞かされて驚き、自首を勧めて喧嘩になったあげく、吹雪の中、車内に置き去りにされてしまうなんて」

「置き去りにしたわけじゃない。外に出たら危険だから、助けを呼んで来ようと思ったんだ」

「それは失礼いたしました。ここに来てからそのようなお話は一度もされていなかったから、まったく気づきませんでしたわ。ですが、あなたが怪しいということには、初めから気づいておりましたのよ」

「は？　適当なこと言うな。僕のどこが怪しかったっていうんだ？」

「車が動かなくなって助けを呼ぼうと思ったのなら、山道を下って麓の町へ行くはずです。でも、あなたはあの吹雪の中、山を登っていらした。町へ帰れない理由があったからとしか考えられませんわ」

男は、はーっと大きく息を吐いた。

「……もう、どうでもいい。逃げも隠れもしないから、この縄を解いてくれ。痛くてたまらないんだ。いいだろ、どうせすぐに警察が来て捕まるんだし」

「ご安心ください。警察はここにはまいりません」

「え？　もしかして逃がしてくれるのか？　だったらなんでもするから、とりあえずこの縄を……」

「ご不便をおかけして申し訳ございませんが、事情がございまして、明日までそのままでお待ちいただきとう存じます」

「冗談じゃないよ、無理だって。なんのために、このままでいるんだよ」

「あなたは塔の監禁事件についてお詳しいようですから、わたくしたち三人の他にヨハンナという被害者がいたのをご存じなのではありませんか？」

「……ああ、確か、料理番の」

「ええ、そうでございます。類《たぐい》まれなる料理の腕を持つヨハンナだけは新しい生活に適応することができ、今もひつじ軒という実家の飲食店で腕を振るっているのです。彼女の料理を目当てに連日行列ができるほどの盛況ぶりだとか。そんな多忙なヨハンナもこちらに顔を見せることがあるのですが、あなたがここへいらっしゃる前に帰ったばかりで、所用により本日はもうこちらに来られないのでございます」

「そんなの関係ないだろ？　ヨハンナを待つ必要なんて……」

「いいえ、ございますとも。羊を料理できるのは、ヨハンナだけでございますから」

「は？」

「料理へのこだわりが人一倍強く、研究熱心な彼女は、ここでしか手に入らない食材にたいそうご執心で、あなた様がお気に召したスープもヨハンナがここの羊で作ったものでしたのよ」

「ここの羊って、羊なんてどこにもいな……、え？　ええ？　嘘だろ、まさか……、監キング？」

「嘘じゃないよ。さっきから、アンがそこだよって言ってたのに」

アンに指差された腹をおさえて、男は体を折り、胃の奥から逆流してきたものをその場にぶちまける。

「イーダが明日掃除をすると申しておりますから、どうぞお気になさらず、そのままで。では、これにて失礼いたします」

ハッチの蓋が閉められそうになり、男は嘔吐物にまみれながら慌てて懇願する。

「おい、閉めるな！　頼む、ここから出してくれ。俺はあんたらの役に立てる。羊が必要なら、なにも生み出せない、生きる意味も価値もないヤツらをいくらでも連れてきてやる。だから、助けてくれ。殺さないでくれ！」

ハッチを閉めようとしたカミーラが途中で手を止め、話に耳を傾けているのに気づいた男はなおも言い立てる。

「あんたたちの羊小屋を、僕の姥捨て山にしようと思う。どちらも世のため人のため国のためになる、称賛に値する正義の活動だ。だから、これからは一緒に正義のために……」

カミーラの上品な咳払いが、喋り続ける男を止めた。

「もしかしたらお役に立てるかもしれませんので、ひとつお伝えしてもよろしいですか？」

「あ、ああ、もちろんだ。なんでも言ってくれよ」

「リマ症候群についてご教示いただきましたでしょう。わたくし、あのお話をうかがって、実は少し心配しておりましたの。もしかしたら、あなた様に情が湧いてしまうのではないかしら、と。でも、リマ症候群は誰に対しても起こり得るものではなく、監禁される側の人間性に依るところが大きいのだと身をもって実感いたしましたわ。監キングのときもそうでしたけれど、こうしてあなた様の命乞いをうかがっていても、残念なことに、微塵《みじん》も共感できませんし、露《つゆ》ほども心を動かされませんもの」

ポカンと口を開けて見つめる男に、カミーラは言葉を継ぐ。

「犯罪心理学に興味がおありとのことでしたので、参考にしていただけましたら幸いです。あなた様にはまだストックホルム症候群を体感し得る可能性が残されているのでございますから、どうぞそちらで監禁の恐怖をじゅうにぶんにご堪能くださいませ。それでは……、ごきげんよう」

男の必死の哀願も虚しく、ハッチの蓋は音を立てて閉まり、地下室は暗闇に閉ざされた。

因果な羊

1

都市伝説の舞台となった廃洋館には、来るものを拒むような、それでいてどこか妖しく誘い込むような、不気味で不穏な空気が漂っていた。

「この洋館、十七年前のあの頃と少しも変わっていないわね。まるでここだけ時が止まっているみたい。一歩足を踏み入れたら、女子高生に戻れそうな気がしない？」

どこか陶然とした表情で洋館を見つめる真行寺《しんぎょうじ》の横顔に、黒瀬果歩子《くろせかほこ》は目を瞠《みは》る。

自分よりも二つ年上だから今年三十五歳になるはずなのに、その肌はまるで内側から光を放っているみたいに艶《つや》やかだ。

幸せなんだな、と、果歩子は思う。

そして、そう思った途端、心がざらつく。

この人はもう、ここで自分たちがしたことを忘れてしまったのだろうか――。

「それにしても、こんなかたちで黒瀬さんと再会できるなんて夢にも思わなかったわ。この物件をあなたの会社が管理していたなんて」

不動産会社に勤める果歩子の携帯に、高校の演劇部の先輩だった真行寺が電話をかけてきたのは数日前のことだ。

高校一年の秋に演劇部をやめて以来、没交渉だったので、誰から自分のことを聞いたのか十七年ぶりの連絡に驚いたが、それ以上に、果歩子を動揺させたのは、彼女の目的だった。

羊ヶ丘《ひつじがおか》の廃洋館を見せてほしくて、電話したの——。

高校時代を幸せな思い出のいっぱい詰まった青春と呼ぶ人は多いが、ここから徒歩で十五分とかからない場所に建つ羊ヶ丘女学院の生徒だった果歩子にとって、それは暗黒の時代だった。

この洋館と羊目の女のせいで。

それは真行寺にとっても同じだと思っていたのだが……。

二度と関わりたくなかったこの洋館をなんの因果か担当させられるハメになった果歩子は、仮病を使って今日の約束を反故《ほご》にできないかと直前まで考えていた。だがこの曰《いわ》く付き物件の案内を代行してくれる社員などいるはずもなく、結婚を前提につきあっていた恋人が事件を起こして行方をくらました今、果歩子は仕事を失うわけにもいかなかった。

それに、真行寺がなぜここを見たいと言ったのか、多少なりとも興味があった。

彼女に気づかれないよう小さく息を吐き、果歩子は鞄から鍵を取り出す。しかし、開錠しようとした門扉の錠前は、すでに壊され、外されていた。

「ああ、また」と、口から思わずため息が漏れる。

「あら、ひどいわね。いったい誰がこんなことを……？」

「さぁ……。少し前に来たときも壊されていて、取り替えたばかりなんですけどね」

羊目の女の噂が沈静化してここ七年くらいは門の鍵が壊されることなどなかったと聞いているが、最近また、そうまでして洋館に侵入したい人間が出てきているのだ。

沈鬱《ちんうつ》な思いで門扉を開くと、真行寺は躊躇《ためら》うことなく敷地内に入っていった。

荒れ果ててはいるが広い庭を見て歩く真行寺に、覚悟を決めて果歩子もついていく。

「先輩、ここの噂って、今でも女子高生の間で語り継がれているんですか？」

電話で真行寺は、母校の教師になったと話していた。

「噂って？」

「だから、ほら、羊目さんの……」

「ああ、ええ、そうね。昔ほどではないけれど、完全に消すことはできないわ。禁じようとすればするほど噂は広まるし、特にあの年頃の女の子たちは、その手の怖い話が大好きだから」

果歩子も高校に入ってすぐにこの洋館に纏《まつ》わる物語を耳にした。

かつてこの屋敷に住んでいた美人姉妹が殺し合ったこと、羊のような目をした女が何人もの男の足を切断し、地下の座敷牢に監禁していたこと、そんな凄惨《せいさん》な事件が単なる噂ではなく、実際に自分が通う学校のすぐ近くで起こったのだと知り、驚いた。

そして、その実話の最後には、たいていもうひとつ怪しげな話が付いてきた。

羊目の女は今も洋館に棲《す》み、生贄《いけにえ》を求めている。だから、六角形の部屋にひとりで入って殺してほしい相手の名を言い伝えどおりに三度唱えると、その誰かは一週間以内に足を切断され、殺される——と。

もちろん、最初は単なる都市伝説だと思い、信じてなどいなかった。だが、果歩子はあることにより、羊目の女の存在を身をもって実感することとなった。

面白半分で気に入らない人間の名前を唱えたら、大変なことになる。

それをこの洋館に忍び込んでくる人たちにわからせるには、どうすればいいのだろう。このままではまた悲劇が繰り返されてしまう。

少し先を歩いていた真行寺が、ふいに蔵の前で足を止めた。

その背中を見て果歩子は思う。真行寺なら生徒たちにそれを教えることができるではないか。彼女は教師なのだから。

いや、もしかしたら、真行寺は最初からそれが目的でここへ来たのかもしれない。

洋館に侵入しているのが羊ヶ丘女学院の生徒だという密告なり噂なりがあって、生徒を案じた彼女が教師としてここへ来ているなら、購入目的で来たと考えるより、よほど合点がいく。

売り上げにつながらないのは痛いし、それ以上にこの土地と建物を一刻も早く誰かに押し付け、関わりを断ちたいけれど、さすがに知り合いに売るのは気がひけた。

訊いてみようと口を開きかけたとき、真行寺がくるりと振り返った。

「こんなに広くて好立地なのに、どうして廃屋のままずっと放置されているのかしら?」

「先輩だから正直に話しますけど……」と前置きし、当然の疑問に、果歩子は答える。

「マンション建設の話もあったんですけど、建物を取り壊そうとする度に事故が起きて、ここで何人もの方が亡くなっているんです。お祓《はら》いをしてもらっても効果がなく、ついには工事を請け負ってくれる業者がいなくなってしまって……」

「そう。それは大変ね」と、どこかそっけない返事をした真行寺の目は、あらぬほうを向いている。視線を追って、蔵の扉に目を遣り、果歩子はぎょっとした。

どうやって壊したのか、門扉の錠前より大きな南京錠が外されている。蔵の中にまで何者かが侵入したのだ。

金目《かねめ》のものはすでに運び出されているから、泥棒ではないと思う。

蔵の奥には隠し扉があり、その扉は羊目の女が男の足を切断し監禁した地下の座敷牢につながっている。つまり、この蔵は敷地内で最も忌まわしい場所のひとつなのだ。

どうしてこんな気味の悪い場所が見たいのか微塵《みじん》も理解できないが、事件現場や心霊スポットに行きたがる輩《やから》は後を絶たない。

鍵が外されているのに気づいてしまった以上、中を確認しなければならないが、恐怖に足がすくんでしまう。

幸い、鍵が外されていることに真行寺は気づかなかったらしく、一瞥《いちべつ》しただけですぐにまた顔を戻した。

「暗くなってきたし、そろそろ洋館の中を見せてもらってもいいかしら？」

そう言って蔵の前を離れる真行寺の後を慌てて追いかけながら、蔵の扉の鍵については見なかったことにしようと果歩子は自分に言い聞かせた。

「先輩、ご結婚されたんですね」

洋館へと歩きながら、果歩子は気になっていたことを口にする。真行寺の左手の薬指には指輪が光っていた。

「おめでとうございます。私、演劇部を途中でやめてしまったし、卒業してから高校の友達とほとんど連絡をとっていないから、全然知らなくて」

正直なところ、意外だった。ここへ来て彼女の顔を見るまで、真行寺も自分と同じように幸せとは縁遠い暮らしをしているものと勝手に決めつけていた。

「ありがとう。主人は、あなたも知ってる人よ」

「え？」

すぐに頭に思い浮かんだ顔を慌てて打ち消す。しかし、友達づきあいの少ない果歩子にとって、真行寺と共通の知人男性なんて、たったひとりしか思い当たらない。

「まさか、芝辻《しばつじ》先生……？」

恐る恐る口にした名前を、すぐに「まさか」と否定され、果歩子の胸に安堵《あんど》と罪悪感が同時に広がる。

「ヒースって、覚えてない？　西高の」

「えっ!?　ヒースって、うちとの合同舞台で『嵐が丘』のヒースクリフを演じた、あの？」

「そうそう。私、彼と結婚したの」

意外すぎて言葉が出なかった。

当時、真行寺は演劇部顧問の若き男性教師、芝辻に夢中で、ヒースのことなど眼中になかったはずだ。直情的な彼女は自分の恋心を隠すことなく芝辻にぶつけてまとわりつき、お世辞にも美人とは言えない彼女のそんな行動は、他の部員たちの失笑を買っていた。

芝辻先生、かわいそう。部長は恋人気取りだけど、あれじゃ、まるでストーカーだよね、などと、同じ三年の英玲奈《えれな》たちに陰口を叩かれていたが、芝辻以外なにも見えていないような真行寺の耳にはおそらく届いていなかったのだろう。

部長に選ばれたのも人望があったからではなく、真面目な真行寺が面倒な雑務を押し付けられただけだったのだと思う。英玲奈は真行寺と異なり人気者で取り巻きが多く、演劇部で最も力を持つ影の部長のような存在だった。

英玲奈にうまく取り入れなかった果歩子もまた、真行寺と同じように、部内で浮いた存在だったけれど……。

「彼ね、役者になったのよ」

目をキラキラと輝かせ、真行寺は得意げに語る。

「え……、本当ですか？　すごい」

とは言ったものの、テレビや映画で目にしたことがないから、売れない俳優なのだろう。

しかし、あのとき彼が演じた『嵐が丘』の舞台は、今でも鮮明に思い出すことができる。普段は存在感などまるでない彼が、ひとたび舞台に立つと、なにかにとり憑《つ》かれたように豹変したのだ。「ヒース」とニックネームで呼んでいたので、名前すら思い出せないのに、ヒースクリフの刃物のような冷酷さと凄まじいまでの狂気の演技は、いまだに果歩子の脳裏に焼き付いて離れない。

同じ舞台でヒロインのキャサリンを演じたいと思っていたから、それが叶わず、なおさら強く心に残っているのかもしれない。キャサリン役を熱望していたのは部長の真行寺も同じだったので、それが彼との結婚につながったのだろうか。

「主人、実は今この近くにいるのよ」

「あ、そうなんですか？　お仕事かなにかで？」

「ええ、そんなところ」

幸せそうに笑うと目尻が下がって、真行寺の落ち窪んだ三白眼もそれほど気にならなくなるが、とはいえ美しいとは言い難い険のある顔だ。綺麗なのは肌だけなのに、と心の中で思わず毒づいてしまい、果歩子は自己嫌悪に陥る。

かつて同じことをしておきながら、彼女だけが幸せになるなんて理不尽だと思う自分がどこかにいるのだ。

ここで聞いた言葉が、心に蘇《よみがえ》る。

すべては、因果でつながっているのです——。

そう教えてくれたのは、天宮《あまみや》という名の霊能者だ。

果歩子がこの物件を担当することになったのは前任者が不慮の事故死を遂げ、営業部に異動になったためだった。

前任の彼だけでなく、社内で不幸がいくつも続き、この曰く付き物件との因果関係は説明できなかったもののやはり気味が悪くて、果歩子は除霊を依頼したのだ。

知人から紹介された天宮は、一見どこにでもいそうな地味目の中年女性だったけれど、普通の人には見えないものが見えていることが果歩子にもわかり、ぎょっとさせられた。

あのとき、天宮を案内したように、果歩子が開けた洋館のドアから、真行寺が玄関ロビーに足を踏み入れる。

暗く不気味な廊下を進みながら、「怖いわね」と彼女がつぶやいた。

初めて恐怖を口にした真行寺を、果歩子はハッとして見つめたが、彼女が指差したのは、所所朽ちて抜け落ちた廊下の床板だった。

「ここをこのままにしておくのは危険だわ。これじゃいつ大きな事故が起きてもおかしくないじゃない？」

「あ……、ええ、それはもちろん、老朽化した建物には倒壊の恐れだってあるし」

うなずいただけで、そのまま廊下を歩きだす真行寺の姿に、果歩子は戸惑う。

十七年前にここへ来たときは、真行寺もさすがにもっと怯えていたはずだ。

本当に彼女は、あの真行寺先輩だろうか——？

いや、かなり特徴的な顔立ちだし、別人などということは考えられないが、それでもそんな疑問が頭を過《よぎ》るほど、羊目の女の恐怖に対する自分との温度差に違和感を覚えた。

じっと見つめる果歩子の目の前で、真行寺はなんの躊躇いもなくあの部屋の扉を開ける。

六角形の部屋――だ。

部屋へ入っていく真行寺の背中に、霊能者、天宮の後ろ姿が重なった。

除霊前、果歩子はこの部屋についての情報をなにも与えていなかったのに、天宮はなにかに導かれるように、玄関から六角形の部屋へまっすぐに進み、そして、言ったのだ。

「ああ、ここは食堂、ですね」と。

炊事場から最も遠いこの部屋が食堂であるはずがなく、果歩子はすぐにそれを伝えた。

「かつてアトリエとして使われていた記録は残っていますが、ここは食堂では……」

首を横に振り、天宮は果歩子を遮《さえぎ》る。人様の、ではない、と。

「食堂というより、餌場ですね。よくないものが溜まりすぎている」

「え……？」

憎しみ、怨《うら》み、怒り、妬み、嫉《そね》み、僻み、蔑み、怖れ、執着、嫌悪、敵意、不信、絶望――ありとあらゆる負の感情がここに渦巻いており、この屋敷に棲《す》む悪霊はこれらを喰らって、生きながらえているのだと、天宮は言った。

彼女の言葉に、果歩子は狼狽《うろた》える。

六角形の部屋には誰かを殺してくれと願い、吐き出された人々の負の感情が、何十年分も目に見えない澱《おり》のように淀んで堆積していてもおかしくない。この部屋についてなにも話していないのに、それを言い当てた天宮にはそんなよくないものが見えているのだろう。

動揺する果歩子を振り返ったその目の奥に、憐れむような色があった。

天宮には見えていたのだ。この部屋に渦巻く負の感情の中に、果歩子が放った「嫉妬」が存在していることも。

だって、彼女は言ったのだから。

すべては、因果でつながっているのです——と。

「因果というと、不運な巡りあわせという意味で捉えられがちですが、因は『原因』、果は『結果』です。善い行いをすれば、必ず善い結果がもたらされ、悪い行いをすれば、悪の報いを受けることになる。よく自分は不幸だと嘆く方がいますが、それも自分が蒔いた種、すべて自分の行いの結果なのです」

この六角形の部屋で、誰かを殺してくれと悪意を吐き出した人間は、必ずその報いを受けると、天宮は果歩子に語って聞かせたのだ。

羊目の女が今なお生き続けているのは、果歩子のような人たちの悪因の結果だから。

「悪い行いをなかったことにはできないんでしょうか?」

思わず問うた果歩子に、彼女は毅然《きぜん》とした態度で断言した。

「できません」

「じゃあ、どうしたら……?」

「善因を積んでください。どんなに小さなことでもかまいませんから」

そう言って大きくうなずくと、天宮は香を焚き、除霊の準備を始めた。

塩や聖水を六角形の部屋の隅々にまで丁寧に撒き、天宮は経のようなものを唱える。儀式を開始してすぐに彼女の表情が険しくなり、部屋の空気が変わった。

戸口にいた果歩子も急に全身が重だるくなり、頭が締め付けられるように痛んで膝を折る。それに気づいた天宮は儀式を中断して果歩子に駆け寄り、瞳の奥を覗き込みながら経を唱えた。そして彼女がなにかを祓うような仕草をすると、頭の痛みは嘘のように消えた。

「あなたは、ここにいてはいけない」

果歩子の頭と体に塩を振りかけながら、天宮は敷地から出て外で待つように命じた。従おうとした果歩子を呼び止め、天宮は「気を強く持って」と、耳元で囁《ささや》いたのだ。

アレは、弱い心にとり憑きますから――。

2

今、その六角形の部屋の中心に、真行寺が立っている。

彼女の足元に、今もなお誰かが垂れ流した負の感情が渦巻いているのだろうか。

いくら目を凝らしても、果歩子にはなにも見えない。見えないけれど、自分が吐き出した嫉妬の感情は、今もここに留まっているような気がする。そして、それが怖くてたまらない。

やはり、この部屋は怖い。入ったばかりなのに、今すぐにでも飛び出し、逃げ帰りたいと心が叫んでいる。なのに、なぜ、真行寺はあんなにも平然としていられるのだろう。

「どうして、この洋館を見たいって電話をくれたんですか？　十七年も経った今になって」

ずっと疑問に思っていたことを、言葉にしてぶつけたが、「え？」と振り返った真行寺の顔に緊張感はない。

「なんでそんなに落ち着いていられるんです？　ここが怖くないんですか？　あんなことがあったのに……」

「あんなことって？」

「えっ!?　まさか忘れたわけじゃないですよね、十七年前のこと」

首を傾げる真行寺の姿に、果歩子は唖然とする。自分を苦しめ続けてきた過去の記憶は、この人にとって忘れてしまえるくらい軽い出来事だったのだろうか。

「先輩、私たち、十七年前の夜、ここへ来ましたよね？　この部屋に？　あのふたりを生贄にするために」

ただぼんやりとこちらを見つめている真行寺の反応に、背筋が寒くなる。

「冗談やめてください。忘れられるわけないでしょ、芝辻先生と英玲奈先輩のこと」

この部屋でその名を口にするのも恐ろしかったが、名前を耳にした瞬間、虚《うつ》ろだった真行寺の目の焦点が一気に定まったのが、果歩子にもわかった。

「芝辻先生と英玲奈」

「そうですよ、私、真行寺先輩に誘われたんですからね。『ねぇ、芝辻先生と英玲奈を羊目さんの生贄にしない？』って」

あれは、『嵐が丘』の配役を決める西高との合同舞台オーディションのときのことだ。ヒロインのキャサリン役に立候補したのは、真行寺と英玲奈、そして果歩子の三人だけだった。部員たちの前でキャサリンを演じ、誰を選ぶかは演出をつとめる顧問の芝辻に一任されていた。前年までは全部員の投票によって配役を決めたそうだが、演劇部員の多くが英玲奈の取り巻きだったので、その方法では彼女に票が集中してしまうと、真行寺が強引に変えさせたのだ。

正直、果歩子は思っていた。一年生ではあるけれど、自分が選ばれる可能性が高いと。

美人でスタイルのいい英玲奈には確かに華があったが、残念なことに学芸会レベルの稚拙《ちせつ》な演技力しか持ち合わせておらず、真行寺の芝居は英玲奈よりはマシだったけれど、その容姿が舞台映えするとは言い難かった。

その点、幼い頃から児童劇団に所属し、中学時代も演劇部で主役をつとめてきた果歩子は演技に自信があったし、すべてにおいてバランスがいいはずだった。

おめでたいことに、あの頃はまだ自分は女優になれると夢見ていて、この『嵐が丘』がひとつのきっかけになるような気がしていたのだ。

そして、なにより芝辻先生の演出で舞台に立ちたかった。

女しかいない世界で、若い芝辻の日焼けした笑顔からこぼれる白い歯はまぶしすぎた。

そう、果歩子も真行寺同様、彼に恋をしていた。しかし、真行寺のような一方通行の想いではなく、最初は友達同士みたいだった芝辻とのふざけあいが、やがて兄妹のようになり、最後には恋人のごとき親密な関係になって、お揃いのミサンガを肌身離さず身に着けるまでに至っていた。従姉が結婚式を挙げたモルディブでは指輪の交換の代わりにミサンガを互いにつけ合うと聞き、果歩子が自ら編んで贈ったのだ。

演技の個人レッスンにも喜んでつきあってくれ、果歩子を褒《ほ》めちぎる芝辻が、自分以外の誰かを主役に抜擢するわけがないと確信していた。

しかし、蓋を開けてみたら、芝辻がキャサリン役に選んだのは英玲奈だった。

ショックから立ち直れずに悶々としていた果歩子に近づき、真行寺は言ったのだ。

英玲奈と芝辻が部室で抱き合い、口づけを交わしていた、と。

「英玲奈が選ばれたのは、体を使って先生にしつこく迫り、誘惑したからよ。ふたりとも不潔で汚らわしい。絶対に許せないわ」

芝辻とはじゃれあっていただけで、キスはおろか抱きしめられたことすらなかった果歩子は、その事実にめまいを覚えるほどの激しい衝撃を受けた。

あのとき、どうして一時の激情に駆られ、たいして親しくもなかった真行寺とこの洋館へ来てしまったのかよくわからない。

わかるのは、自分がとても幼く浅はかだったということだけだ。

芝辻は誰からも好かれたい病とでもいうのだろうか、みんなにいい顔をしていて、男性に免疫のない女子校の生徒たちの中には、果歩子や真行寺のように勘違いしていた女子が他にもたくさんいたことがあとになってわかった。

「私は芝辻先生を生贄にするから、あなたは英玲奈の名前を三回唱えて」

真行寺が果歩子を誘ったのは、自分ひとりでふたりを生贄にすることができないと思ったからだ。

彼女に強要されて嫌々行ったわけではない。あのときは果歩子も頭に血が上っていて、自分がこれほど傷つけられたのだから、当然ふたりも罰を受けるべきだと思っていた。六角形の部屋で名前を三回唱えたからといって、羊目さんが本当に足を切断してくれるとは思っていなかったが、なんらかのよくないことがふたりに起こるのではないかと期待していた。

真行寺とふたり、夜の洋館に忍び込み、六角形の部屋で言い伝え通りに生贄を捧げた。当時もこの屋敷はひどく不気味だったけれど、怒りで熱くなっていたから、やりおおせたのだと思う。ただ、六角形の部屋で名前を唱えている間、風もないのにドアがひとりでに開いてなにかが入ってくる気配を感じ、そこからは恐怖に駆られ、急いで逃げ帰ったのだが……。

とはいえ、その後しばらく、芝辻と英玲奈になんの変化もなく、やはりただの都市伝説だったのかと果歩子が少しだけ残念に思いながら安堵を覚えたころ、部活終わりにふたりでいるところを部長の真行寺が目撃したのを最後に、芝辻と英玲奈は忽然《こつぜん》と姿を消した。

当初、芝辻が英玲奈をさらって逃げたのではないかと彼女の親が騒ぎ立てて問題になったが、英玲奈の気の強さやふたりの関係性を知っている演劇部員の間では、親に交際を反対され、ふたりで駆け落ちしたという見方が有力だった。

だが、なぜ『嵐が丘』の合同舞台を前にして消えたのかという謎は残り、もしかしたら、本当に羊目の女の生贄になってしまったのではと果歩子は秘かに不安を感じていた。

その不安が現実のこととなったのは、それから数日後のことだ。

羊ヶ丘を流れる川の下流で、英玲奈の遺体が見つかったのだ。

死因は溺死と発表されたが、時間が経ってしまっていたため、事件か事故か、あるいは自殺なのか、判断をつけることは難しいらしかった。

当然、一緒にいなくなった芝辻の関与が疑われた。しかし、彼の行方もわからないままだ。

英玲奈の死が、果歩子に与えた衝撃は大きかった。

足こそ切断されていなかったものの、自分たちがふたりを羊目さんの生贄に捧げてから一週間以内に亡くなったことは明らかで、とても無関係とは思えなかった。そう考えると、芝辻もまた死亡している可能性が高いのではないか。

動揺した果歩子が真行寺にそう伝えると、彼女は不吉なことを言うなとなぜか激怒した。

芝辻先生が死ぬわけがない、と。

自分から望んで彼を生贄にしたくせに、この人はまだ芝辻のことが好きでたまらないのかと、果歩子は呆れた記憶がある。

片や、英玲奈に対しては、亡くなって当然と、真行寺の物言いは辛辣《しんらつ》で、万が一自分たちのせいで英玲奈が生贄にされたのだとしても、彼女を殺したのは私たちではなく、羊目の女なのだから関係ないと言い切り、そこには罪悪感の欠片《かけら》も見受けられなかった。

そんな真行寺が怖くなり、果歩子は演劇部をやめ、残りの高校生活を羊目の女に怯えて過ごしたのだ。

すべては、因果でつながっている——。

人を殺すことは、悪因の最たるものと言えるだろう。直接手を下したわけではなくとも、彼らの死を望んでしまった果歩子の人生は、やはり高校卒業後も不幸続きでろくなことがなかった。

唯一幸せだったのは、不動産会社に入社後、一目惚れした先輩と交際できたことだが、結局、若い後輩に略奪され、彼らの結婚後は、精神状態がひどく不安定になり、毎日の出勤が地獄の苦しみだった。

ようやく立ち直り、介護施設の男性看護師と新たに交際を始めたものの、彼は患者の点滴に異物を混入させた連続不審死事件の犯人で、なにも知らないまま逃走を手伝わされたあげく雪山に車で置き去りにされ、果歩子は危うく死にかけた。あの大雪の日以来、男とは連絡がとれず、行方もわからない。

それらもすべて、ここでふたりの死を願った悪因の結果だと考えれば、確かにすべてがつながっている。

だが、同じ悪因を犯した真行寺は、当時よりもずっと幸せそうに見える。果歩子の知らない十七年間を、真行寺がどう生きてきたのか、訊いてみたい衝動に駆られた。

だが、「真行寺先輩」と呼びかけた途端、違う質問が口を衝いて出た。

「芝辻先生は……、今もどこかで生きていると思いますか？」

うなずいてほしかったんだと思う。

あのときのように、芝辻先生が死ぬわけがない、とこの人に言ってほしかった。

ここで負の感情を吐き出したことは変わらなくても、自分たちが呪った相手が犠牲になっていなければ、まだ救われるから。

しかし、真行寺は静かに首を横に振った。

「先生は亡くなっている……わ」

「どうしてそう思うんですか？　あのときは、死ぬわけないって言ったのに」

「生きていてほしかったからよ。あのときは先生を失いたくなかったから……」

顔を歪め、真行寺はうつむく。

「……あんなことをした自分を呪った。戻れるなら、十七年前に戻って自分を止めたい」

ああ、この人も自分と同じように後悔していたのだと、果歩子は思う。おそらく幸せなことばかりではなかった十七年間が、真行寺を成長させ、気持ちを変えさせたのだろう。

祈るような眼差しで六角形の部屋を見ていた真行寺が、ふいに言った。

「決めた。私、ここを買うわ」

一瞬、意味がわからず、少し遅れて果歩子は「えっ？」と声を漏らす。

「買うって、ここを？　なに言ってるんですか、先輩？」

「なにって、そのために今日ここを見せてもらったんじゃない」

「でも、ここは羊目さんの洋館ですよ！」

「だからよ。私がここに住んでいれば、不法侵入できなくなって、生徒たちを守れるはずだし」

「やっぱりそのつもりだったんですね。でも、どうして先輩がそこまで?」

「私がやるべきだと思うからよ」

落ち窪んだ三白眼に決意の色が浮かんでいる。

この人はこうやって善因を積んできたから、幸せを手に入れることができたのかもしれない。

「ご主人は了承されているんですか?」

「ええ、優しい人で、私の思うようにすればいいって言ってくれているから。価格もこの広さにしては信じられないくらいお手頃だし」

確かに諸条件を考えれば、破格の値段だが、安いものには安いなりの理由がある。

「先輩、さっきここに住むって言いましたよね?」

「ええ、そのつもりよ。取り壊しをすると事故が起きるなら、リフォームで様子を見てみるわ。もちろん、その前にちゃんとお祓いもするし」

そこまで考えてくれているのかと、果歩子は驚く。

売却をまとめることができたら、この曰く付き物件と縁が切れ、不幸のループから抜け出せそうな気がするし、社内で果歩子の株も上がる。良い事尽くめだ。しかし……。

すべては因果でつながっているのです——。

しばしの葛藤の末、果歩子は断腸の思いで善因を施す道を選ぶ。

「先輩、お話ししておきたいことがあります。私がここの担当になってすぐに除霊をお願いした天宮さんという霊能者の方のことなんですが……」

霊能者として数々の実績を持つ彼女が、ここでどんな除霊をし、それがいかに素晴らしい対応だったか、果歩子は真行寺に語って聞かせる。

「この部屋の除霊が終わるまで、安全のために私は外で待つように言われ、ようやく終わったと連絡を受けて戻ったときには、天宮さんは別人のように憔悴《しょうすい》されていて……」

彼女はなにも言わなかったが、精魂尽きたボロ雑巾《ぞうきん》のような天宮を見て、それほど大変なものを相手にしているのだと理解できたし、これ以上続けたら危険だということは、素人目にも明らかだった。

それまでに依頼した神主たちは、建物と敷地全体のお祓いを一時間足らずで執り行ったそうだが、天宮はこの洋館の前に立った瞬間に眉を顰《ひそ》め、一日でこの建物の除霊から浄霊まで行うのは不可能だと言い切っていた。

蔵の除霊は一週間後に改めてさせてほしい。

そう言われた果歩子はその希望をのんで、彼女と別れた。

そして、約束の日、果歩子は洋館の前で、天宮を待っていた。

だが、信頼していた霊能者は、どれだけ待っても姿を見せてはくれなかった。

電話もメールもつながらず、困り果てた果歩子は、紹介してくれた知人に連絡を取ってはじめて、天宮が亡くなっていたことを知る。洋館の除霊から六日後、心不全による突然死だったと聞かされ、果歩子は体の震えが止まらなかった。

「この話をしたら、真行寺先輩はもうここを購入してはくださらないでしょうけど、どうして

も お耳に入れないわけにはいかないと思って。ここには本当に……」

足音にハッとして、果歩子は口を噤《つぐ》む。

廊下を踏み、近づいてきた足音が、たった今、この部屋の前で止まった。

3

ひっと息をのみ、果歩子は真行寺と見つめ合う。

十七年前、果歩子は確かに感じた。風もないのにこの部屋のドアが開き、羊目の女が入って来る気配を——。姿は見えなかったが、自分に近づいてくるズズ、ズリッという足音は今もこの耳の奥底にこびりつくように残っていて、消すことができない。

今、果歩子は誰の名も唱えていないし、誰の死も願っていない。

なのに、風もないのに、内開きのドアが音を立ててゆっくりと開く。

果歩子は悲鳴を上げ、思わずドアとは逆の壁に逃げたが、扉の隙間から覗いた顔は羊の目をした女ではなく……、ずんぐりした体型の中年男だった。

その冴えない風貌の男もまた、口を開けて、果歩子と真行寺を見つめている。

「あれ？　女子高生かと思ったら……」

部屋に入ってきた男は、より無遠慮な視線をふたりに注ぐ。

「ここで、いったい、なにを？」

「そ、それはこちらのセリフです」

ようやく気を取り直し、果歩子は応じる。

「あなたこそなんなんですか？　これ、立派な不法侵入ですよ」

果歩子がこの洋館を管理する不動産会社の人間だと知った男は、なるほどとうなずき、名刺を差し出してきた。

『工藤《くどう》探偵事務所所長　工藤正和《まさかず》』

「探偵事務所の所長さん？」

「実は行方不明になっている女子高生の捜索を親御さんから頼まれまして」

ここに手掛かりがあるかもしれないから調べさせてほしいと、工藤は手刀を切り、頭を下げる。

行方不明と聞いて、果歩子の頬が強張る。その女子高生もやはりこの部屋で誰かの生贄にされたのだろうか……。

「黒瀬さん、協力して差し上げて。私も一教師としてその生徒のことが心配だし、この方とここで出会ったのも偶然ではなく、なにか意味があるはずだから」

真行寺に取りなされなくとも、そういう理由であれば、協力しないわけにいかない。果歩子は工藤に屋敷内の捜索を許した。

「ありがとうございます。助かります。こちらは、先生をされているんですね？」

「ええ。行方不明の女子高生は、どちらの学校の生徒さんですの？」

「個人情報がアレなんで、この近くの高校とだけ申し上げておきま……」

「この近くって、羊ヶ丘女学院じゃないですか？　私たち、卒業生で……、っていうか、真行寺先輩は羊ヶ丘の先生です」

「そうなんですか!?　いやぁ、それは奇遇だな。まさにその羊ヶ丘女学院の生徒なんです。一年の亀田《かめだ》静香《しずか》、二か月ほど前から行方がわからないんですが、真行寺先生はご存じですか？」

「ええ、でも残念ながら、名前だけしか」

「ああ、そうですか。学校のほうでも生徒に聞き取りをしてくれたとうかがいましたが、彼女、あまり親しい友人がいなかったようで」

「そう……みたいですね」

「先輩、もしかして、それで？」

思わず口に出してしまい、「それで、とは？」と工藤に問われる。

真行寺が洋館の購入を決意したのは、亀田という生徒の失踪に、芝辻や英玲奈の事件を重ねたからだと、果歩子は思ったのだ。

「あ、もしかして、真行寺先生は、亀田静香を捜すためにこちらに？」

果歩子と真行寺が過去に犯した罪など知らない工藤はそう尋ねたが、それも間違いではないのだろう。

「……ああ、いいえ、その、それだけではないんですが、ここは昔からいろいろありましたから」

「いやー、休日なのに、わざわざありがとうございます。親御さんも喜ぶと思います。正直、学校はなにもしてくれないと……、ああ、そんなことは言っちゃまずいか。聞かなかったことにしてください」

「工藤さんは、どうしてこちらへ？」と、真行寺が尋ねる。

「実は、ちょっと気になることがありまして」

そう言いながら、彼は六角形の室内をうろつき始める。なにかを探しているようだ。

「亀田さんが、ここへ来たからではないんですか？　誰かをその……」

「生贄にするためにですか？」

目は探し物を続けたまま、工藤は真行寺に訊き返す。

「それはないと思いますよ。この裏に彼女の伯母さんが住んでいて話を聞いたんですが、その人、オカルト嫌いで、羊目の女でしたっけ？　そんなバカなものを静香が信じるわけないって叱られました。姪の静香さんは彼女に輪をかけて合理的というかアンチオカルトだそうです」

「じゃあ、逆に誰かに生贄にされたってことですか？」

「伯母さんの言うとおり、彼女がアンチオカルトだったら、誰かに亀田静香を生贄にしたって言われたとしても、気にしなかったんじゃないですかねぇ」

男の呑気な物言いに、その女子高生が心配になり、思わず果歩子も口を出す。

「気にしようがしまいが、羊目さんが来たから、彼女は行方不明になってしまったんでしょう？」

男は探し物をやめ、驚いた顔で果歩子を見た。

「羊目さんが来たって、どういうことですか？」

「だって、いなくなってしまったたってことは……」

「その羊目さんとやらに、どこかへ連れていかれた、と？」

呆れたような探偵の口調に腹が立ったが、やはりアンチオカルトらしきこの男に事情を理解させるのは難しい。

「え？　もしかして、あなたがたも羊目の女の存在を信じているんですか？　ネットの書き込みを読んで、本気にしているのは女子高生以下の世代だけだとばかり……、あ、失礼。気に障ったのなら、謝りますが」

「……私たちの在学中は、実際にそういう事件がいくつも起こっていたんです」

かろうじて果歩子はそう言い返したが、探偵は端《はな》から興味がないらしく、話の内容を聞きもせずに、探し物を再開した。

「もしかして、お探しのものって、これかしら？」

作り付けの戸棚の中から、真行寺がなにかを取り出し、探偵に見せる。

「ああ、それです、それです。さすが先生、どうもありがとう」

男は手を伸ばし、真行寺に歩み寄ったが、彼女はそれを渡そうとしない。

「これ、なんですの？」

「えーっと、カメラですね」

「カメラ？　これが？　こんなに小さいのに？」

真行寺同様、果歩子も驚いて男に尋ねた。

「隠しカメラってことですか？　あなた、この部屋を盗撮していたの？」

「自分じゃありませんよ。亀田静香さんのパソコンの履歴を調べたら、これと同じ監視カメラを購入していて、この洋館に仕掛けたんじゃないかと思って来てみたら、案の定というわけです。これ、行方不明の手掛かりになるかもしれないので、いただいていきます」

「ちょっと待って。これ、亀田さんのものとは限りませんよね。これを勝手に持ち出すのはおかしくないかしら、黒瀬さん？」

「いや待ってくださいよ、今、説明したじゃないですか。彼女に関する情報が欲しいんですよ」

「なにが録画されているのか、ここで見られない？」

真行寺に言われ、探偵はしぶしぶバッグからノートパソコンを取り出して起動させ、小型カメラを手放そうとしない真行寺にSDカードを抜いてくれと頼む。

「SDカードを抜くって、どこをどうすればいいの？」

「だったら、カメラを渡してくださいよ。代わりに先生はこっちを持っててください」

工藤はノートパソコンを真行寺に預け、カメラから取り出したSDカードをそれに差し込む。パソコンを置く台がないので、真行寺に持たせたまま、彼は操作を始める。

一番古いデータを開くと、画面に、今いる六角形の部屋が映し出された。

行方不明の女子高生は本当にこの部屋の様子を隠し撮りしていたのか。これを仕掛けたのが彼女だとしたら、いったいなにが撮りたかったのだろう。アンチオカルトならば、羊目の女というわけではなさそうだが……。

画面を見つめていた果歩子は「あっ！」と声を上げた。

画面の右手にあるドアが開き、制服姿の少女がふたり、姿を見せた。

懐中電灯を照らして中の様子を確認するショートカットのすらりとした少女の後ろから、彼女にしがみつくようにして、背の低い少女がおっかなびっくり入ってくる。

画像は鮮明とは言えないが、赤外線機能付きの暗視カメラらしく、暗い中でも制服や顔は判別できた。

「羊ヶ丘の制服だわ。捜している女子高生はどちらかの生徒ですか？」

動画に目を凝らしていた工藤は、果歩子に首を振る。

「いや、どちらも違いますね」

動画の中では背の低いほうの女子高生が「怖い」を連発し、ショートカットの女子高生がなだめている。

「ここ絶対なんかいるよ。怖すぎるもん。ねぇお願い、一緒にいて。ユメ、ひとりじゃ無理だよぉ」

「大丈夫、夢ならできるって。じゃ、外で待ってるから」

「嘘、もう行っちゃうの？　無理、無理、無理。怖い、怖い、怖い」

「だったらぐずぐずしてないで、さっさと終わらせてとっとと帰ろうぜ。それともやめて帰るか？」

やめて帰って！　と、祈るような思いで果歩子は画面を見つめる。ふたりの女子高生が、十七年前の自分と真行寺に重なって見えた。だが祈りは届かず、同じようなやりとりを何度か繰り返したのち、ショートカットの少女は部屋を出て行き、ユメというた少女が一人残された。

今にも泣き出しそうな顔で恐る恐るドアを見つめ、少女は、早口でつぶやき始める。

「羊目さん、私はあなたの生贄です。どうぞお受け取りください」

それを三回繰り返したところで、ドアが少し開き、彼女は「ひっ！」と声を上げた。

風かと思ったが、画面の中でドア以外のものは動いていない。

少女は顔を引きつらせ、近づいてくる見えないなにかから逃げまどう。

突然思い出したように、「私の身代わりの羊は、コヅカマユミです」と三回繰り返し、転がるように外へ走り出ていった。

不安で胸が押しつぶされそうになり、果歩子は六角形の部屋を見回す。

自分のときと同じだった。やはり羊目の女は存在し、ここに現れるのだ。

もうひとつ気になることがあった。この女子高生をどこかで見たような気がする――。

「これはなんの儀式なんですか？」

尋ねる工藤に、果歩子は羊目の女の都市伝説についてかいつまんで説明してやる。

「ネットで検索したときも意味がよくわからなかったけど、つまり、このユメって女子高生が、コヅカマユミの殺害を羊目の女という霊的存在に依頼したってことなんですね？」

工藤はどこで手に入れたのか羊ヶ丘女学院の名簿を捲《めく》り、夢という名前を探す。

「ユメ、ユメ、ユメ……、亀田さんと同じ一年に小林夢香《こばやしゆめか》という生徒がいる。C組でクラスは違うけど。二年だと……、あ、二年A組に狐塚真弓《こづかまゆみ》、発見。同じく二年のE組に星野夢《ほしのゆめ》」

「あ！　星野夢……」

「知ってるんですか？」

「たぶん……。ちょっと待ってください」

フルネームを聞いて思い出した果歩子はすぐにスマホを操作して、轢《ひ》き逃げ事故の映像をふたりに見せる。

「これ、会社の後輩が撮影した事故映像。被害者の名前が星野夢さんで、羊ヶ丘高校の二年生だった」

「えっ？　本当に亡くなってるんですか？」と工藤が驚きの声を上げる。

「ん？　でも、それっておかしくないか。どうして、殺しを頼んだほうが死んでるんだ？」

首をひねりながら、彼もスマホで検索し、狐塚真弓のブログを見せた。

「どうやらこっちはまだ生きてるみたいですね。七分前に自分の写真を投稿してるから」

画面から人が消え、ショートカットの少女が再び戻ってくることはなかった。

4

カメラ映像の中でではあるけれど、たった今、生きて動いている姿を見た星野夢がもうこの世にいないという事実が果歩子を動揺させた。交通事故死なのだとしても、そこに羊目の女の意志のようなものを感じてしまう。彼女が亡くなり、生贄の羊にされた少女が生きているのはなぜなのだろう？　星野夢が放った悪因の結果が、こんなにも早く自らに跳ね返ってきたということなのか……。

背後からの視線にぎくりとし、果歩子は恐る恐る振り返った。

だが、そこにはただ闇が広がっているだけだ。人影はない。けれど、ドアの隙間や暗がりの影から羊の目が覗いているような気がしてならない。

餌場である六角形の部屋で、こんな映像を見ていたから、羊目の女を呼び出してしまったのではないか。いつの間にか、部屋の空気もどろりと濁って粘度を帯び、肌に絡みついてくるようで、果歩子は息が苦しくなる。

なにも感じないのか、工藤はすでに監視カメラの次のデータを開き、真行寺はその映像を食い入るように見つめていた。

映像を確認するにしても場所を変えたほうがいい。なにか恐ろしいことが起きる前に……。

果歩子がそう提案しようとした矢先、画面に羊ヶ丘女学院の制服を着た少女が現れた。星野夢と一緒に来た少年のように短い髪の女子高生だが、データの日付は三日後になっている。

大きな懐中電灯を手に緊張した面持ちで入ってきた背の高い少女は、よく通る声ではっきりと言った。

「羊目さん、私はあなたの生贄です。どうぞお受け取りください」

そう三度繰り返すと、風もないのに、部屋のドアが外から押されたように少し開いた。

今回の少女は星野夢のように怯えてなにかから逃げるような素振りを見せることなく、「私の身代わりの羊は、ヒイシマユコです」と、はっきりと三回唱えた。

「ヒイシマユコ……？」

眉を寄せ、声に出してその名を繰り返したのは、工藤だった。

知ってる人なのかと果歩子は訊いたが、探偵は言葉を濁し、画面を指差す。

ショートカットと入れ替わりに、新たな少女が部屋に入ってこようとしていた。

ふたりは廊下で親しげに言葉を交わしていたので、友達同士なのだろう。やはり羊ヶ丘の制服を着たその女子高生は、人目を引くかなりの美少女だった。

彼女は覚悟を決めたように顔を上げ、先ほどの少女と同様に、羊目さんに自分はあなたの生贄ですと三回繰り返す。

やはりドアが少しだけ開き、美少女はぎょっとした表情を浮かべた。

画面上、なにかが映り込んでいるわけではない。にもかかわらず、美少女は見えざるものから逃れようとするかのごとく後ずさる。近づいてくるなにかに明らかに怯えている。

十七年前、果歩子に近づいてきたズズ、ズリッという不気味な足音が耳の奥で蘇り、全身が粟立つ。画面の中の美少女も、おそらく果歩子と同じ足音から逃げているのだ。ショートカットの少女はなにも反応していなかったので、敏感な人間だけが感じるものなのだろうか。

後ずさりながら、美少女はそれでも気丈に声を絞り出す。

「私の身代わりの羊は……、ハイバラクリコです」

その名を三度唱え、彼女は逃げるように六角形の部屋を後にした。

「ハイバラ……?」

思わずといった様子で、工藤がまた身代わりの羊の名を口にした。

果歩子と真行寺に見つめられていることに気づいた彼は、質問を避けるかのように、電話をかけてくるとスマホを手に部屋を出ていってしまった。

「あの人、怪しいですよね。身代わりの羊にされた人たちをふたりとも知ってるみたい」

男の後ろ姿を見つめながらつぶやく果歩子に、真行寺も「そうね」と同意する。

「先輩は、星野夢さんや今のふたり、学校で教えてはいないんですか？　最後の子なんて、すごく目立つ生徒だと思いますけど」

「校内で見かけたことはあるけれど、授業を受け持ったことはないから、残念ながら名前はわからないわ。でも、ショートカットの生徒は、灰原さんだと思う」

「えっ？　ハイバラさんって、まさか、最後の子が身代わりの羊にした、ハイバラクリコ？」

目を伏せてうなずく真行寺を見て、果歩子の胸に苦いものが広がる。この洋館へ一緒に来た友人の死を、あの美少女が願ったのだとしたら、やりきれない。

「彼女たちも星野夢さんと同じ二年生なんですかね。先輩は今、何年生の担任をしているんですか？」

「今は、クラスは持っていないの」

「あ、そうなんですか？　教科は生物でしたよね？　受け持ってる授業は何年生……？」

「携帯」

「え？」

「鳴ってるんじゃない、あなたの携帯？」

真行寺に言われ、鞄の内ポケットにあった携帯電話を確かめたが、誰からも着信はない。

だが、そのまま真行寺に会釈《えしやく》し、携帯を手に果歩子は廊下へ出る。六角形の部屋には羊目の女の気配が色濃く漂っており、暗がりの中で斧を手に足を切断するタイミングをうかがっていそうで気が気でなく、いっときでもここから逃げ出し、外の風に当たりたかったのだ。

玄関まで戻らなくとも、廊下を反対に進むとすぐに裏口があり、そこから裏庭へ出ることができた。裏庭には例の蔵があり、その陰で電話をしているらしく工藤の声だけが聞こえてくる。

「だから、ヒイシマユコだよ。おまえが担当した依頼者だろ？　彼女、歳はいくつだ？　三十代半ば？　本当かよ、加藤？　子供はいないんだよな？　女子高生の妹は？　なんか女子高生に恨まれるようなことしてたか？……いや、だって、そんなに歳の離れた女を、なんで女子校生が殺したいなんて思う？」

やっぱり工藤はヒイシマユコという名の女性を知っていたのだ。どうやら別の人間が担当した探偵事務所の客らしい。

漢字がわからないが、ヒイシマユコという名前を検索してみようと鞄の中の携帯に触れた瞬間、生きもののようにブルブルと震えた。

立ち聞きしていたことがばれないように、果歩子は慌てて蔵から離れ、電話に出る。

「果歩子、お疲れ、新居の候補しぼったんだけど……、あ、今、大丈夫？」

電話をかけてきたのは高校時代の数少ない友人の一人、良美《よしみ》だ。果歩子は結婚が決まった彼女の新居を探す手伝いをすることになっていた。

「ごめん、今、お客様を案内しているところで」

「ああ、こっちこそごめん、じゃ、終わったら連絡して」

「わかった。実はそのお客様、良美も知ってる人なの」

「えっ？　誰？　高校の友達？」

「友達っていうか、先輩。演劇部の真行寺さん」

「うっそ、あの真行寺先輩が家探してるの？　まさか、結婚するとか？　いや、それはないか」

「ううん、もう結婚してるって。西高のヒースって覚えてる？」

「えーっ、嘘でしょ、なにそれ、ヒースって、柊優のことでしょ？」

「そんな名前だったっけ？　ヒースとしか覚えてなくて」

「いや、柊優は芸名だよ。え？　果歩子、柊優、知らないの？　ひぃ様だよ、ひぃ様！　私、舞台観に行ったって、話さなかったっけ？　ジキルとハイドをひとりで演じてたんだけど、かんっぺきに別人で、とてもひとりの役者が演じ分けているとは思えないの。最近、ひぃ様、舞台やってくれないなって思ってたら、まさか真行寺先輩と結婚してたなんて。信じられない。羨《うらや》ましすぎる」

「あ、そういえば、ご主人、近くに来てるって言ってた」

「それ、どこ？　私も行く！」

「そんなにファンなの？」

「ひぃ様の演技力、マジでハンパないって。舞台だけじゃなくて映画にも出るだろうし、ハリウッドからもオファー来るんじゃないかな。日本の宝がなんで真行寺先輩なんかと……」

「ちょっと、良美……」

「どこに行けば、ひぃ様に会えるの？……あ、でも私、このあと向こうの親と会う約束してるんだった。生ひぃ様見たかったのにぃ」

「ごめん、良美。そろそろ行かないと」

「そっか、仕事中だったね、ごめん。あまりにびっくりしちゃって。先輩に今度飲みに行きましょうって言っといて。もちろんひぃ様も一緒に！」

嫌だよ、自分で言いなよと思ったけれど、言うと長くなりそうなので、そのまま電話を切り、果歩子は六角形の部屋に戻る。

途中でまた興奮した工藤の声が聞こえてきた。

「そうだよ、あの女子高生は、灰原玖理子かもしれない。灰原省吾《しょうご》の妹の。だって、殺されてたんだろ？　兄貴のマンションで兄嫁と一緒に」

驚いた拍子に足が滑り、枝かなにかを踏んで大きな音を立ててしまった。

電話の声がパタリとやみ、蔵の向こうから工藤が顔を覗かせる。

「あ……、聞こえちゃいました？」

果歩子がうなずくと、工藤は携帯に小声で「ヒイシって女の居場所がわかったら報せろ」と言い残して電話を切り、近づいてきた。

「工藤さん、さっきのショートカットの女子高生、殺されていたんですか？」

「まだ、その子かどうかは……」

「ハイバラクリコさんで間違いないと思います」

「え？　どうして？」

「先輩が……、あ、真行寺先生がそう言っていたから」

「ああ、やっぱりそうなんですね」

「彼女が生贄にした女性も、あなたはご存じなんでしょう？」

「い、いや、知りませんよ」

「嘘つかないで。電話で話していたじゃないですか、探偵事務所のお客さんなんでしょ？」

「自分は一面識もないんで。それに依頼者の話をするのは守秘義務の問題が……」

そのとき、廃洋館の中から、短い悲鳴が聞こえた。

「真行寺先輩!?」

ハッとして六角形の部屋に駆け戻る工藤に、果歩子も顔を強張らせてついていく。

「どうしました、先生？」

工藤の呼びかけに、パソコンを手にした真行寺が振り返った。

羊目の女に襲われたのではと案じていた果歩子は、無事でいてくれたことにホッと胸を撫でおろしたが、彼女は青い顔でパソコンの画面を指差す。

「これ、見てください」

先ほどの美少女が、床に倒れた同年代の女の子の手首をつかみ、床を引きずっていく。

頭から血を流し、意識がないのか、されるがままに引きずられていくのは、白いフワモコジャケットを着た小太りの少女だ。

「なんなの、これ？」

驚く果歩子に、真行寺は他の日にちのデータを開いてみたら、この映像が出てきたという。

「ふたりで六角形の部屋に入ってきて、最初は普通に話をしていたの。でも最後に……」

動画はすでに工藤によって巻き戻され、再生が始まっていた。

真行寺が話したとおり、ふたりの少女が六角形の部屋で会話している。途中からの再生なのでそれまでの経緯がわからないが、白いジャケットを着た少女が、自分はアンチオカルトだから信じないと美少女をバカにするような発言をした。

「この子、もしかして……」

つぶやいた果歩子に、工藤がうなずく。

「亀田静香だ」

画面の中の亀田静香が、羊目の女を見たと言う美少女を呆れたように笑う。

その直後の映像に、果歩子は思わず悲鳴を上げた。

美少女が自分の鞄から取り出したなにかで、亀田静香の頭を殴りつけたからだ。

「これって懐中電灯？」

「いや、ただの懐中電灯じゃない。護身用のフラッシュライトだ。これで殴られたら相当のダメージを受ける」

実際に殴られた亀田静香は、倒れたままぴくりとも動かない。

「彼女、亡くなってるの？」

わからないと首を振り、逆に工藤が果歩子に疑問をぶつける。

「なんでこの子はここに来ていながら自分の手を汚したんだ？　羊目の女に頼まずに」

身代わりの羊を自分の手で殺さなければいけないという説もあるのだと、果歩子は工藤に話す。殺して羊目さんに生贄を捧げれば、犯行が露見することはないが、生贄を捧げないと、自分が生贄にされ、羊目の女に殺されてしまう、と言い伝えられている。

「そう思い込んで、ここで名前を唱えた相手を本当に手にかけてしまう人もいるみたいで」

それが蜚語《ひご》であることを果歩子は知っている。英玲奈先輩を殺していない自分が、いまだに生きているのだから。きっとこの少女もそんなデマに踊らされてしまったのだろう。

画面に目を遣ると、美少女は動かない亀田静香をつかんで引きずり、六角形の部屋から連れ出すところだった。

「どこへ連れていく気だ？」

「玄関とは逆のほうだから、裏口か二階へ続く階段？」

「あ、そういえば、さっき二階から変な物音が」と、真行寺が怯えた目を上に向ける。「もしかしたら、二階に誰かいるのかもしれない」

最後まで聞かずに、工藤が部屋を飛び出していき、すぐに階段を駆け上がる音が響き渡る。

彼がいてくれてよかったと、果歩子は感謝した。冴えないと感じたずんぐり体型も、柔道かなにかで鍛えているのかもしれないと、心強く思えてくる。

すぐに鞄から携帯を取り出し、かけようとしたが、指が震えてうまくいかない。

「黒瀬さん、私が警察に電話しましょうか？」

「あ、いえ、まずは、会社に。上司の指示を仰いでから、警察に連絡します」

「そう、じゃあ、お願いします。私は裏口を見て来るわ。その先に蔵があったわよね」

「え？　先輩、ひとりで動いたら、危ないですよ」

言いながら、会社の番号を呼び出そうとしていたのに、手の震えが治まらず、かかってきた電話の応答ボタンに触れてしまった。

電話の相手は良美で、彼女のキンキンした声が耳朶《じだ》を打つ。

「あ、良美、ごめん、今ちょっと立て込んでて、あとでかけ直すから」

そう言って電話を切ろうとしたが、こっちも緊急連絡だからとにかく聞いてと、良美は一方的に話し始めた。

「……えっ？　ちょっと待って、良美、それ、どういうこと？……ええっ？　どうしてそんなことに？……嘘でしょ、まさか、信じられない。それ……、本当なの？」

良美との会話の途中で背後からなにかが忍び寄る気配がし、振り返ろうとした刹那《せつな》、後頭部に衝撃が走った。

幕が下りるように視界が闇に閉ざされ、果歩子は倒れた。

鼓膜に刺さるような真行寺の悲鳴が、果歩子に意識を取り戻させたが、一瞬、ここがどこだかわからなかった。声がしたほうを向こうとしたが体が動かない。後頭部がズキズキと痛み、また視界が霞んでくる。そのとき、ドタドタと階段を駆け下りて来る足音が聞こえ、「どうしました？」と工藤の声が響いた。

「真行寺先生、額から血が！」

「さっきの生徒に殴られて。私よりも黒瀬さんがひどい怪我を……」

「えっ!?　亀田静香を殴った少女がここに？」

驚く工藤以上に、果歩子が驚いていた。自分はあの美少女に殴られたのか。

「どこへ行きました？」

「裏口から出て、蔵のほうへ」

「わかりました。すぐに救急車を」

「電話は私がしますから、行ってください。もしかしたら蔵に亀田さんがいるのかもしれない」

遠ざかっていく工藤の足音を聞きながら、救急車を呼んでもらえることに安堵したのか、果歩子の意識も次第に遠ざかっていった。

5

「……ださい」

「……てください」

男の人に呼ばれたような気がして目を開けると、果歩子は病院のベッドに横たわってた。すぐ近くにマスクをした看護師の顔がぼんやりと見える。男性ではなく、女性だ。

「気がつきましたか？　もう大丈夫ですよ。頭の傷の処置も無事に済みましたし、脳波にも異常は見られませんでしたから」

「あ、ありがとうございます。あの、私を殴った女子高生は……？」

果歩子に背を向け、点滴を交換している看護師に尋ねると、彼女はおもむろに振り返って、マスクを外す。

そこに現れたのは、フラッシュライトで亀田静香を殴った美しい少女の顔――。


小さく叫んで、目を開けると、あたりは真っ暗だった。

ナース服姿の美少女などどこにもいない。

夢を見ていたのだと、果歩子はホッと息を吐く。

でも……、ここはどこだ？

毛布のようなものをかけて横たわっているが、明らかに病院ではない。ひどく寒いし、じめじめしたカビ臭さに混じり、錆《さ》びた鉄のような臭いが鼻を衝く。

上体を起こそうとしたが、後頭部がズキンと痛み、かなわなかった。暗くて状況がわからず、寝たままの姿勢で恐る恐る周囲を手で探ってみる。ベッドではなく、茣蓙《ござ》のような敷物の上に寝かされていた。さらに先へ手を這わせ、果歩子はひっっと声を上げる。指の先が右隣で寝ている人間の体に触れたからだ。

殴られ、引きずられていった亀田静香の姿が脳裏に浮かぶ。一瞬触れた肌には、生きている人間のぬくもりがあった。

「誰?」

できるだけ左に体を寄せながら、果歩子は尋ねる。

息をのむ気配がし、呻《うめ》くような女性の声が聞こえた。

「……黒瀬……さん?」

「真行寺先輩? ああ、先輩でよかった。ここって……?」

「頭が……」

そういえば、真行寺もあの美少女に殴られたと言っていた。

「痛みます?」

「ええ。ここ……は?」

「私もわかりません。気がついたら、ここに寝かされていて……。先輩、あのあと、なにがあったんです?」

「……蔵から、工藤さん、工藤さんの悲鳴が聞こえて」

「え!? 工藤さん、どうしたんですか?」

「……私が蔵に入ったときにはもう倒れていて……」

なにか思い出したのか、真行寺の声が震え始めた。

「蔵に……、いたの、あのコが。闇の中に潜んでいて、いきなり、私を……殴りつけた」

「あのコって、亀田さんを殴って引きずっていった?」

闇に慣れてきた目に、頭を押さえながらうなずく真行寺の姿がぼんやりと映る。

「先輩、工藤さんは?」

そう口にした瞬間、反対隣からガッと大きな音が聞こえた。闇に目を凝らすと、ずんぐりした男の体が、やはりすっぽりと毛布をかけられ、横たわっている。また、ガッと聞こえたのは、どうやらいびきらしい。

「よかった、先輩、工藤さん、生きてる」

果歩子はホッとして、工藤に呼びかけた。

「工藤さん! 大丈夫ですか? 起きてくださいよ、工藤さん!」

手を伸ばし、体を揺すろうとした果歩子を、真行寺が止める。

「やめたほうがいいわ」

「え?」

「彼も頭を殴られて倒れていたのだとしたら、頭を打ったあとのいびきは、危険なはずよ。脳になにか障害が起きているのかもしれない」

「そんな……。どうしよう。あっ、先輩、救急車は?」

「ごめん、呼べてない。電話をかけようとしていたところに、工藤さんの叫び声が聞こえて」

果歩子は思わず目を閉じた。じわじわとした恐怖が足先から這い上がってくる。

「ここ……、どこなのかしら？」

泣きそうな声で真行寺がつぶやく。

「あの女子高生が私たちを運んだのだとしたら、遠くへは行けないはずだから、洋館の中ってことよね？」

おそらく真行寺と同じ場所を果歩子も頭に思い描いているが、怖くて言葉にできない。

「先輩、携帯持ってませんか？」

ポケットを探るような衣擦れの音がしたが、すぐに「ないわ」という悲痛な声が返ってきた。

果歩子の携帯も鞄も見当たらず、外に助けを求めることができない。

「先輩、あの女子高生は、いったいなんのために、私たちをここへ？」

「……わからないけど、彼女はもう普通の状態ではないのかもしれない。目が……」

「目が？」

「人間の目には見えなかったから」

「それ、どういうことですか？」

怖くて言葉にできないのか真行寺はなにも答えず、落ち窪んだ三白眼でじっと果歩子を見た。

想像したくないのに、あの美少女の大きくてつぶらな瞳が、細くて不気味な羊のそれになっている様が頭に浮かんで、背筋が凍る。耳の奥で天宮の声が蘇った。

気を強く持って。アレは、弱い心にとり憑きますから――。

もしも、あの美少女が羊目の女に憑依《ひょうい》されているのだとしたら……。

今すぐここから逃げなければと焦り、果歩子は起き上がろうとしたが、頭を少し持ち上げただけで、床や壁がぐるぐる回りだし、えずいてしまう。

「黒瀬さん、大丈夫？」

「気持ち悪い……、めまいがひどくて……」

「無理しないで。私が出口を探してくる」

果歩子の代わりに立ち上がり、真行寺は闇の中を壁伝いに手探りで進んでいく。

「大丈夫ですか、先輩？　気をつけて」

しばらくして、「あ！」という声が聞こえたので、出口が見つかったのかと期待し、そう訊いたが、返事が返ってこない。

「先輩……？」

次の瞬間、パッと淡い灯《あか》りが点る。

戻ってきた彼女が手にしているのは、古びたランプだった。

その灯りを掲げ、真行寺が室内を照らした瞬間、ふたり同時に息をのんだ。

壁の一面に、格子戸がはめられている。

蔵の隠し扉の奥にある、地下の座敷牢――。

やはり、自分たちは今、予想したとおり最悪の場所にいる。

逃れる術《すべ》はないかと背後を振り返った果歩子の視界に、上へ伸びる梯子《はしご》が入った。

どうやら格子戸の奥が座敷牢で、自分たちはその手前に寝かされているようだ。ここからなら、梯子を登って、隠し扉を開ければ蔵につながり、そこから外へ出られるはずだ。めまいのせいで起き上がれない果歩子には、この梯子を登ることは不可能だが、誰かひとり外に出られれば、助けを呼んできてもらえる。

「先輩！　そこに梯子が！」

声をかけても振り向かず、彼女はじっと座敷牢の中を見つめている。

「どうしたんですか、先輩？　その梯子を登れば、外へ出られるはず……」

真行寺が見ているものに気づいて、果歩子も思わず声を上げた。

格子戸の奥、灯りの届かない座敷牢の隅で、黒い影が動いたのだ。

あの美少女かと身構えたが、男性のようだ。

恐慌状態に陥りながらも、果歩子は「誰？」と震える声で尋ねた。だが、返事はない。

ランプを手に、真行寺が格子戸に近づいていく。

「先輩、危ないですよ」

果歩子が止めるのも聞かず、格子戸に顔を近づけ、真行寺はランプを掲げ持つ。

灯りを避けるように、男は両腕で顔を覆い隠し、さらに小さく体を丸めた。

そのとき、果歩子はふいに思った。なにか大切なことを忘れているような気がする――と。

記憶をたぐってもどこにもたどり着けず、不穏なもどかしさに果歩子は囚われる。

「どうして？」

真行寺の声に驚き、我に返ったが、彼女の視線は果歩子ではなく、座敷牢の中の男に向けられていた。もしかしたら、自分たちをここへ連れてきたのはあの美少女ではなく、この男なのか？　いや、しかし座敷牢の出入口と思われる格子戸には大きな南京錠の外鍵がしっかりとかけられている。でも、男がずっとそこにいたのなら果歩子たちがここへ連れてこられてきた経緯を見ていたはずだ。真行寺はそれを訊こうとしているのだろうか。

だが、彼女の口から放たれたのは、思いがけない言葉だった。

「どうして、あなたがここに？」

「……え？　先輩のお知り合いなんですか、その方？」

振り返った真行寺は、果歩子の目を見据え、答える。

「主人よ」

「え、ええーっ？　どうしてご主人がここに？」

「それは私が訊きたいわ。ねぇ、あなた、いったいなにがあったの？」

座敷牢の中の男性はなにも答えず、小さく震えているようだ。

「先輩、ご主人ってことは、彼はヒース……？」

「ええ、そうよ。あなた、ほら、あなたも覚えているでしょう？　羊ヶ丘女学院の演劇部の後輩、黒瀬果歩子さんよ」

顔を覆っている指の隙間から、男は果歩子を見たようだったが、こちらから見えたのは、まるで幼い子供のように怯えきった彼の瞳だけで、十七年前のヒースの面影をそこに重ねることはできなかった。

だが心臓に直接爪を立てられたように、果歩子の胸はきゅっと締めつけられる。やはり忘れてはいけないなにか大事なことを、自分は思い出せずにいる。思い出せないけれど、その歯がゆい感覚だけが体の中できりきりと暴れ、果歩子をひどく不安にさせた。

「あなた、私を心配してここへ来てくれたんでしょう？　それで、あの女子高生に見つかって、ここへ入れられてしまったのね？　座敷牢の鍵はどこにあるのかしら？」

夫に語りかけながら真行寺は鍵を探したが、彼はなにも答えないので、真行寺の一人芝居を見せられているようだった。

ヒースがどうしてここにいるのか、果歩子も尋ねたが、彼はなにも語ろうとしない。本当にあの美少女が、彼をここに入れたのだろうか？

「そういえば、黒瀬さん、あなた、さっき私になにか言いかけなかった？」

「え？　あっ、そうでした。あそこに梯子があるでしょう。あれを登れば、外へ出られるはずなんです。だから助けを……」

ヒースのことは気になるが、助けを呼んできてもらうことが先決だ。あの美少女が戻ってくる前に。

「わかった、やってみるわ」

「すみません、私が行けたらいいんですけど……」

「大丈夫よ。すぐに助けを呼んでくるから」

真行寺は果歩子にうなずくと、片手にランプを持ったまま梯子を登っていく。登り切って彼女の姿は見えなくなったが、隠し扉と思われる重そうな引き戸を開ける音が聞こえ、果歩子は安堵の息を吐く。

ランプの灯を失い、あたりは再び闇に包まれたけれど、果歩子の胸には希望の灯が宿っていた。

6

真っ暗になった空間に、工藤のいびきだけが響く。

「工藤さん、がんばってくださいね。今、先輩が助けを呼びに行ってくれたから、すぐに救急車が来るはずです」

果歩子が声をかけても、工藤は昏々《こんこん》と眠り続けている。かなり危険な状態なのかもしれない。

「あ、この人、探偵さんなんですけど……」とヒースに説明したが、やはり返事はなく、気づまりな空気が闇の中に漂う。

ヒースの反応は、どう考えてもおかしい。

どんなに怖い思いをさせられたのかわからないが、妻の姿を見ても助けを求めず、何も語ろうとしないなんて。それに、彼からはさっき良美が話したような人気舞台役者としてのオーラは微塵《みじん》も感じられな……。

良美……？　そうだ、ここへ来る前、六角形の部屋で良美から聞いたのは彼の話だ——。

「……てください」

かすれた男の声に思考を中断させられ、果歩子はハッと顔を上げる。

なんと言ったのか聞き取れなかったが、声は座敷牢の奥から聞こえてきた。ヒースはこんな声だったろうか。でも、どこかで聞いた覚えのある声だ。

「助けて……、助けてください」

不安げに震える小さな声だが、今度はっきりと果歩子の耳に届いた。

これは、ここで目覚める直前、夢の中で聞いた声だ。

あのときも、彼は助けを求めていたのか……？

なぜ、妻である真行寺に助けを求めず、果歩子に？

ヒースと結婚したという真行寺の言葉は、嘘だったのだろうか——？


「真行寺先輩がヒースこと柊優と結婚したのは間違いないんだって」

良美の声がふいに耳の奥で蘇った。

「婚姻届の証人欄を、鈴木《すずき》先輩が無理やり書かされたって言ってたから」

それはつい先ほど、良美からかかってきた電話で聞いた話だった。

その後、後頭部を殴られた衝撃で、直前の記憶が飛んでしまっていたらしい。

良美の話には続きがあった。

「だけどね、真行寺先輩と結婚してすぐ、ひぃ様は姿を消してしまったらしいの。主演が決まっていたその後の舞台もすべてキャンセルされて、がっかりしたファンの間では、秘かにハリウッドで活躍している説や死亡説まで流れてるって噂よ」

舞台に情熱を燃やし、高い評価を得ていた若き役者が、結婚と同時に忽然と姿を消した。決まっていた公演まで放り出して、自分の意志で行方をくらましたとは考え難い。

「あなたをここに監禁したのは……、もしかして？」

恐る恐る尋ねると、闇の中から弱々しいかすれ声が聞こえた。

「あの女です。さっきの……」

苦し気に呻いた彼のすすり泣く声が、闇に反響する。

真行寺が、自分の手で夫をこんな場所に……？

「いつからここに？　先輩と結婚して幸せに暮らしていたんじゃ……？」

「結婚!?　結婚なんかしてませんよ。誰があんな女と……」

「え……？　でも、彼女、あなたと結婚したってはっきりと……」

「あの女は狂ってる。自分の妄想を自分で信じ込んでしまう病気なんだ」

幸せそうに見えたのに、すべては彼女が作り上げた妄想世界のおとぎ話だったのか。

「あの女は助けなんか呼んでこない。お願いだから、外へ出て警察に連絡してください」

行けるものなら果歩子もこんなところから一刻も早く逃げ出したいが、体を起こそうとするとやはり激しいめまいがして、立ち上がれない。

どうしようと頭を抱えたとき、ひときわ大きな工藤のいびきが闇を裂いた。

「工藤さん」

手を伸ばし、果歩子は工藤の体を揺する。もしかしたら脳内出血を起こしているのかもしれないと不安になったが、他に頼れる人がいない。

「工藤さん、起きてっ！」

腕をつかんで乱暴に体を揺らすと、ずっと続いていたいびきがぴたりと止んだ。

「ん？」

「工藤さん、大丈夫？」

「どこだ、ここ？　あれ？　あんた、不動産屋の？」

「そうです、黒瀬です。頭、痛みますか？」

「頭？」

「殴られたんですよね？」

頭の痛みを訴えることもなく、工藤は意外と普通に喋っている。彼が殴られたというのも嘘だったのか。

「あっそうだ、俺、殴られたんだよあの女教師に！　ふざけんな、あいつどこ行きやがった？」

「真行寺先輩が工藤さんを……？」

どこかでヒースの言葉を信じ切れない思いでいたが、やはり工藤に危害を加えたのも、真行寺だったのだ。

「いきなりスパナで殴りつけやがって」

「スパナで？　大丈夫なんですか？　ずっといびきかいてましたけど」

「ああ、俺、学生時代プロレスやってたんで、頭突きで頭も鍛えてるから。でも普通のヤツなら死んでてもおかしくないぞ。あいつ、本当に教師なのか？」

その一言が、果歩子に再び良美の言葉を思い出させる。

「真行寺先輩が羊ヶ丘で生物の教師をやっていたのは本当なんだけど、あの人、問題起こして辞めさせられたんだって」

柊優の行方がわからないという話のあとに、良美はそう続けたのだ。

「コンビニ店員をストーカーしてつけまわしたあげく、その人の彼女にスパナで殴りかかって、取り押さえられたらしい。それで学校クビになったのに、その後も普通に出勤して、授業しようとしてたって。マジ狂ってるよ。めちゃくちゃヤバいから、果歩子も関わらないほうがいいと思って急いで電話したの。今すぐ逃げたほうがいいよ」

忠告してもらったのに、逃げることはできなかった。あの直後に、果歩子もおそらくスパナで真行寺に殴られ、気を失ったのだろう。

しかし、ここにヒースを監禁しながら、コンビニ店員にストーカー行為を働いたというのはいったいどういうことなのか？

「おい、あそこに誰かいるぞ」

真行寺が戻ったのかと動転したが、暗闇に目が慣れてきた工藤が見据えているのは、座敷牢の中のヒースだった。

「ああ、彼も、真行寺先輩に監禁されたって」

「はぁ？」

「自分の夫だって言ってたんですけど、それも妄想みたいです」

「妄想で監禁した夫も妄想って、ヤバ過ぎんだろ」

「そのヤバい先輩が、さっき外へ出たので、工藤さんが起き上がれそうなら、助けを呼んできてもらえるとありがたいんですけど」

「おう！」と勢いよく答えたものの、上体を起こしてすぐ工藤は頭を押さえて顔を顰《しか》める。

「ああ、やっぱり痛みますか？」

「んー、なんか天井と壁がぐるぐる回ってんな」

果歩子と同じ症状では、あの梯子段を上るのは無理だろう。

「いや、ちょっとだけ時間をくれ。休んだら、行けそうな気がする」

そう言って再び横になった工藤に、「お願いします」とヒースが泣きそうな声で懇願する。

「どうか助けてください。あなただけが頼りです」

「わかった、任せとけ。あんたも大変だったな。えっと……」

「あ、ああ、ヒース……じゃなくて、柊さんです。俳優の柊優さん」

「えっ!?」と工藤が大きな声を出した。

「あの舞台役者の、柊優？」

工藤が柊の名を知っているとは意外だった。プロレスにはなんの違和感もなかったが、観劇を趣味にするタイプには見えない。

「ええ、舞台、お好きなんですか？」

「あ、いや、柊優って演技派のすごい役者がいると聞いたばかりだったから。まさかこんなところで会えるなんて……」

「違い……ます」

「え？」

「あの女もその名前で僕を呼んだけど、僕は柊優でも、役者でもありません」

彼の言葉に、工藤以上に、果歩子が驚いた。真行寺はヒースだと言ったが、それも妄想なのか。

「顔、見せてもらえませんか？」

衣擦《きぬず》れの音がし、ヒースがにじり寄ってきて、格子戸をつかんだのがわかった。

果歩子は闇に目を凝らす。さっきは座敷牢の隅にいたから目しか見えなかったが、格子戸の間に彼の顔がぼんやりと浮かび上がって見えた。

「……違う。あなたは、ヒースじゃない」

男の顔には、舞台で『嵐が丘』を演じた彼の面影が微塵も感じられなかった。記憶の中にあるヒースの顔と共通点があるとすれば、どちらもあまり特徴のない、印象に残らない顔ということくらいだ。

「あなたは、誰なんですか？」

座敷牢の男が答えるより早く、「もしかして……」と工藤がつぶやく。

「灰原省吾さんか？」

「……どうして、僕の名前を？」

正解だったにもかかわらず、工藤ははーっと大きく息を吐き、頭を抱えた。

「こんなところでつながっちまうなんて」

苦し気な工藤のつぶやきが、かろうじて果歩子の耳に届いた。

頭を抱えたまま黙り込んでしまった工藤に、牢の中から彼が訴える。

「僕は灰原省吾です。あの女に妻と……、たぶん妹も殺されました」

驚きのあまり、声も出せない果歩子に、灰原は語る。隣に越してきた真行寺のストーカー行為から逃れるため、夜逃げするみたいに引っ越したが、どうやって住所を調べたのか、あいつは引っ越し先にまで現れ、妻を殴り殺した。妹の毒殺については否定していたけれど、それもあいつがやったに違いない、と。

彼の告白に、隣で頭を抱えていた工藤の体がビクッと震えるのを果歩子は感じた。

その事件は、新聞やテレビなどで果歩子も目にしていた。夫が姿をくらましていたことから、当初は、妻の病気を苦にした夫の犯行ではないかとにおわせる報道が多かったが、行方不明になっていた夫、灰原省吾はここに監禁され、犯人が真行寺だったなんて……。

空気の読めない変わった人ではあったけれど、高校時代の真行寺は真面目過ぎるほど真面目で、暑苦しすぎるほど熱く、なにごとにも周りが引くほど一生懸命で、純粋な少女だったと思う。

そこまでの凶行に及ぶほど彼女を狂わせたものとは、いったいなんだったのだろう？

真行寺は灰原省吾を柊優だと思い込んでつきまとっていたようだが、高校時代、彼女が夢中になっていたのはヒースではなく、芝辻先生だった。

やはり、あのときこの洋館へ来たことが、彼女を狂わせたのだろうか。確かにあれ以来、彼女は変わった。だから果歩子も真行寺を避けるようになり、演劇部を辞めた。

おそらく十七年前のあの夜の洋館から、すべてが始まっていたのだ。

これほどの悪因を積んでしまった真行寺には、どれだけ凄惨な報いが訪れるのだろう。

「なぁ」と、工藤に声をかけられ、果歩子はハッとする。

「真行寺って、あの女の本名か？」

「え？　はい、そうですけど……」と答えかけ、はじめて果歩子は気づく。婚姻届が受理されているのならば、苗字が変わった可能性がある。

「真行寺先輩と呼んでるってことは、旧姓なんだろ？」

「はい」

「で、あいつのファーストネームは『マユコ』じゃないのか？」

「あ……そういえば……」

「やっぱりな」と黙ってしまった工藤に、なにがやっぱりなのか教えてくれと、果歩子はせがんだ。

「前に調べたんだが、柊優の本名は、火石優。火曜日の火に石で、『火石』なんだよ」

「じゃあ、彼との結婚が本当なら先輩の今の名前は火石マユコ？　えっ⁉　火石マユコって、さっき、ショートカットの女子高生が唱えた？」

「あれは灰原玖理子さん、彼の妹だ」

声を落としてそう告げた工藤は、驚く果歩子の隣で、むくっと上体を起こす。フラッと頭が揺れ、倒れそうになって前に手をついたのが果歩子には見えたが、「よし！」と工藤は腹から声を出した。

「そこの梯子を登ればいいんだな？」

「隠し扉から蔵につながっているはずですけど、でも、まだめまいしてますよね？」

「気合でなんとかするしかねぇな。俺が今日ここに来させられたのは、きっと、彼を助けるためだ」

自分自身に気合を入れるように、工藤は言ったが、そのわけを話す気はないらしい。

「……すべては、因果でつながっている」

思わずつぶやいた果歩子を、工藤は驚いて見つめ、ニヤッと笑ったように見えた。

「探偵なんて、因果な商売だからな」

パンパンと両手で頬を叩いて自分に活を入れ、工藤が立ち上がろうとしたまさにそのとき、闇の中に拍手が鳴り響いた。

7

梯子の上がぼおっと明るくなり、やがてその光がゆっくりと梯子を下りてくる。

灯りの中からランプを手にした真行寺が現れた。

「第一幕終了、お疲れさまでした」

目が笑っていない真行寺の不気味な笑顔に背筋が凍る。どうやらずっと上から見ていたらしい。

「正直、退屈だったわ。ひぃ様、やっぱりあなたがダメなのよ、昔は即興劇も得意だったのに、どうしてしまったの？　素人の探偵さんより見劣りする芝居でがっかりしたわ」

格子戸に近づき、灰原省吾にダメ出しする真行寺に、工藤が怒鳴る。

「おまえ、なに言ってんだ!?」

真行寺を睨《にら》みつけ、立ち上がろうとしたようだが、やはり上体を起こしただけでよろけてしまい、慌てて果歩子が手で横になるよう促す。

「黒瀬さんも、昔のほうが上手だったわね。残念ながらブランクを感じたわ」

「先輩……、どうして、こんなことを？」

「ひぃ様がスランプなのか昔のように演じられなくなってしまったの。それで少しでも刺激になればと思ってあなたたちにも来てもらったのよ。せっかくこういう機会をつくってあげたのに、ひどい芝居でがっかりだわ。昔のひぃ様は本当に素晴らしかったのよ。……ああ、いやだ、あなたもご覧になったわよね、彼が演じた『嵐が丘』。あんなに心を揺さぶられるお芝居を観たのは初めてだった。私、わかったの。舞台の上の彼が、この私に語りかけてくれていることが。あのとき、心に決めたのよ。彼のために一生尽くそうって」

「よく見てください、先輩。この人はヒースじゃありません」

「あら？　黒瀬さん、勝手に第二幕を始めちゃってるの？」

「違います。先輩はヒースを、火石優さんをどこへやったんですか？」

「どこへって、ここにいるじゃない。ねぇ、ひぃ様」

灰原に微笑みかけるその顔は、嘘をついているようには見えない。この人は本当に自分が作り上げた薄気味の悪い妄想の館で、自分が見たい景色だけを見て暮らしているのだ。

「だったら、どうしてそのひぃ様を、大切なご主人をこんなところに閉じ込めておくんです？一緒に家に連れて帰りましょうよ」

「黒瀬さん、ここへ入りたいって言ったのは、彼のほうなのよ。『携帯もネットもない、誰にも邪魔されない場所で、演技のことだけ考えられたらいいのに』って。この人がそう言ったから、私、それならぴったりの場所があるわってここへ連れて来てあげたの」

その話が本当だとしても、そう言ったのは灰原省吾ではなく、火石優なのだろう。

「バカか、自分の夫を座敷牢に入れる女がどこにいるんだよ？」

毒づく工藤を抑え、果歩子は真行寺におもねるように言う。

「でも、ご主人、体調がよくないみたいですよ。ここは衛生的とは言えないから、病院に連れていったほうがいいと思います。よかったら、私が……」

「その必要はないわ。ここは、安全だから」

「は？」

「私が彼をここに置いておくのはね、外の世界のあらゆる邪悪なものから、彼を守るためなの。そのお返しにって、彼は私のためだけにここで一人芝居を演じてくれるのよ」

この座敷牢の中で、火石優がヒースクリフを演じている場面が、目の前にありありと浮かんだ。火石優も、灰原省吾と同じように、ここに閉じ込められて、彼女のために演じることを強要されていたのではないか。それはなんと残酷で物悲しいステージだろう。

火石優は亡くなったのだろうか？　綺羅星《きらぼし》のごとき才能が、ひとりの女の狂気によって葬り去られてしまったのか……？

「なぁ、亀田静香もここにいたのか？」

工藤が尋ねると、「ああ、彼女なら、そこに」と、真行寺はランプを高く掲げる。だが、彼女が指し示した場所には、ただ土があるだけで、亀田静香はどこにもいない。一瞬、部屋の隅に水槽のようなものがいくつか並んでいるのが見えたが、すぐに彼女はランプを下げ、灯りは届かなくなってしまった。

「どこにもいねぇじゃねぇか。亀田静香も、あんたが？」

「とんでもないわ。さっきの映像見たでしょ？　あの女子高生が、蔵まで引きずってきて放置していったみたいで、なんの関係もない私が死体を埋めなくてはならなかったのよ」

　ああ、やはり亀田静香も亡くなっていたのだ。

「そこの座敷牢の鍵は、あんたが持ってるのか？」

「ええ、ここに」

　真行寺はパンツスーツのポケットをそっと押さえる。

「開けてくれないか、牢の鍵を」

「どうして？」

「あんた、さっき、その人の演技に文句つけてたけど、その狭っ苦しい牢の中だからのびのびやれないんじゃねぇのかな」

「それは、そうかもしれないけど」

「少しでも広いところに出れば、以前のように最高の『ジキルとハイド』を観せてくれるんじゃないかと思ってさ」

「まぁ、彼が演じた『ジキルとハイド』をご覧になったの？」

「それがまだ観てないんだよ。だから、ぜひやってもらえないか。その梯子の下とかでさ」

「わかったわ。でも梯子の下は狭いから。亀田さんを埋めたところをステージにしましょう」

　座敷牢の鍵をいそいそと開けにいく真行寺の背中を見送り、工藤が果歩子を見た。灰原の逃走を援護しようという目配せだと気づき、果歩子はうなずく。めまいでふらつく工藤や果歩子が梯子を登るよりも、灰原に行ってもらい、ふたりで真行寺を押さえるほうが勝算が高い。学生時代プロレスをやっていたという工藤なら、真行寺に邪魔をさせずに、灰原を逃がすことがきっとできるはずだ。

今、座敷牢の鍵が開いた。

工藤と果歩子は、灰原を見つめる。彼に想いが伝わることを信じて。

だが、彼は真行寺に怯えているのか、その様子をうかがい、なかなか出てきてくれない。

「早く出てきて、演じてよ」

灰原を見つめ、こちらに背を向けた真行寺に気づかれないよう工藤は彼に梯子を指差す。

格子戸をつかんで膝立ちしていた灰原は、恐る恐る出口へとにじり寄る。座敷牢の出口を這い出てからも、彼はなぜか立ち上がらず、真行寺を避けるように大回りして、懸命に工藤と果歩子に這い寄ってきた。

彼がなぜ立ち上がらないのか気づいた瞬間、果歩子は思わず叫び声を上げる。

立ち上がらないのではなく、立ち上がれないのだ。

ランプの灯りに晒《さら》された彼のパンツの裾からは、見えるはずのものがなにひとつ見えなかった。足首も、くるぶしも、甲も、かかとも、土踏まずも、指も、爪も。

両足とも、足首から下がなくなっていた。まるで羊目の女に切断されたかのように――。

「……あの女に、やられたのか？」

震える声で尋ねる工藤に、灰原は唇を噛んで何度もうなずく。

「なにやってるの？　早くこっちに来て演じてちょうだい、『ジキルとハイド』を」

灰原に命じながら、ランプを手ににわかステージへと移動する真行寺に、工藤がキレた。

「おまえ、どうしてこんな真似を!?　この人はおまえにとって大切な人なんじゃねぇのかよ!?」

「大切に決まってるじゃない。だから足を外させてもらったのよ。逃げようとするから。みんな、そう。逃げようとさえしなければ、私だってそんなことしたくなかったのに」

「まるで逃げようとしたほうが悪いような口ぶりだな……、って、え？　みんな？　今、みんなって言ったよな？　いったい誰のことだ？」

にわかステージにたどりついた真行寺がその真ん中にランプを置いた途端、それまで暗かった部屋の隅にまで灯りが届き、さっき一瞬だけ視界に入った壁に並ぶ四つの水槽をあかあかと照らした。

「お……、おい、なんなんだよ、それ！」

さすがの工藤も狼狽えて叫ぶ。

水槽の中に入っていたのは、金魚でもメダカでも熱帯魚でもカメでもヘビでもイグアナでもなく、人間の足だった。

切断された人間の足——足首から先の部分——が一対ずつ四つの水槽に入れられ、おそらくホルマリン漬けにされているのだ。

恐怖に凍りついた果歩子は、胃の中のものがせり上がってくるのを必死にこらえる。

なぜ同様の水槽が四つもあるのか。そのうちのひとつは、残念ながら灰原省吾の足で間違いないのだろう。他の三つは――？

見たくないのに水槽に目を遣ってしまい、視界の端になにかが引っかかった。

一番左の水槽の足にだけ、紐のようなものが足首に巻き付いている。

見覚えのある懐かしいそれは、果歩子の背筋をざわざわと粟立たせた。

「……嘘でしょ、芝辻先生も？」

震える声でつぶやくと、真行寺はパッと顔を輝かせた。

「よくわかったわね、黒瀬さん。足だけで芝辻先生だと見破るなんて、あなた、すごいわ」

褪色しているがやはりあれは果歩子が編んで、芝辻にプレゼントしたミサンガだったのだ。

「先生のことも殺していたの？　先生が死ぬわけがないって、私に言っておきながら？」

あのときの真行寺は、心の底からそれを信じているように見えたのに……。

「殺してなんかいないわ。あなたに先生が死ぬわけがないって言ったのは、あの頃、そう願っていたからよ。足を切るの、はじめてだったから、よくわからなくて、芝辻先生、高熱を出してしまったの。私、感染症の治療薬を飲ませたりして一生懸命治そうと看病したのよ。なのに、先生は私を置いて旅立ってしまった」

「もしかして、英玲奈先輩を殺したのも……？」

「英玲奈？　ああ……」

ホルマリン漬けの水槽を背景にした不気味な舞台で、遠い目をした真行寺の一人舞台が始まる。

「あの日、学校帰りに芝辻先生と英玲奈が一緒にいるところを見かけてあとをつけたの。そしたらね、あのふたり、芝辻先生のマンションに入っていったのよ。私も何度も行っていたから、もちろん彼の部屋がどこか知っていたわ。先生と一緒に食べようと思って料理を作って持っていっても、高校生の君を部屋に上げるわけにはいかないと、いつも先生は悲しそうな顔で私を帰していたのに、英玲奈のことはなぜか部屋に上げたの。先生は迷惑していたんだと思うのよ。でも英玲奈って気が強くて強引でしょ。だからせがまれると、優しい先生は断りきれなかったんだわ。あのオーディションの結果だって、図々しい英玲奈が先生の優しさにつけこんだに決まってる。私ね、あなたとここへ来て先生を生贄にしてしまったことを後悔していたの。ついカッとなって先生の名前を唱えてしまったけれど、芝辻先生は悪くなんかなかった。全部、英玲奈のせいに違いないんですもの。だから私、英玲奈が先生の腕に自分の胸をこすりつけるようにしなだれかかって、部屋に入っていくのを見たとき心に決めたの。あのふしだらで淫乱で性悪で邪悪な女から先生を守ろうって」

「それで、英玲奈先輩を川に……？」

「ええ、これ以上、先生に迷惑をかけないように、私が橋から突き落としてあげたの。でも英玲奈が死んでも安心はできなかったから、芝辻先生を守るため、ここへ来てもらったわ。英玲奈の居場所がわかったって言ったら、簡単に来てくれたのに、残念な結果になってしまって……」

自分勝手な思い込みと狂気の暴走に果歩子は言葉を失う。なにを言ってももう無駄なのだろう。どんなに言葉を尽くしても、この人とはわかり合えないはずだ。

隣に目をやると、上体を起こそうとしている工藤と目が合った。灰原に頼れないことがわかった今、この人は自分で助けを呼びに行こうとしている。その目に宿る強い意志の光が、生への執着を感じさせた。

「先生が死んでしまった世界は、ランプのないこの部屋よりも真っ暗で、私の人生も終わったんだと思ったの。でも、ひぃ様が、彼の舞台が、私の心に新たな火を灯してくれた」

「その中に、ヒースの足もあるんですね？」

気分が悪くなるので足の話などしたくなかったが、今、果歩子にできることは、工藤の準備が整うまで時間を稼ぐことと、真行寺の気を逸らすことだけだ。

「ええ」とうなずき、真行寺は微笑みながら水槽に入った足を指差す。直視できず下を向いていた果歩子も思わず顔を上げた。彼女が指したのは三番目の水槽だったからだ。芝辻の次にヒースこと火石優を監禁したのなら、彼の足は二番目の水槽に入っているのではないか？

ああ、でも、この人にとっては、ここにいる灰原省吾もヒースなのだと思い当たる。

だとしたら、四番目の水槽に入っている足はいったい誰のものなのだろう……？

そう思った直後に、低く地を這うような悲鳴が聞こえた。

梯子に向かって走り出そうと低い姿勢から体を起こした工藤が、立ち上がれず床に倒れたのだ。逃走しようとしたことがバレ、真行寺がなにかするのではと果歩子は身構えたが、彼女は工藤に目もくれず、早くステージに上がるようしつこく灰原を促している。

その隙に果歩子は工藤に手を伸ばし、助け起こした。

「行ってください。あの人、灰原さんしか見てない」

声を殺し囁《ささや》くと、低く乾いた笑い声が返ってきた。

「……無理だ」

「やっぱり、めまいで立ち上がれませんか？」

「いや……」

工藤の視線を追い、果歩子は息をのむ。かかっていた毛布がめくれ、その下にあった彼の足は、灰原と同様、両足とも足首から先がなかった——。

四番目の足は、工藤の……？

ハッとして果歩子も自らの毛布をめくる。

そこにはまだ、自分の足があった。大きい上に甲高で不格好なためヒールが似合わず、外反母趾で肥厚爪で水虫と、悩みの尽きない大嫌いな両足がそこにあってくれたことに、果歩子は涙がとまらなくなる。

「泣いてる場合じゃない。行ってくれ」

耳もとで工藤に囁かれ、涙でぐしゃぐしゃの顔を上げた。

「行けるのは、あんただけだ。頼む」

振り返ると、真行寺は灰原だけを見つめ、かつて観た『ジキルとハイド』がいかに素晴らしかったかを語っている。

行けるかもしれない。いや、行かなくては。

真行寺がこの洋館を購入すれば、自分たちは死ぬまでここで飼われることになる。

果歩子は立ち上がり、走ろうとしたが、二、三歩、斜めによろめいただけですぐに倒れた。やはり平衡感覚がおかしい。天井と壁がぐるんぐるん回り、目を開けていられず、激しい吐き気に口を押さえる。このままうずくまってしまえば楽になれると訴える体を無理やり起こし、低い姿勢で左に右によろよろと揺れながら、果歩子は必死に梯子を目指す。

「黒瀬さん、どこへ行く気!? 戻りなさい！」

真行寺の苛立った声に体がビクッと反応する。反射的に振り返ると、なにかを手に、真行寺が追いかけてくる。手の中にあるものがスパナではなく、斧だと気づいた瞬間、果歩子の全身が恐怖に縛られ、動けなくなる。

ズズ、ズリッ――。

近づいてくる真行寺の足音に、全身が総毛立った。さっきまで普通に歩いていたはずの彼女が、なぜか足を引きずっている。

そして、目も――、今、自分を見据えているのは、特徴的な落ち窪んだ三白眼ではなく、横に伸びた不気味な瞳孔を持つ羊の目だ――。

自分のものとは思えない叫び声が、喉の奥から迸《ほとばし》る。

その目に捉えられ果歩子は金縛りにあったように自由を奪われ、体を硬直させる。

斧を手にすぐそこまで迫ってきていた真行寺の体が、突然、ドン！という鈍い音とともに横に吹っ飛んだ。ずんぐり体型の男がその凶器にも怯まず、飛びかかって止めたのだ。足音から先が切断された体で、工藤が叫ぶ。

「行け！　おまえしかいないんだ、行ってくれ！」

その振り絞るような声に呪縛を解かれ、果歩子は思うように動かない体で這うように、懸命に梯子へと進む。

ようやく辿り着いた梯子をつかもうと指を伸ばしたが、届かずに反動でまた派手に転んだ。壁に打ち付けた頭が痛くて涙がこぼれる。

だが、そのとき背後で工藤の叫び声が響いた。斧で斬りつけられたのかもしれない。彼の体を振り払う真行寺の姿が視界の隅に入る。

慌てて立ち上がり、懸命に梯子をつかみ、足をかけた。ただでさえ細い梯子を、ぐらぐら揺れる体を支えて登るのは、至難の業《わざ》だった。バランスを崩し、落ちそうになったが、すんでのところで梯子段に腕を巻き付け、一段上がる。一段、そして、もう一段、さらにもう一段。

ズズ、ズリッ――。

背後に、足音が迫ってくる。

だがもう、果歩子は振り返らない。

ふたりを助けられるのは、私だけなのだから。

そして、それができれば、それだけの善因が積めれば、このクソみたいな人生を少しは変えられるかもしれないから――。

初出一覧

「炎上する羊」　ミステリーズ！ vol.98（二〇一九年十二月）
「暗黒の羊」　書き下ろし
「病んだ羊、あるいは狡猾な羊」　書き下ろし
「不寛容な羊」　書き下ろし
「因果な羊」　書き下ろし

検　印
廃　止

著者紹介　東京生まれ。青山学院大学卒。大良美波子名義でテレビドラマ「美少女H」や，映画「着信アリ」などの脚本を手がける。2010年「強欲な羊」で第7回ミステリーズ！新人賞を受賞し，小説家デビュー。

暗黒の羊

2020年5月8日　初版

著者　美《み》輪《わ》和《かず》音《ね》

発行所　(株)　東京創元社
代表者　渋谷健太郎

162-0814／東京都新宿区新小川町1-5
電　話　03・3268・8231-営業部
　　　　03・3268・8204-編集部
URL　http://www.tsogen.co.jp
モリモト印刷・本間製本

乱丁・落丁本は，ご面倒ですが小社までご送付ください。送料小社負担にてお取替えいたします。

ISBN978-4-488-44814-1　C0193